Dの眠り

ひちわゆか

幻冬舎ルチル文庫

C O N T E N T S ✦目次✦

✦カバーデザイン＝吉野知栄（CoCo.Design）
✦ブックデザイン＝まるか工房

イラスト・如月弘鷹

✦

Dの眠り

クリスマスに、貴之《たかゆき》と一緒にケーキを食べたのは、十二のときから五年暮らしてまだ一度きりだ。

四方堂《しほうどう》重工の取締役として日々多忙な生活を送る貴之に、普通の恋人同士みたいなクリスマスは期待できない。だけどそんなことで寂しいと拗《す》ねるような歳《とし》でもないし、去年なんてケーキ屋で深夜までアルバイトだったし、クリスマスなんてどこに行っても人が多いだけ、むしろいい稼ぎ時だと、柾《まさき》ははっきり割り切っていたのだ。

それが、十二月初めのテスト休みに、突然。

「スイス？　クリスマスに？」

広いリビングルームのソファでアルバイト情報誌にチェックを入れていた柾は、驚きを隠さず年上の恋人を見上げた。

「そう、クリスマスに。年明けまで二週間ほど」

英国仕立てのスーツの上着を脱ぎながら、貴之はいつになく上機嫌だ。

一八八センチの均整の取れた長身を屈《かが》め、柾のつむじにただいまのキスをする。

「久しぶりに纏《まと》まった休暇が取れてね。学校の冬休みは二十日からだったろう？　二十三日にこっちを発《た》とう。パスポートはあるな？」

「あるけど……」

なにかのときのためにと作らされたまま、一度も使っていないパスポート。どこにしまったっけ。

「旅行の間、三代《みよ》を温泉に行かせるつもりだ。こっちへ来てから一度も纏まった休みをやれてなかったからな」

「それは賛成だけど……」

「毎年、接待だ、取引先のパーティだとろくなクリスマスじゃなかったが、今年は久しぶりに楽しく過ごせそうだ。以前、スキーを教える約束をしたままだったろう？」

「そうだけど……無理だよ」

「どうした、珍しく気弱だな。だいじょうぶだ、おまえの運動神経なら一時間もあれば滑れるようになるよ」

「じゃなくて。バイト休めないよ。もう年末年始のシフト提出しちゃったし」

あ、ラーメン店のバイト募集。確か先月、駅前にオープンした店だ。時給よし、勤務時間よし、と。

赤のボールペンで丸をつけ、ふと顔を上げた柾は、貴之の眉間《みけん》の曇りに気付いてギクリとした。

「まだアルバイトを続けるつもりなのか」

さっきまでの上機嫌が嘘《うそ》みたいな厳しい声。うん……と、曖昧《あいまい》に返事をしつつ、情報誌を閉じて背中に隠す。またこの話かと、ちょっとうんざりだ。

「冬休みだし、暇だし」

「では、冬休みが終わったらやめるんだな？」

「こないだパートの人が二人辞めちゃったから、人手不足だし」

「いつまでそんなことを云っているつもりなんだ？　来年は受験生だろう。他の子はみんな、予備校なり家庭教師なり、受験の準備をしているんじゃないのか？」

受験という言葉に、心臓がドキッとした。思わず視線が泳ぐ。

「他の奴のことは関係ないだろ」

「その関係のない他の奴との競争なんだぞ、受験というものは」

「わかってるけど……今、そんな話じゃないじゃん」

「同じことだ。ちょっとそこに座りなさい」

「もう座ってる」

無言で睨《にら》まれた。しかたなく、ソファの上に正座し直す。

勉強勉強。やたら最近の貴之は口うるさい。以前はテスト前に様子を聞くくらいで、うるさいことは云わなかったのに。

「わたしだって、本当はあれやこれやうるさいことは云いたくないよ」

嘘だ。貴之のお説教はほとんど趣味だ。

「若いうちに労働の尊さを知るのはいいことだ。だがわたしには、何度も云うようにおまえを預かっている責任があるんだ。それはわかるね？　確かに、アルバイトを続けたからって受験に差し障りがあるとは限らない。いまの成績なら、希望する大学に合格できる実力はあるだろう。だが誰にだって、万が一ということがある。何事にも備えは必要だよ」

「備えたってどうせ……」

喉《のど》まで出かかった言葉を飲み込んだ。

「どうせ？」

「なんでもない。ヤバイと思ったら、ちゃんと自分で辞めるよ」

「今が引き際だとは思わないのか？」

「思わない」

「……まったく……どうしてそう強情なんだ」

「強情なのはお互い様だろっ」

柾はイーッと口を横に引っぱった。

「とにかく、旅行はなし！　年末年始はバイト！　貴之がなんて云おうとこれっきゃねーのっ」

1

「休業？　レンタルビデオ屋が、この年末の稼ぎ時にか？」

見舞いの花束を抱えた悠一《ゆういち》は、駅前の自動販売機で買った缶コーヒーで手を温めている。同様に、フードつきの赤いダッフルコートのポケットの中、ホットウーロン茶の缶を握りしめた柾は、力無く溜息《ためいき》をついた。

緩やかな傾斜がだらだらと続く坂をのぼる二人を、乗車賃を節約して乗るのをやめた大学病院行きバスが追い抜いて行く。

「うちの店、なんか急に経営者が変わったんだ。そんで二十日から年明けまで店内改装で休業するんだって」

「こんな書き入れ時にか。変わった経営者だな。でもま、リストラでクビ切られなかっただけラッキーだと思えよ」

「んー……けど、今からじゃ年末年始のバイト探すのはキッツイよなあ……」

溜息が冬の陽光に白くきらめく。

アルバイト先の急な休業のことは、まだ貴之には話していない。「受験準備をしなさいという天の啓示だな」とかなんとか厭味《いやみ》を云われるに決まってる。それで今朝も、悠一と約束があるからと、朝食もそこそこに家を出てきたのだ。

旅行に行きたくないといえば、嘘だ。いつも多忙な貴之と二人きりでゆっくり海外旅行できるチャンスなんてなかなかないし、これを逃したら今度いつそんなチャンスがあるかわからない。受験はともかく、アルバイト先の休業は「旅行に行きなさい」っていう天啓なのかな、とちょっと思う。

だけど、年末年始は貴重な稼ぎ時だ。高校卒業後の独立資金稼ぎのためのアルバイト。目標額にはまだまだ遠い。

アルバイトの本当の目的は、貴之にはまだ話していない。いい顔をしないのはわかりきっているから。

柾が生まれる前に事故で亡くなった父親は、日本屈指の財団、四方堂グループ総帥の一人息子だった。跡取りを失った四方堂家が、その後養子に迎えたのが貴之だ。五年ほど前、柾の母親が海外留学したのを機に、初対面だった二人はあの家で同居生活をはじめた。血の繋《つな》がらない叔父と甥《おい》という立場だけれど、柾は四方堂の籍に入っていないので、実際にはなんの繋がりもない。

二十九歳という若さで、グループの要《かなめ》である四方堂重工の代表取締役。経済界の黒幕ともいわれる四方堂翁《おう》も一目置いているという。

それなのに貴之は、柾がいずれ四方堂の籍に入って、自分の代わりに家を継ぐことを望んでいる。ゆくゆくは会社の経営にも携わらせたいとまで考えているらしい。アルバイトに反対するのもそのせいだ。

「あーあ。こんなことなら、今年もクリスマスケーキの店頭販売のバイト申し込んどくんだったなあ……なー、悠一、なんかいいバイトない？」

「こんな時期に聞くなって。深夜バイトならアテがなくもないけど」

「なんのバイト？　紹介！」

寒そうにコートのポケットに両手を突っ込んだまま、悠一は肩を竦《すく》めた。

「だーめ。そんなもん下手《へた》に紹介して、貴之さんに睨まれるのはごめんだ。ほら、着いたぞ。あの病院だ」

長い坂を上り切ると、すっかり葉を落としたポプラ並木の間に、目指す総合病院の大きな建物が見えてきた。

まだ新しい白い壁。きれいに刈り込まれた灌木の植え込み、大理石のエントランス。大きな窓から明るい陽射《ひざ》しが溢《あふ》れるロビーも高級ホテルを思わせる近代的で豪華な造りで、ちょっと病院とは思えないような雰囲気だ。

二人は受付で病室を聞き、エレベーターに向かった。

クラスメイトの斉藤学《さいとうまなぶ》が、ここ高槻《たかつき》総合病院に入院したのは、二週間前のことだ。

朝、いつものように母親が部屋に起こしに行ったところ、何度声をかけても目を覚まさない。揺さぶっても叩《たた》いてもまったく反応がなく、異変に驚いた母親が救急車を呼び、昏睡《こんすい》状態で病院に搬送されたらしい。先日ICUから一般病棟に移ったものの、いまだ昏睡から目覚める気配はないという。

「こんなときになんだけど、おれあいつにビデオ貸してたんだよな……」

車椅子の患者が降りるのを待って、エレベーターの扉を押さえていた悠一がぽつりと漏らした。

「なんのビデオ？」

「NHKで録ったクジラの生態のドキュメンタリー。生物のグループ研究、同じ班だろ？　レポートで使うんで貸したんだけど、他の奴にも回す約束してるんだよ」

「家の人に探してもらえば？」

「そんなこと云い出せるムードだったらいいけどな……」

少し眉《まゆ》をひそめて呟《つぶや》いた悠一に、柾も神妙な面持《おもも》ちになって、花束を抱き直した。

斉藤の病室は、四階の個室だった。ドアをノックすると、母親らしき女性がドアを開けてくれた。悠一が頭を下げた。

「失礼します。斉藤君のクラスメイトの佐倉《さくら》です」

「岡本《おかもと》です。あの……これ、どうぞ」

柾は見舞いの花束を渡した。斉藤の母親は小柄でほっそりとした人で、斉藤とはあまり似ていなかった。

「クラス代表でお見舞いに伺いました。本当はみんな来たがったんですが、一度に大勢で押しかけるとご迷惑になるかと思いまして。斉藤くんの具合はいかがですか」

「まあ……わざわざありがとう。せっかく来てもらったんだけど……まだ意識が戻っていないのよ」

母親がベッドの周りを仕切っているクリーム色のカーテンをそっと開けると、点滴のチューブや管に繋がれた斉藤が横になっていた。

「担任の先生から、原因がまだわかってないって聞いたんですが……」

母親は、洗面台の下から花瓶《かびん》を出しながら、力無く頷《うなず》いた。

「何度検査をしても、どこにも異常がみつからないそうなのよ。お医者様は、脳に強いストレスを受けたのが原因じゃないかっておっしゃるんだけど。……あんまり、勉強、勉強ってうるさく云い過ぎたのかしらね……」

「ストレス……ですか」

「どうしてこんなことになったのか……本当に、前の晩までいつも通りだったのよ。夕飯も普通に食べて……」

唇が震え、声が詰まった。悠一が、コートのポケットからハンカチを出してさりげなく渡した。

柾はかける言葉が見付からず、ベッドに横たわるクラスメイトを見やった。頬《ほお》はやつれたようでもなく、表情も穏やかで、本当にただ眠っているだけに見える。

斉藤の母親が、ハンカチで何度も涙を拭《ぬぐ》い、顔を上げた。

「ごめんなさいね、せっかく来てくれたのに。ジュースでも買ってくるわね」

「いえ、お疲れでしょうから、ぼくたちはこれで失礼します」

「まあ……もう？」

「また来ます。なにかできることがあったら、いつでも声をかけて下さい。斉藤、早く良くなれよ。クラスのみんな、待ってるからな」

斉藤に声をかける悠一を見て、母親の瞳《ひとみ》にまた新たな涙がじわっと湧いた。

「ありがとう……こんなに優しいお友達がいて、学は、ほんとに幸せだわ」


「院内、禁煙だよな」

病室を辞してエレベーターの前で立ち止まるなり、悠一はコートの胸ポケットを探った。

さっきまでの優等生ヅラはどこへいったやら。柾は呆《あき》れつつ、エレベーターのボタンを押す。

「当たり前だろ。うちまで我慢しろよ」

「ダメ、禁断症状。屋上でふかしてくるかな。オカ、昼メシどうする？」

「帰って食べる。金ないし」

「わかった。じゃあな」

ちょうど上りのエレベータが来たので、悠一とはそこで別れた。

下りはなかなか来ない。窓の外を眺めつつぼんやり待っていると、近くの病室からストレッチャーがガラガラと運び出されてきた。体格のいい看護婦が怒鳴《どな》る。

「君、邪魔よ！　どいて！」

とっさにストレッチャーはよけたものの、大きな尻に弾《はじ》き飛ばされ、柾は階段のとば口でたたらを踏んだ。

「わ！　わ！　わ！」

落ちる！

身構えて体を丸める。が、予期した衝撃はこなかった。落下したはずの体は背中を支点にふわりと浮いて、そのまま床に着地したのだ。

背中を支える誰かの大きな手の感触――天から降ってきた、野趣味溢れるバリトン。

「ポーッとしてると怪我するぞ。ここの看護婦、ボウヤの倍は逞《たくま》しいからな」

リノリウムの床にまっすぐ立たされ、ホッとした——より、驚きが勝った。

振り返った枉の視界に飛び込んできた、古びた革のフライトジャケット。陽焼けしたゴツイ喉をたどって見上げれば、遥《はる》か頭上に、とびきり人なつっこい笑顔と、うっすら無精髭。

「草薙傭《くさなぎよう》ッ！」

「いよォ。どした、痔の検査か？　一言云ってくれりゃ、おれが直腸検査してやるのに……っと」

「うっせー！　よけるな！」

ここであったが百年目。恨みをこめて発達した腹筋をどつく。思い切り拳《こぶし》を入れたのに、草薙は笑いながらびくともしない。

「おいおい、痛《いて》えって」

「学祭の恨みだっ！　よっくもよけいな真似しやがって……あんたのおかげでえっらい目にあったんだからなッ！」

「おー。あの女装写真な。よく撮れてたろ？　実はおれも時々お世話に……」

「はあぁ!?　脳みそ腐ってんじゃねーのッ？　ここに入院して治してもらえば！」

「この野郎。そっちこそ、その減らず口治してもらえ」

節太の指で枉の唇をひねる。

「あなたたち、お静かに。ここをどこだと思ってるんです」

看護婦にジロッと睨まれ、二人は慌てて口を噤《つぐ》んだ。肩をすぼめ、こそこそと隅に移動する。

「で、今日はどうした。その元気じゃ、診察に来たわけじゃないだろ？」

「友達の見舞い。ここに入院してるんだ」

「友達が？　脳外科にか」

「うん……昏睡状態で運ばれて、まだ意識不明。原因もわかんないみたいなんだ」

「意識不明？　いつから」

「二週間くらい前かな。草薙さんも見舞い？　もしかしてまたなんかの取材とか？」

「まあまあ、久しぶりなんだからもうちっと色気のある話をしようぜ。昼メシまだだろ？　一緒にどうだ。奢《おご》ってやるよ」

奢りってことなら、もちろん柾に異存はない。


二階にある大きなカフェテリアは混雑していた。折よく席を立った老夫婦と入れ替わりに、窓際のテーブルに向かい合って座った。

モザイクを塡《は》め込んだ床、あちこちに配された観葉植物、高い天井いっぱいまでの窓からは中庭の噴水が見下ろせる。メニューも豪華な和定食からバイキングまで種類豊富だ。

「初めて来たけど、この病院、ホテル顔負けだね」

「大物政治家や芸能人御用達の雲隠れ先だからな。先週まで某厚生省のトップが、国会の証人喚問けっとばして入院してた。ほら、ちょうどあの角だ。ニュースで映ってただろ？」

最上階のカーテンが降りた窓を指す。

「あの特別室なんざ、帝国ホテルのスイートルーム並みの設備だぜ。応接室にキッチン、ジャグジー風呂までついてる。あそこの豪華なダブルベッドに、あんなかわいーい看護夫さん五人はべらせて腹上死っつーのが理想の死に方だな、おれは」

「……あっそ」

草薙傭、二十九歳。一九〇センチ近いがっしりとした体軀《たいく》、切りっぱなしのぼさぼさ頭、ハンサムと云えないこともない浅黒い顔に無精髭をはびこらせ、車椅子を押している優しそうな看護夫を見て鼻の下を伸ばしているこの男。こう見えて、フリーランスの『敏腕』ルポライターだ。

カギカッコつきなのは、人によって天と地ほどに評価が割れるせい。いわく、『骨太な文章、ドライな観察眼を持つ一流ライター』。いわく『ジャーナリストとは名ばかりの強請屋《ゆすりや》』。

しかし柾に云わせれば、

(史上最悪のエロエロ魔人……)

十五歳以上二十歳未満の美少年にしか興味ないとかいいながら、某製薬会社のエリート社員をも毒牙にかける節操ナシ。他にもなにをやってるかわかったもんじゃない。

一緒にいると退屈しないけれど、あんまり得することもない。なにせこの男のおかげで、学園祭の劇で女装して、全校生徒の前で王子様とキスなんかするハメになったのだ。……ひょっとして、疫病神《やくびょうがみ》？

「で、ボウヤのクラスメイトは、二週間前から入院してるんだったな」

「うん。母親が朝起こしに行ったら様子がおかしくて、救急車で運ばれたんだって。それからずっと意識が戻らなくて……医者は、強いストレスのせいじゃないかって云ってるらしいけど、そんなことってあるのかな」

「どうだろうな。脳みそってのは、デリケートだからな」

草薙はポケットから煙草《たばこ》を出して咥《くわ》えようとし、ここが院内なのを思い出してまたポケットにしまった。

「その子、友達は多いほうか？　学校外でのつき合いは？」

「さあ。そんな仲いいってわけじゃないし」

「見舞いに来るくらい仲がいいんじゃないのか？」

「クラス代表で選ばれただけだよ。みんな冬休みは予備校とか家族旅行とかで忙しいから。斉藤も予備校行ってたと思うから、そっちに友達いるんじゃない？」

「どこの予備校だ？」

「知らないよ」

「恋人は？」

「いないと思うけど……」

「じゃあ学校で特に親しい友達……」

「ちょ、なんなんだよ、さっきから。……ひょっとして、取材って斉藤のこと？」

草薙はふむ、と呟いて、唇を曲げた。

「カンがいいな」

「そんな訊《き》き方されりゃ誰だってわかるよ。なんで？　まさかあいつ、クスリに手を出してたの？」

草薙にはドラッグを扱った著書が多く、有名なジャーナリスト賞も受賞している。柾と知り合ったのも、ドラッグ密売の取材中だった。となれば。

「早合点するな。安心しろ、今回はそっち関連じゃない」

思わず興奮して腰を浮かしかけた柾を、草薙が苦笑で制する。隣でコーヒーを飲んでいた中年女性がチラチラとこっちを見ているのに気付いて、柾は声をひそめた。

「それ以外で草薙さんが嗅《か》ぎ回るような事件ってなんだよ？」

「まだ事件って決まったわけじゃない。ただちょっとばかり、歯が疼《うず》いてな」

「歯？」

ああ、と草薙は頷いて右頬を撫《な》でた。

「ネタの匂いを嗅ぎつけると、親知らずが疼くんだ」

「ドーブツか」

「おう。これでも下半身サラブレッドの異名を取る男だからな」

「なにそれ」

「馬並み」

……顔にコーヒー噴いたろか。

「いっぺん見てみるか？　貴之とどっちが凄《すげ》えか」

「真顔でアホ云ってる場合かよ。それで？」

「それでもなにも、まだ事件にもなってないって云ったろ。ただ……増えてるんだ」

「なにが？」

「〝覚醒障害症侯群〟。ボウヤの友達と同じように、突然、昏睡状態に陥って死亡する患者が、この二ヵ月ほどの間に、大都市を中心に妙な勢いで急増してるんだ」

〝覚醒障害症侯群〟――聞いたこともない病名だ。

「先月からこの病院だけで、もう十人も搬送されてる。患者の年齢、性別、生活環境はまちまちで、共通の疾病、薬物反応もなし。原因疾患なしのないないづくし。重度のナルコレプシーじゃないかって説もあるが」

「ナル……？　なに？」

「ナルコレプシー。こうやって普通に喋《しゃべ》ってても、突然スイッチが切れたみたいにフッと眠っちまう病気だ。思春期に多くて、大人になると自然に治っちまうことが多いんだが、原因はわかってない」

「じゃあ、斉藤はそのナルコレプシーってやつ？」

「いや、まだ仮説の段階だ。いまんとこ一番有力なのは重度のストレス説、それと新種のウイルス説だが、どれも弱いな」

「草薙さんは？　なにが原因だと思う？」

「睡眠薬」

草薙は手持ちぶさたげにライターをいじりながら、低い声で云った。

「でも睡眠薬なら検査に出るだろ？　原因不明にならないじゃん」

「薬物反応の出ない、ごく少量で昏睡状態に陥る睡眠薬を使ったんだ。そんな薬があったら恐ろしいぜ。たとえば、気に入らない相手にジュースにでも混ぜて飲ませて自然死に見せかけることもできる。検査に出ない。完全犯罪だ」

「え……じゃあ」

思わず身を乗り出す柾に、草薙は軽く肩を竦《すく》めた。

「そんな薬があれば、って云ったろ。おれの仮説だよ。患者の部屋から疑わしい薬物は出てないし、それに、そんな妙なクスリが出回れば必ずおれの耳に入ってくる。いまんとこそんな情報はないな」

「……とか情報通ぶってて、草薙さんだけ蚊帳《かや》の外なんじゃねーの？」

「まったく、あいかわらず口の減らねえボウヤだな」

草薙は面白そうに眉を上下させた。

「そのクラスメイトってのは、学校じゃどんなふうだ？」

「どうって……普通だよ。授業さぼったりすることもなかったし……どっちかっていうと無口っていうか、騒いだりするタイプじゃないし」

斉藤学は、高等部から東斗《とうと》学園に入ってきた外部入学生。いわゆる〝外様《とざま》〟だ。柾は今年初めて同じクラスになった。中肉中背、顔立ちも性格も、特別目立つところもない。

「あ、でも、ゲー研の奴とはよくつるんでた」

「ゲーケン？」

「ゲーム研究会。学校の同好会だよ。パソコン室でゲームやったり、自分たちで作ったりもしてるみたい」

「ふーん。ゲームねえ」

「そうやって患者のこと一人一人聞いて回ってんの？」

「そ。ルポライターってのは地道な商売なんだよ」

「ふーん。なにもかも一人でやるの大変じゃない？　やっぱ、誰か手伝いがいたほうが」

「云っとくが、人手なら間に合ってるぜ」

冷ややかな先回りに、柾は顔の前で両手を合わせて拝んだ。

「お願いします！　急にバイトにあぶれて困ってるんだ。冬休み中だから朝から夜まで自由に動けるしさ。雑用でもなんでもするから」

「自由ねえ……首に貴之の鈴が見えるぜ？」

「貴之は関係ないだろ。頼みます、このとーり！　マジで困ってるんだよ」

「人手は足りてるっつったろ。どーしてもってなら、そうだな……添い寝係なら募集中だぜ」

「脳ミソ腐ってんじゃねーの？　それっきゃ頭にねーのかよ！」

「おやおや……院内で痴話喧嘩《ちわげんか》とはお安くないねえ。できればもう少しトーンダウン願いたいけど？」

白衣を纏《まと》ったスリムな男が、いつの間にか草薙の背後に立っていた。

リムレス眼鏡《めがね》、切れ長の奥二重のシャープな顔立ち。オールバックにした長髪をうなじの辺りでひとつに纏めている。年は三十歳前後だろうか。白衣の胸ポケットにつけた小さなプレートに、外科・高槻《たかつき》とある。

「あいかわらず手の早さは天下一品だね。こんなかわいい子、どこでナンパしたのさ？」

いやに馴《な》れ馴れしげに、細い両手を草薙の肩に置く。草薙はよお、とのほほんと彼を仰いだ。

「昼めしか？」

「いや、黙って帰るから探しにきたんだよ。久々に今夜どう、一杯」

「構わんが、何時になるかわからんぜ」

「いいよ、待ってる。これ逃すと次またいつかわかんないんだろ？　こんなことでもなきゃ、ちっとも顔見せないんだから」

「忙しいのはお互いさまだろ。鍵《かぎ》渡しとくから、部屋で待っててくれ」

キーホルダーから鍵を外す草薙の肩に両手を置いたまま、高槻は、柾に微笑《ほほえ》みかけた。

「高校生かな？」

「あ……はい」

こんな長髪の医者初めて見た。変わった人だなあと思いつつ、柾はおとなしく頷いた。やっぱり草薙の友人だけはある。

「かわいい子じゃない。もう食ったの？」

は？　食った？？

「いいや。お願いだから食ってくれってしつこく迫られて参ってたとこだ」

はあっ？

「おやおや。顔に似合わず、最近の高校生は積極的だね」

「まあ、それもこれも、おれがいい男過ぎるせいだな」

「はあぁ？　なに云って……」

草薙は横柄そうに両腕を組んで、にやにや笑いを浮かべている。食ってかかろうとした柾に、高槻は、眼鏡の奥でまるで笑っていない目を冷たく光らせ、にっこり云った。

「冬は日が短いよ。狼さんに襲われないうちに、早くおうちにお帰り。赤頭巾《あかずきん》ちゃん」

「だっれが赤頭巾ちゃんだっ！」

怒りに毛を逆立てて、待合いロビーをずかずか横切る。自動ドアのガラス戸が、柾の赤いダッフルコートを映していた。

「赤頭巾ちゃんか、そりゃいいや、白雪姫よりぴったりだ」……かっかと笑っていた草薙の顔が蘇《よみがえ》り、怒りがまたむくむくと頭をもたげてくる。去年の冬、最終激安セールで手に入れたダッフルコート。

（しょーがないだろ、赤しか売れ残ってなかったんだよ。こっちは一年中金欠なんだっつー

のっ）

草薙も草薙だ。だっれが「食ってくれ」だ、ざっけんな。冗談じゃねーっての、くそっ。

反応の遅い自動ドアを両手でこじ開けたい衝動を抑え、表に出る。身が竦むような寒風の中、ロータリー沿いに舗道を歩いていくと、バス停で声をかけられた。

「あなた、さっき学のお見舞いに来てくれた……」

斉藤の母親だった。キャメル色のコートの肩にストールを巻いて、大きな紙袋を提げている。

柾は急いでぺこんと頭を下げた。

「一人？　さっきのお友達は？」

「先に帰りました。おれ……ボクは、昼食を食べてて」

「そう……さっき主人と交代して、着替えを取りに帰るところなの」

提げた紙袋の口から、タオルのようなものが見えていた。

「今日は来てくれてありがとう。学も喜んでると思うわ。ほら、意識がなくてもね、聞こえてるらしいのよ。……学校、忙しいんでしょう？」

「だいじょうぶです。昨日から冬休みなんで……」

「そう……。冬休みだったわね。忘れてたわ……」

母親は病室を見上げる仕草をした。柾もつられて見上げたが、ずらりと並んだ四角い窓のどこが斉藤の病室か、見当もつかなかった。

「おうちは近くなの？　バス、すぐに来るわよ。乗らないの？」

「あ、はい。駅まで歩きます」

「そう。元気ね」

寂しそうに微笑んだ斉藤の母親にもう一度ペコッと頭を下げ、柾は再びロータリーを歩きはじめた。病院の門を出るとき、ふとバス停を見ると、母親は疲れきったようにベンチに腰を下ろしていた。

きっと心労で夜も眠れていないんだろう。顔色も良くなかった。早く斉藤が目を覚ましてくれるといいけれど。

（ストレスかあ……）

強い向かい風に、柾はダッフルコートの前をかき合わせた。

勉強勉強と追い立てすぎたせいだと涙ぐんでいたけれど、本当にストレスで昏睡状態になったりするんだろうか？

それも、斉藤だけじゃなく同じ症状の患者が急増しているのなら、やっぱり別の原因があるんじゃないだろうか。

昏睡状態になる原因には他になにがあるだろう。草薙が云ってた新種のウイルス、脳の疾患、たとえばガス、薬物——

（ごく少量で効いて、薬物反応の出ない睡眠薬かあ……）

もしそんな物が本当にあったら、確かに大変なことだ。完全犯罪だってできてしまう。だけど、そんな薬がたとえ現実にあったって市販はされないだろうし、誰の部屋からも薬は発見されていない。

（全部飲んじゃったとか、飲み残しを隠してるとか。……ダメか。べつに隠す理由ないよな。麻薬じゃないんだし……麻薬？）

そうか。もともと眠るための薬じゃなかったとしたら。

あの覚醒障害が、クスリでトリップを楽しんだ後の副作用だったとしたら。

ドラッグなら隠しておくはずだし、就寝直前に使ったとは限らない。何時間も経過してからじわじわと副作用が現われて、それが覚醒障害を引き起こしたのだとしたら。

体内に残留しない、薬物反応も出ないドラッグ。そんなものがもしあるのだとしたら。もし斉藤が、どこからかそれを手に入れたのだとしたら――

振り返ると、駅行きのバスが、スピードを落としてバス停に近づいていた。

柾はダッシュで坂を駆け上がった。閉まりかけたバスの扉をこじ開けるようにして乗り込む。

「あのッ、すみませんっ、こんなときになんですけどッ」

後部座席に座っていた斉藤の母親は、息せき切らして迫る柾に目を丸くしていた。

柾は勢い込んで云った。

「斉藤くんにビデオ貸してたんです！　返してもらいたいんですけど、いまから行ってもいいですかっ!?」

2

「ごめんなさいね、ちらかしてて。バタバタしてたものだから、お掃除が行き届いてないのよ」

斉藤の家は、郊外の新興住宅地にあった。陽当たりのよさそうな二階の窓から、夕暮れに連なる屋根が見渡せる。

窓際に古びた勉強机と、カバーがかかったシングルベッド。雑誌やCD、ビデオテープなどが、カラーボックスに整然と並んでいる。

「おれの部屋より全然きれいです」

「そうなの？　男の子ってそういうものなのかしらねえ。あの子の兄のほうはなにも云わなくてもなんでも自分でやったんだけど、学は自分じゃ掃除機もかけないのよ。ちゃんと片付けなさいっていつも云ってるのに、ほんとにもう」

斉藤の部屋は母親が掃除しているらしい。留守中にも頻繁に部屋に入ってくるってことは、クスリは厳重に隠してるはずだ。柾は西陽の入る部屋を見回した。

自分なら、この部屋のどこに隠すだろう。

（机の抽斗《ひきだし》……は鍵がかからないな。箪笥《たんす》の奥とか、カラーボックス……ベッドの下、あとは……）

斉藤の母親はエアコンを入れ、ＣＤやビデオを収納したカラーボックスを覗《のぞ》き込む。

「ビデオテープは全部この棚にしまってあるはずなんだけど……なんのビデオだったかしら？」

「えっと……ホエールウォッチングです。ＮＨＫで録った」

「あの子ったらもう、ほんっとにだらしなくて。この間もね、テープを返してもらいに来た子がいたのよ。同じクラブの子で……立花《たちばな》くんていったかしら。せっかく取りに来てもらったんだけど、慌てて取り出そうとしたら、デッキに詰まっちゃって」

「デッキにですか？」

ベッドの横に小さなテレビとビデオデッキがある。電源を入れ、イジェクトボタンを押すと、確かにテープの頭だけしか出てこない。

「テープが切れて絡まっちゃったんじゃないかしら。すぐ修理に出してお返しするわって約束したんだけど、なにしろ学の入院でバタバタしてるし、年末でしょう、メーカーに電話したら年明けになるらしくて」

「テープが噛《か》んじゃったんじゃないかな……ちょっと開けてみていいですか？」

「え？　開けるって、あなたが？」

「はい。ドライバーありますか?」

「え、ええ、ちょっと待ってね」

探してきてくれたプラスドライバーで、ビデオデッキの両脇を止めてある小さなネジを外し、上蓋《うわぶた》を開ける。基盤の防護カバーを上げると、ヘッドが見えた。思った通り、テープは切れておらず、ヘッドに噛んでいるだけだった。テープに傷や折り目がついていると、ヘッドに絡んで取り出せなくなるのだ。

ドライバーの先でテープをそっと引き出して電源を入れると、ローリングがウウ…ンと音を立てて作動した。あとは元通りカバーと蓋をし、取り出しボタンを押すと、テープがエジェクトされる。

「まあ、すごい。器用ねえ」

「バイト先のデッキも、しょっちゅうテープが絡まって詰まっちゃうんです。修理に出すほどじゃないときは自分たちで直すことになってるから」

ビデオテープは家庭用VHSの120分で、背ラベルに『9X年9月ガイア奥多摩キャンプ』とマジックで書いてあった。

「どうもありがとう、助かったわ」

と、階下で電話のベルが鳴った。

「あら……ちょっとごめんなさい。テープ、ゆっくり探してね」

「はい」

チャンス。階段をパタパタと足音が下りていくのを確認して、柾は、急いで窓際の勉強机に近づいた。

机の上には、参考書が並んだブックスタンド、ノートパソコン、さっきデッキから救い出したテープと同じタイトルのビデオケースがのっていた。

一番下の抽斗を、そーっと開けてみる。

教科書とノート。中段はプリントや問題集、一番上には、細々とした文房具などがしまってある。フロッピーディスクや預金通帳など、乱雑に突っ込んである感じだ。

(それらしいモンは見当たらないな……やっぱ机じゃないか)

ただ、一口にドラッグといっても、その形状はさまざまだ。コカインなら純白の粉、覚醒剤ならたいてい氷砂糖のような塊《かたまり》だし、LSDはもっと多彩で、錠剤から角砂糖に染み込ませたもの、ペーパーアシッドと呼ばれる切手タイプのものまで幅広い。斉藤が入手したドラッグが新種だとしたら、どんな形や色をしているかは、想像もつかない。

階下で長電話をしている母親の声に耳をそばだてつつ、今度は背伸びして箪笥の上を探ったが、手にホコリがついただけ。抽斗の中、カレンダーの裏側、ついでに学生鞄《がくせいかばん》の中身も見てみたものの、出てきたのはノートとカンペンだけだった。

(ないなあ……。見当違いだったのかな)

草薙より早くネタを摑《つか》んで見せびらかしてやったら、痛快だろうと思ったのにムダ足かあ……交通費五百八十円が痛い。

けどこの部屋、なんだか変な感じだ。テレビにミニコンポ、パソコン。物は揃《そろ》ってるのに、なんだろう。

何気なく、簞笥にかけてあった制服のポケットに手を突っ込んだ。なにかがカサリと手に当たる。

(クラブのチケット？)

〝DOORS《ドアーズ》〟。六本木だ。

(斉藤が六本木のクラブ……？)

そのとき、足音が階段を上ってくるのに気づいた。慌ててチケットをポケットにねじ込み、カラーボックスの前にヘッドスライディング。

「どう？　ビデオ見つかったかしら？」

「いっ、いま探してるとこです」

襖《ふすま》を開けた斉藤の母親は、うつぶせに寝そべっている柾を、不思議そうな顔で見下ろしていた。

黒と蛍光ピンクのチケットは、裏側に簡単な地図が書かれていた。

（インターネットカフェとかならともかく、六本木のクラブだもんな。あの斉藤がこんなチケット持ってるなんて、どう考えたっておかしい）

でもこれで確信できた。斉藤は、このクラブでドラッグを手に入れたに違いない。

五百八十円分かけただけの収穫はあったぜ。これで草薙の鼻を明かしてやれる。悠一のビデオも回収できたことだし。

（見てろよオッサン。ぜひバイトに来て下さいお願いしますって云わせてやっからな！）

夕方の買い物客で混《こ》み合う、駅前のアーケード。自分の前で地面に頭を擦《こす》り付ける草薙の姿を思い浮かべ、不気味に笑う柾の横を通り過ぎていった自転車が、キュッと急ブレーキを掛けて止まった。

「オカじゃん」

東斗学園の制服のブレザー。同級生の田島《たじま》だった。

「こんなトコでなにやってんの。おまえんちこの近くじゃないよな？」

「ちょっとヤボ用。おまえは？　学校行ってきたのか？」

「部活の帰り。な、暇ならマックしねー？　奢ってやるから」

「奢り？」

ラッキー。今日はツイてる。

「斉藤の見舞い行ったのか？　おれもゲー研のやつと先週行ってきたんだけど、面会謝絶でさ。あいつどうだった？　会えた？」

二人はファストフード店の二階に腰を落ち着けた。

「あ、そうか。田島もゲー研だっけ。会えたけど、意識はまだ戻ってなかった。早く良くなるといいんだけどさ……」

「そっか……。原因、ストレスなんだろ？　あいつ、親が厳しいからなー」

田島は頬杖《ほおづえ》をついて、シェイクをずーっと吸い上げた。

「斉藤って一年のときは成績良かったんだけどさ……ホラ、あいつって外様じゃん？　外様って、ガリ勉して入ってくるから初めは上位にいるけど、途中からズルズル落っこちるヤツ多いだろ。あいつもそのタイプでさ、二年になったらガクッと成績落ちちゃって。したら親が、こんなもので遊んでるからだってメチャメチャ怒って、あいつの漫画とかゲームとかぜーんぶ捨てちゃったんだって」

「全部？　マジ？」

「マジマジ。入学祝いに買ってもらったノートパソコンも学校から帰ったらゴミに出されてたって、怒ってた」

そうか。

わかった、あの部屋の違和感。漫画とかゲームとか、普通の高校生の部屋には必ずあるような物が、一つも見当らなかったからだ。

「……あれ？　でもあいつの部屋にパソコンあったぜ？」

「じゃあ新しいの買ったんかな。とにかく親に全部捨てられたってすげー怒ってたんだよ。その上、毎日予備校行かされてさ。毎日だぜ？」

「え、じゃあゲー研は？　やめたのか？」

「やめさせられた。毎日、夜の十時過ぎまで予備校行って、休みの日は家庭教師が来るんだって。すっげーストレス溜《た》まってたんだろーなあ。やっぱ勉強のしすぎは体に良くないんだなー、うん」

ダブルバーガーに齧《かじ》り付きながら、田島は一人勝手に納得している。

（それで薬なんかに手を出したのかな……）

柾はチケットを入れたポケットを、服の上からそっと押さえた。

斉藤とクスリは結びつかないけれど、それだけストレスが溜まっていたんだろうと思うと、少し気の毒だった。もしかしたら、ドラッグだとは思わなかったのかもしれない。「勉強に集中できるようになる」とか「気分が楽になる」とか云って、学生にクスリを分ける売人がいると草薙から聞いたことがある。そしてクスリなしでいられなくなったのを見計らい、どんどん値段を吊り上げていくのだ。

「なー、それよか、これなんだと思う？　じゃーん！」

と、田島がバッグの中から取り出して仰々しくかざして見せた物——柾は目を丸くして叫んだ。

「あーっ！　テンタイⅣ!?」

「デモ版のサンプルだよーん。スゲーだろ？　超レア。プレミアもんだぜ」

田島は自慢げに、シミュレーションRPG〝天使大戦—エンジェル・ウォーズ—〟のソフトを、柾の目の前にヒラヒラかざしてみせた。

「どこで手に入れたんだよ」

「企業秘密でぇーっす。さっき学校でちょっとだけやったんだけど、もーすっげーの。まだデモ版だけど、音いいし、3D超ーキレイ。そんでラストでガブリエルがさ…あ、でもこれ云っちゃうとマズイかな。後でつまんなくなっちゃうかもな。どーする？　それでも聞きたい？　あ、でもちょっと、貸すのはねー」

……こいつ、これを自慢したくておれを呼び止めたのか。急にマック奢るなんて、おかしいと思ったんだ。

3Dシミュレーション RPG〝天使大戦〟——別名テンタイは、現在Ⅲまで発売されている、RPGソフトの大傑作だ。

前作から約一年あまり。パートⅣの発表が待たれているが、メーカー側から製作に関する情報がひとつも流れてこないので、ファンの間では「出る」「出ない」、果ては「実は香港で発売済みらしい」なんてデマまで飛びかっている始末。なにを隠そう、柾も首を長くして発売を待っている一人だ。

五人組みのパーティから主人公を選び、ある謎《なぞ》の答えを求めて、天使が守護する八つのエリアを攻略していくゲームで、誰を主人公に選ぶかによって、与えられる謎が変わってくる。謎を解いて全ステージをクリアしても、さらにエンディングに次作に繋がる新たなる謎が隠されているという仕掛けで、その答え知りたさに、ついつい次のソフトにも手を出してしまうのだ。

「じゃ、とうとう出るんだな。Ⅳ」

「出る出る。Ⅳでいよいよガブリエルの秘密も明かされるみたいだぜ。一作めからずーっとひっぱってるもんなあ。でもぜッたい、またラストで新しい謎が出てくるんだよな。くーッ、うますぎるぜガイア！　オサダタモツ、天才！」

「オサダタモツ？　ガイア？」

「おまえ、そんなことも知らねーの？　ガイアはテンタイのゲーム会社。オサダタモツはガイアのゲームデザイナーだろ。マスコミ嫌いで、写真もインタビューも一切拒否してて、存在自体がミステリーっていわれてんだよ。ファンなら常識だろ、常識」

田島は目をキラキラさせて熱弁をふるう。知るかよ、そんなの。おれが好きなのはゲームで、作った本人じゃないっての。

「あ、そうだ」

柾はリュックをごそごそ探って、ＶＨＳテープをひっぱり出した。

「悪いけどこれ、ゲー研の立花ってヤツに返してくれない？　斉藤が借りてたビデオ、返しといてくれって親から預かったんだけど」

「立花？　誰それ？　しらねーけど」

だが、田島は怪訝《けげん》そうに首を捻《ひね》った。

「え、だってゲー研の立花ってやつが、斉藤の家に来たって……」

「いねーよ、立花なんて。……ん？　あ、ひょっとしてあいつかな。中等部の」

「中等部？」

「うち、中等部のゲーム同好会と月イチで対戦やってんだよ。中等部の三年にいるぜ、立花。確か、立花和実《かずみ》だったかな」

「中等部かあ……」

「べつに急ぎじゃないんだろ？　三学期始まってから返せばいいじゃん。それよかさー」

そのあと小一時間、うんざりするほどデモ版をひけらかされ、帰宅したのは八時過ぎていた。

「ただいまあー」

オートロックの門の防犯カメラを覗き込んで、家の中から鍵を開けてもらう。白い息を切らして玄関に駆け込むと、三代が出迎えてくれた。

「まあまあ、寒かったでしょう。お帰りなさいませ。先にお食事になさいます？」

「うん。貴之は？」

「今日も遅くなられるようでございますよ。手を洗ってきて下さいましね」

「はーい」

三代はもう長年、四方堂家の家政婦を務めている人で、柾がここで貴之と住むことになったとき、横浜の本宅から都内に移ってきた。いまは近所のマンションから通いで身の回りの世話をしてくれている。

小柄だが、踊りのお師匠さんみたいに姿勢がよく、白髪まじりの鬢《びん》がメッシュみたいでなかなか粋だ。柾にとってはお手伝いさんというよりも、ちょっと口うるさいけれど大好きなおばあちゃんといったところである。

柾はダッフルコートを脱ぎながら、階段を駆け上がった。電気もつけずに入口からリュックをベッドに放って一階に戻りかけたが、ふと、部屋の様子がいつもと違うのに気がついて、明かりをつけた。

「三代さーん、なにこのトランクー」

部屋のド真ん中に、見たこともないスーツケースが三つ、でーんと置かれていたのだ。

三代はエプロンで手を拭きながら階段を上がってきた。

「ああ、それ。今日、デパートにお電話して持ってきてもらったんですよ。どれでもお好きな物をお使いになって下さいな」

「使うって……おれが？　なんで？」

「なんでじゃありませんよ。ご旅行、もう明後日《あさって》出発でございましょう？」

「……あ」

そうだ、スイス。コロッと忘れてた。

「貴之ぼっちゃまに頼まれたんですよ。柾ぼっちゃまがまだなんのお支度もしてないようだから、荷造りを進めてくれって。でも勝手にお支度するわけにもいきませんしね。それでとりあえず、トランクだけ」

三代にかかれば、貴之もまだ〝ぼっちゃま〟の域だ。

「おれ、まだ行くって云ってないのに……」

ドアに背をつけ、柾は力無く呟く。

「お行きなさいませよ。せっかくじゃありませんか。ビデオ屋さんは休業中なんですし」

「そうだけど……。あれ？　なんで知ってんの？　三代さんにその話したっけ？」

「それは……ああ、ほら、今日お店の前を通りかかったら、お店に貼り紙がしてあったんですよ」

「ふーん……。でも、なんで貴之、急に旅行なんて言い出したのかな……」

「そりゃあ、来年は受験生におなりなんですから、少しでも時間の取れる今年のうちにと考えたんじゃございませんか？」

「……」

受験。ドキンとした。

「三代の若い頃は、海外旅行なんてなかなか行けるものじゃありませんでしたよ。見聞を広めるのは、少しでも若いうちのほうがよろしいですよ」

「うん……」

「お行きになりたくないんですか、ご旅行」

そういうわけじゃないけど……と、柾は俯《うつむ》いた。

行きたくないわけじゃない。ただ、年末年始はアルバイトして独立資金の足しにすると決めた自分の意志を曲げるのが、情けない気がするだけだ。意地っぱり……我ながら悪い癖。

それに、今は斉藤のことも気になる。

「きっと無理してお休み取られたんでしょうねえ……。柾ぼっちゃまがここに来られてから、まだ一度も旅行に連れていったことがないから、どこかへ連れていってやりたいっておっしゃってましたよ。本当に柾ぼっちゃまがかわいくてしかたないんですよ」

しみじみと目を細める三代に、柾はかすかに頬を赤らめた。柾と貴之の、三代に知られてはならぬ禁断の関係――なんとなく、知られている……ような気がして。

「さ、お食事にいたしましょ。あらいけない、お鍋かけっぱなし」

慌てて階段を下りていく三代の足音を聞きながら、柾は、三つのスーツケースを見つめて溜息をついた。


十時ごろ、風呂から上がってリビングルームのソファに転がっていると、貴之が帰ってきた。

「髪を拭きなさい。風邪をひくぞ」

「んー……おかえり」

新聞のスポーツ欄に頬杖をついて、足をぶらぶら。洗い髪の滴《しずく》がTシャツの襟首に流れる。

貴之が苦笑して、ソファの背に掛けたタオルを手に取り、濡れた髪を拭った。

「ただいま。しょうがないな、ほら……」

「んー……」

優しく髪を拭いてもらうのは好きだ。気持ちよくて、柾は猫のように目を細める。暖房のきいた部屋、Tシャツとハーフパンツでも暑いくらいだ。

「貴之、ご飯は？」

「すませてきた」

「ここんとこ、毎日遅いね。……休暇取るために無理してるんじゃない？」

濡れた前髪のすだれ越し、そっと窺《うかが》う柾に、貴之はやさしい笑みを浮かべる。

「年末忙しいのはいつものことだ。無理はしてないつもりだよ」

「ならいいけど……」

柾は起き上がり、貴之の肩に頭を預けた。仕立てのいいシャツから、いつものトニックの香りがする。

「それはそうと、旅行の支度はできたのか？」

「ん？　うん……」

「やはり気が向かないか」

「行きたくないわけじゃないよ。ただ……バイトもしたいから……」

「なぜそうアルバイトにこだわるんだ？　小遣いに不自由させているか？　欲しいものがあるなら……」

「そうじゃないよ。お小遣いは多すぎるくらい貰《もら》ってる。欲しいものは……あるけど、ちゃんと自分で働いて手に入れたいんだ」

不服そうな貴之に、柾は甘えるように、生乾きの小さな頭をすりつけた。

わかってる。貴之はなんだってしてくれる。欲しいものも、願い事も、柾のためなら叶《かな》えてくれる。独立のことだって、反対するかもしれないが、ちゃんと話せばきっとわかってくれるだろう。そのための資金だって工面してくれるかもしれない。

けれど、それじゃ意味がない。十二歳も歳の差のある恋人と対等のスタンスに立つために、どうしても譲れないことなのだ。財力も頭脳も体力も、なにひとつ同等のものはない。せめて独立資金ぐらい、自分の力で稼ぎ出したい……その力があるところを貴之に見せたい。

「……労働の尊さは認めるが」

貴之は渋い顔で溜息をついた。

「そんなに急がなくても、いやでも社会に出る日がくるんだぞ」

「わかってる。けど早過ぎて悪いってことはないじゃん」

「やれやれ……まったく」

苦笑しつつ、軽いキス……の寸前で、貴之は思いついたようにふいに口を開いた。

「……よし。アルバイトさせてやろう」

切れ長の目に、わずかに淫靡《いんび》な色が滲《にじ》む。

「キスひとつ、五百円で買おう」

「えーっ!?」

「ディープキスは千円、口でしてくれたら……一万出すぞ」

「家庭内売春だ⁉　発想がジジむさい！」

紅潮してわめく柾を、貴之は涼しい顔でソファに押し倒した。

「日本は資本主義社会だぞ。労働力を金で買ってなにが悪い」

「悪いよっ……んん！」

布越しに、胸の小さなしこりを探られて、柾はびくんとのけぞった。抗《あらが》う両手はたやすく頭の上で一括《ひとくく》りにされる。

「やだっ……貴之っ、やっ……」

「かわいい珊瑚《さんご》粒はいくらにしようか……？」

つまんだ乳首をくりくりと転がしながら、タンクトップを肩からずり落とし、片方を唇でそっと挟む。

股間がズキンと疼いた。恥ずかしい反応を両脚で隠そうとすると、腿《もも》の隙間《すきま》に素早く貴之の片膝《かたひざ》が入り込んで阻む。

「あっ……や、あ……」

ゆるんだ唇を人差し指でそっと辿《たど》られるのも、ゾクッとする……感じてしまう。

かるいバード・キス。すでにとろけかけている柾の目を覗き込んで、年上の恋人は、淫蕩な――それでも気品を失わないという、不思議な声で囁《ささや》く。

「さあ……これで五百円だ。次は千円……金額に見合うキスをしてくれよ？」

ぞくりと、背筋を痺《しび》れにも似た衝撃が走る。

もう抵抗はできなかった。柾は、ゆっくりと唇を犯す貴之の舌を受け入れ、そっと咬《か》み返した。貴之の首に腕を回し、膝の上に乗り上げる形になって、官能のキスをくり返す。

「んっ……んっ……」

背中に回っていた手が、ゆっくりと尻へ滑りおり、狭間《はざま》の一点を攻めてきた。柾は舌を捕らわれたままで声も出せない。布越しの、もどかしいような刺激……立ち上がりかけた股間が貴之の男と擦れ合う。たまらない。じれったい。はしたないと思いながらも、つい腰がうごめいてしまう。

唇を離して、せかすように貴之のネクタイを外し、シャツを広げて、陽焼けした美しい肩に歯を立てた。

痛いよ……と笑う、優しい目——こんな包み込むような目でじっと見つめてくれる人は、他に誰もいない。貴之だけだ……胸の奥からじんわりとあたたかさが広がっていく。すがりついて離れたくなくなる瞬間だった。

自分もこんなふうに、あたたかな目で貴之を包み込めたらいいのに。与えられる愛情の半分も返せていないのじゃないかと、しばしば柾は不安になる。こんなにも貴之を愛していること…うまく伝わっているだろうか。何度言葉にしたって足りない、こんな気持ち……。

柾はためらいがちに、貴之の下腹に顔を埋《うず》めた。重量のあるそれを、いつもしてもらっていることを思い出しながら、丁寧に舐《な》める。快感だけでもいい、自分に与えられる半分でいいから、感じてほしくて。

「もういい……おいで……」

感じ入った声で貴之が促す。それでも放さずにいると、

「だめだ。口を汚してしまう……」

抱き上げられ、膝の上、抱き合う形で腰を絡めた。灼熱の楔《くさび》がじわじわと秘門を押し広げて入ってくる。

「は……ぁ……っ」

苦痛が過ぎ、徐々に同じ熱さになじむと、さっきまで口で感じていたものの大きさや形をやけにリアルに感じ、頬が赤らんだ。全身で貴之を頬ばっているような感じだった。

「ん…。今日は特に……きついな……」

「貴之が……大っき……ああっ」

グッと奥まで入り切る。衝撃に大きくのけぞった柾の耳をざらりと舐めると、さらにきつく貴之を締めつけてきた。

健康的に陽焼けした頬が、うっすらと上気している。せつなげに潤んだ瞳が、貴之のサディズムを刺激する。

「腰を動かしてごらん。自分で気持ちよくなるんだ」

「や……だ。やだ……できな……や、ああっ」

のけぞった胸の、ばら色のしこりに歯を立てる。柾の股間がぐっと上を向いた。乳首を歯の間に挟んだまま、貴之は忍び笑う。

「嚙まれるのも感じるのか？　いやらしい子だ」

「ちがっ……」

「感じるんだろう？」

「ああっ！　や…だあっ……しゃべっちゃっ……はうっ」

「腰を使いなさい。ほら……楽になりたいんだろう？」

過敏な乳首に爪を立て、こね回しながら、巧みに股間をもてあそぶ。柾は必死に喘《あえ》ぎをこらえているが、体は正直に強い刺激を求めて、ちいさな尻がもじもじと揺れはじめている。

貴之は大きな手で乳首をこすりながら、腰を大きく突き上げた。

「あぁぁっ！」

それが合図だった。柾はむせび泣きながら、汗ばんだなめらかな背中をくねらせて、貴之の注文に応じた。欲望の先端が、とろとろと透明な涙を流している。

「あ…ああっ……い…い……いい、よおっ」

腰をくねらせる速度に合わせて、貴之の手が股間を擦る。前と後ろを巧みに追い上げられ、柾はあっけなく陥落した。熱い液体が弾ける。

力を失《な》くした頭が、後ろにカクンと落ちた。

遅れて、柾の中で達した貴之は、逞しい腕で彼の頭を抱え寄せ、荒い息……貪るようにくちづけた。

「イッた後の顔……かわいいよ……とても……」

快楽にとろけて、目の焦点を失っている柾の頰にそっと吸いつく。

「その顔、わたし以外には見せるなよ……？」

見せるわけないよ……。応えるつもりで、柾は唇を動かした。だが乾いた声は、言葉にならなかったようだった。


翌朝は快晴。冬休みにまだ体内時計が慣れていないのか、いつもの時間に目が覚めてしまった。

六時半。まだ貴之は出勤前だ。今日も遅くなると云っていたから、朝のうちに旅行の話をしておこうと、柾は急いで顔を洗い、階段を下りていった。

昨夜《ゆうべ》は云いそびれてしまったけれど、一晩寝て、気持ちは固まった。アルバイトはしたいし、斉藤のことも気がかりだけれど、短い冬休み。あてのないアルバイト探しに明け暮れるより、スイスでスキーを教えてもらったほうがずっと有意義だ。この先いつこんな機会があるかわからないし、なにより、あんなに楽しみにしてくれている貴之をがっかりさせたくなかった。

階段を下りる足が少しふらついた。腰は怠《だる》いし、まだ頭の芯がぼうっとしているけれど、体の隅々まで貴之に愛されて、指の一本一本、細胞のひとつひとつまで幸せが染み通っているような幸福感に満たされていた。

「昨夜の様子では、あと一押しというところだな」

コーヒーの香り漂うダイニングルーム。貴之の声が廊下に漏れていた。

おはよう、といつものように元気よく声をかけて入ろうとした柾は、聞こえてきた三代の言葉に、ノブを回す手を止めた。

「いくらなんでも、やりすぎじゃございませんか？　なにもアルバイト先の買収までなさらなくても……」

「あれくらいしないと、あの子には効き目がないだろう」

「だからといって、これからも柾ぼっちゃまの働き口をみんな買い上げて回るわけにはいきませんでしょう」

「必要ならそうするつもりだ。あの子もいずれ懲《こ》りるだろう」

「そりゃ、わたしだって、ぼっちゃまのアルバイトに諸手で賛成ってわけじゃありませんけれどねえ……」

「へーえ。……そうだったんだ」

テーブルの貴之が、驚いた顔で振り返った。そばで給仕をしていた三代も、ドアに立つ柾の姿に、あっと口を押さえる。

「おかしいと思ったんだ。レンタル屋が年末年始に休業するなんて。そーか。これでわかったよ。ぜーんぶ貴之の差し金だったわけだ」

夜叉《やしゃ》のような形相《ぎょうそう》で激しくにらみつける柾に、貴之は一瞬ひるんだように見えた。だがすぐに、平生の冷静さを取り戻した。

「おまえがいつまでも意地を張っているからだ」

「だからってそこまでする、フツー⁉」

「普通でなくて結構だ」

「いい大人のすることかよ！」

「たしかに子供には真似できまいな」

もうこの話は終わりだとばかり、バサリと新聞を拡げる。柾は爪が食い込むほどギュッと手の平を握り込んだ。さっきまで満ちていた温かな幸福感は、冷たく凍り付いてしまっていた。

「なんでそんなことするんだよ」

「以前からアルバイトは反対だと云ってあるはずだ。受験のことを本格的に考える時期だろう」

「受験なんかしないい」

「……しない？」

貴之が新聞から顔を上げる。柾は下唇を嚙み締めた。

結局、そうなんだ。貴之が心配なのはそれなんだ。スイス旅行も、海外に連れ出してアルバイトをさせないために計画しただけなんだ。

「受験をしないというのは、どういう意味だ、柾」

「……もういい」

「柾。ちゃんと答えなさい」

「貴之には関係ないっ」

柾は身を翻した。バタン！　と乱暴にドアが閉まる。

「ぼっちゃま……」

コーヒーポットを持ったまま、三代がおろおろと天井を見上げる。一度は腰を浮かしかけた貴之だったが、溜息をついて、再び新聞に目を落とした。

「放っておきなさい。そのうち頭も冷える」

「ですけれど……」

三代が貴之のカップにコーヒーを注《つ》ぎ足したそのとき。

階段から、ガタン、ゴトン、ガタン……と、なにかを引きずるような大きな音が聞こえてきた。

「んま——ぼっちゃま！」

様子を見に飛んでいった三代の慌てた声に、何事か……と、貴之は新聞を畳み腰を上げた。

廊下に出て、玄関に立っていた柾の姿に、面食らって眉をひそめる。

フードつきのダッフルコート。背中に背負った大きなリュック、スーツケース。さっきの物音はスーツケースを下ろす音だったようだ。

「出発の予定は明日だぞ。気が早いんじゃないのか？」

「行かない。おれ、もう貴之とは一緒にいたくない」

全財産の入ったリュックを背負い直すと、柾は、まっすぐ貴之の目を見つめた。

「五年間、お世話になりました。さよなら」

絶句する二人に大きく頭を下げると、柾は玄関を開けた。重いスーツケースを引きずり出す。

「柾ぼっちゃま！」

「放っておきなさい。どうせ、他に行くところなどない」

貴之の尖《とが》った声が、閉じかけたドアから聞こえた。

訣別の決意と怒りを静かに背中にみなぎらせ、柾は門を出た。朝の冷気がピリピリと肌を刺す。

冬の朝、空が高かった。

3

「――で。家出先として、おれのうちに白羽の矢が立ったってわけか。ありがたくて涙が出るね」

1Kのキッチン。悠一は、カフェの店員みたいな白いエプロン姿で器用にくるくると卵焼きを巻きながら、ガス台とシンクのすぐ横にある狭い玄関を占拠したバカでかいスーツケースと、その上で胡座《あぐら》をかいている友人とを、かなり呆れの入った視線で見やった。

「だって、ここしか行くとこねーんだもん。ホテルに泊まる金なんかねーし、島田《しまだ》は冬休み中ずっと白馬のスキー場でバイトだろ、大木《おおき》は親と田舎帰っちゃってるし」

「おれがいなかったらどうするつもりだったんだよ」

考えてなかった。

「……駅か公園で寝る」

「ばかか。その無計画で無鉄砲な性格、どうにかしろよな、おまえ」

悠一に呆れ顔で大きな溜息をつかれ、柾はしゅんと肩を落とした。ほんとに無計画だ。悠一なら泊めてくれると勝手に思い込んでた。

「ごめん……おれ、悠一の他に頼れる奴思いつかなかったんだ。……迷惑だよな。ごめん。どっか他当たるよ」

「食費と光熱費はちゃんと入れろよ」

え……と驚く柾の口に、できたてアツアツの卵焼きが一切れ運ばれた。

「あぢぢっ……泊めてくれんの!?」

「他にあてがないんだろ」

「やったー！　サンキュ、悠一！　この卵焼きもサイコーっ」

「そりゃどーも。ただし、うちにいること、ちゃんと貴之さんに連絡しとけよな。ま、どうせバレバレだろうけど」

「いいんだよ。貴之なんか」

まるで親の仇《かたき》に噛みつくみたいな勢いで、二切れ目の卵焼きをがぶっと齧る。

「あの過保護の石頭の独裁者。人が黙っておとなしく云うこと聞いてりゃ図に乗りやがって」

「……黙って？　おとなしく？……誰のことだそれ」

「金にモノ云わせるなんて最ッ低も最ッ低だよ。んな姑息《こそく》な手でおれが思い通りになると思ったら大間違いだってこと、この際、よーっくわからせてやるんだ」

「……思い通りにならないのがよーくわかってるから、とうとう実力行使に出たんじゃないのか？」

「おまえどっちの味方なんだよ。あ、荷物どこ置いたらいい？」

いつ来ても、悠一の部屋はきちんと片づいている。

八畳相当の細長いフローリング。シングルのパイプベッドと、粗大ゴミ置き場で手に入れたという勉強机兼用のちゃぶ台。すごい読書家なのに本棚に辞書しか並んでないのは、図書館で借りるか、読み終わった本はすぐ売ってしまうからだ。

「にしたってすげえ荷物だな……おい、制服まで持ってきたのか？」

「当ー然。教科書と鞄も持ってきた。貴之が反省するまで、ずえーっってー帰ってやんねーもんね。半年でも一年でも二年でもっ」

「……三日にしとけよ」

「あ、そーだ。悠一、これ返す」

柾が細々としたものと一緒にリュックからひっぱりだしたビデオを見、悠一は怪訝そうに眉をひそめた。

「斉藤に貸したやつをなんでおまえが持ってるんだ？」

「昨日、斉藤んちに返してもらいに行ってきたんだよ。なあ、歯ブラシ風呂においていいよな？」

「あ、待て、風呂は……」

勢いよくユニットバスのドアを開けると、ドライアイスの煙みたいにもうもうと湯気が流れ出してきた。一瞬視界を奪った白がふっと晴れた瞬間、柾の頭の中は真っ白になった。

バスタブに佇《たたず》む、一糸まとわぬ乳白色の女体。

「…………………」

ぽかんと口を開けたまま、水滴を滴《したた》らせた美しい裸体を前にフリーズしてしまった柾に、生まれたままの姿の美女は慌ても騒ぎもせず、タオルで上げていた金茶色の長い髪をバサリと下ろすと、涼やかな声で云った。

「寒いわ。中に入るか、ドアを閉めてくれる?」

「──────」

「風呂はいま使用中」

悠一がパタンとドアを閉めた。ギギギ、と固まってしまった首を悠一に向ける。

「だっ……誰?」

「お袋」

「ええっ!?」

「なわけないだろ。昨夜泊まったんだよ。めったにうちには来ないんだけどな、マンションの近所が夜間工事でうるさくて眠れないとかって」

「先に云えよっ、そーゆーことはっ!」

怒鳴ったとたん、計ったようなタイミングでドアが開いて、シックな白いパンツスーツを纏った美女が柾ににっこりと笑いかけた。

「ごめんなさいね。驚かせて。お風呂の鍵、壊れてるの」

「い、いえっ！　おれのほうこそ、あの…すみませんでした」

「いいのよ。鍵を直さない悠一が悪いわ」

「なんでおれにお鉢が回ってくるんだ？」

悠一がぼやきながらキッチンに戻っていく。

彼女は背が高く、柾と並んでもほとんど目線が変わらなかった。

華やかな、くっきりした目鼻立ち。ウェーブがかかった金茶色の長い髪が、知的な美貌を柔らかく縁取っている。化粧っ気《け》はないのに膚《はだ》は透き通るように白くて、小さな耳朶《みみたぶ》に真珠のピアスが重たげに揺れている。ほっそりとした喉、くびれたウエスト……近くにいるだけでポーッとしてしまいそうないい匂いがした。大人の女性だ。

「オカくん……でしょう？」

落ち着いた、なめらかなアルトで、彼女が訊く。まだ落ち着かない心臓が、名前を呼ばれただけでドキッと跳ねた。

「は、はい」

「やっぱり。悠一からいつも聞いてる通りだから、すぐにわかったわ」

「悠一が、おれのこと話してんですか？」

「ええ。いいお友達だって」

「朝っぱら突然人んちに押しかけてくるメーワクなダチだって」

キッチンから悠一の声が飛んでくる。美女はこっそり柾の耳に唇を寄せ、

「あんなこと云ってるけど、オカくんに頼られると嬉しいのよ、彼」

「理子《まきこ》。よけいなこと云うなよ」

「はいはい。お邪魔虫は退散します。またね、オカくん。今度三人でご飯でも食べましょう」

美女はいたずらっぽく頬笑んで、小さめのボストンバッグを手にした。

「あれ、朝飯食っていかないの？　大根の味噌汁にしたけど。好きだろ？」

「うーん、残念なんだけど遅刻しそう。九時からミーティングなのよ。長風呂しすぎちゃったみたい」

悠一が玄関に、上品なベージュのハイヒールを揃える。

「今夜はホテルに泊まるわ」

「ごめん。下まで送るよ」

「いいわ、ここで」

エプロンを外そうとする悠一の手を、マニキュアの細い指でそっと押さえて、首筋に吸い

つくようなキスをする。柾は思わず赤面して後ろを向いた。

と、寝乱れたままのベッドが目に入る。……やっぱ、ここで寝たんだよな、昨夜……。ってことは……。……うわ、うわ、うわわわわ～～～～～～っ！

「なに百面相やってんだ？　顔面神経痛か？」

いつから見ていたのか悠一が、茶碗を両手に持って、気味悪そうに横に立っていた。

「朝めし、食うんだろ？　手伝えよ」

「う、うん」

いけない妄想を振り払うべく、ぶるぶると頭を振る。が、動揺が足にきていたのか、床に積み上げられた本の山につまずいてしまった。本が雪崩《なだ》れを起こし、その上にのっていたコピー紙の束や、ＣＤケースが床に飛び散る。

「ご、ごめん」

「ナンバー順に揃えとけよ。生徒会の資料なんだから」

「うん。……あ、これ。講演会の？」

毎年、三学期の初めに開催されるＯＢ講演会は、生徒会主催の恒例行事だ。九月の改編で副会長に就任したばかりの悠一は、二学期末、ずっとその準備に追われていた。柾が蹴飛《けと》ばしたのは、その資料のようだ。

ゲストの選出から出演交渉、講演のテーマまで生徒会に一任される。つまりは、生徒会の力量を問われる行事だ。ゲストの条件は東斗のOB、OGであることで、去年は著名な純文学作家、その前年は、テレビで活躍中の女性国際弁護士だった。

この講演会の出来不出来が、二月の総選挙の運命を左右するともいわれるため、この時期、生徒会は有名ゲストの獲得に躍起になる。が、ただ有名人を引っぱってくればいいというものでもない。前回の講演は、始まって五分で全生徒の三分の二が爆睡していた。

「ゲスト決まったのか？　誰？」

「ガイアってゲーム製作会社の社長」

悠一は、柾が拾い集めたコピー紙の一枚を指した。立花保。株式会社ガイア代表取締役。ガイアって……あれ？　最近、どっかで聞いたような……あ！

「ガイアって、〝天使大戦〟のガイア⁉」

思わず叫ぶ。

「へえ。オカでも知ってるのか、ガイア」

「当ったり前だろ、常識だよ常識」

昨日、初めて知ったんだけど。

「ふーん。ガイアの社長ってのが、テンタイのゲームデザイナー、オサダタモツ。マスコミ嫌いで露出はしないって聞いてたから難航するかと思ったら、東斗の後輩のためならって気軽に引き受けてくれたんだ。今日の午後、講演会の打ち合せに行くことになってて——ぅわっ!?」

　突然、右脚にガシッと抱きついてきた柾に、悠一は味噌汁椀を両手に持ったまま、危うく足をもつらせそうになる。

「ばっ……なにやってんだ、あっぶねーな」

「一緒に行く」

「あ？」

「オサダタモツのとこ。行く。一緒に」

「はあ？　なんで。オカ、それほどゲーム興味ないだろ」

「テンタイは別。行く。行きたい。連れてけ」

　悠一は片眉を吊り上げて、長い脚にコアラみたいにしっかと抱きついた友人を見下ろした。

「そういうときはな、どうか連れてって下さいお願いします、だ。やり直し」

「いいか。遊びで行くんじゃないんだからな。騒いだり、ゲーム製作の裏話を聞き出そうとしたりするのは一切厳禁。わかったな？」

　電車で三十分、バスに揺られること十五分。二人が下車したのは、閑静な住宅地の一角だった。

「わかってるって、何度も念押さなくたって。ちゃんとおとなしくしてるってば」

強い北風に首を竦めつつ、しつっこいなー、と小さく呟く。地図を見ながら先を歩いていた悠一が「なに？」という顔で振り向いたので、慌てて話題を変えた。

「けどさ、テンタイの作者がうちのOBだったなんて全然知らなかった。悠一、前から知ってたのか？」

「いや、最近。講演のゲストを決めるのに卒業生名簿調べてて偶然わかったんだ。中学から東斗で、大学は早稲田《わせだ》の理工学部。大学四年のときガイアを立ち上げて、初めて作ったゲームが大ヒット。ベンチャービジネスの先駆けだな」

「テンタイって、累計で一千万本売れたんだろ？　えーと、一本九千八百円だから……」

「やめろ。時給八百円でバイトしてるのが虚《むな》しくなる」

「……同感」

溜息をつく二人の間を、北風がビュウッと吹き抜けた。

「にしたって、なんで他の役員来ねーの？　こういう打ち合わせとかって、ほんとは会長の仕事だろ？」

「あいつらは役に立たない」

地図で道順を確かめながら、悠一は不機嫌に答える。

「先週、会社のほうに会長と役員三人を打ち合わせに行かせたんだよ。したらあのボケナスども、すっかり舞い上がって、会社見学して土産にサンプル貰っただけでほくほく帰ってきやがって……」

「サンプルって、ひょっとしてテンタイⅣのデモ版？」

「ああ。よく知ってるな」

「ゲー研の田島が、自慢そーに見せびらかしてたんだよ」

「誰かが横流ししたんだろ。あー……なんだ、それでか」

悠一はニヤついて柾を見遣《みや》った。

「どうもおかしいと思ったんだ。田島にサンプル見せびらかされたのが悔しくて、一緒に連れてけって云いだしたんだろ。あっちがサンプルなら、こっちは直接会ってサインのひとつも貰ったろーかと。オサダタモツっていったらゲームオタクの連中には神様みたいな存在らしいもんな」

「そ、そんなんじゃねーよ。おれはただ純粋に、あのテンタイを作った人に興味があってっ……」

「はいはい。けど、レア物ってだけでたいして中身はなかったぜ、あのデモ。キャラと先頭ステージの背景がざーっと流れるだけで」

悠一はクールに云うけれど、それはプレイした人間だけに許される台詞《せりふ》だ。その「ざーっと」を見てから、「たいしたことねーよ」と云ってみたいのが人情ってやつなのだ。

「だったら手っ取り早くコネ使えよ。テンタイの発売元のNOA《ノア》エンタプライゼスって、四方堂グループの関連企業だろ？　貴之さんに一言頼めばいくらでも手に入るだろうに」

とたんに柾はムスッとした。

「……貴之とはゲームの話はしたくない」

特にテンタイには、苦くて嫌な思い出があるのだ。

あれは、去年の秋。発売したばかりのテンタイⅢを、すでにクリアしたバイト先の先輩から「すんっげー面白い！」と折紙つきで借りてきたときのことだ。

週末、ほぼ丸一日かけてファーストステージをクリアし、次のステージで城塞都市を攻めあぐね、攻略本に頼ろうか、もう少し粘るべきか悩んでいると、横で雑誌を開いていた貴之が、退屈そうに話しかけてきた。

「昨日から夢中だな。そんなに面白いものなのか？」

「めっちゃくちゃ面白いよ。貴之もやってみる？」

「……わたしが？」

「簡単簡単。教えてやるよ。ハイ、まずはコントローラーを持って下さい」

「こう、か？　ふむ……なるほど、このボタンで画面に出てくる選択肢を選ぶんだな」

「あーっ、ダメダメ、そこでいきなり戦闘モードは！　全滅しちゃうって！」

貴之に教えられることはあっても、柾が教える側に立つことなど、めったにあるものじゃない。先生口調であれこれ指図するのはなかなか新鮮で楽しくて。……だけど。

「エンディングまで、二十分かかんなかったんだ。貴之」

柾はムスッと答えた。

「おれがファーストステージ攻略に一晩かかったのに、初めてコントローラー握った貴之が二十分でオールクリアなんて、理不尽だっ！」

「……っていうか、あれ、二十分で終わるもんなのか？」

「攻略本にも載ってないけど、実はワンステージごとにエスケープポイントが隠れてんだよ。普通にプレイするのが一段一段階段を上ってくようなもんだとすると、エスケープするのは高速エレベータでガーッと最上階まで上ってっちゃう感じ。ストーリーなんかほとんどなくて、ひたすらキーワード拾ってラストステージ到着。ちゃらら～っとED流れてジ・エンド」

「うわ……ぜんっぜん面白くないな」

「貴之に云わせると、〝最もムダな戦力を使わず、最短最良と思われる方法を選択しただけ〟……なんだってさ。後でもういっぺん一人でやってみたけど、一度使ったエスケープポイントはロックかかっちゃうみたいで」

「おまえ程度の頭脳じゃ二度と通ることはできなかった、と」

一言よけいだよ。

「めったに見られないモノ見られて得したと思えば？　だいたいな、あの人の頭と張り合うのが間違ってるんだよ。それに根本的な問題として、オカはシミュレーション向きじゃない。応用利《き》かないし、後先考えないし」

「それ、ぜんっぜん慰めになってねーよ」

「わかるか？　あ、あの家だ」

悠一が指したのは、ひときわ目立つ、デコレーションケーキみたいな三階建てだった。真っ白な外壁に赤い屋根。幾つも並んだ出窓は、どれも真っ赤なロールブラインドが下がっている。芝生の広い庭に噴水。大きな車庫には外車が三台。

「ふあー……でっけー家。いかにも社長の家！　って感じだなー」

「いきなり庶民のふりするなよ。おまえんちの豪邸に比べたら、標準レベルだろ」

インターホンで往訪を告げた悠一が、呆れたように呟く。

「建坪百五十だっけ？　横浜の本宅ってのはもっとでかくて、塀が一キロとかあるんだろ？　国民の敵だな」

「知らねーよ。おれは居候だもん。あっ、あの車ダイムラーじゃん？　あっあっ見ろよ、すっげー、プールがある！」

「あんまりキョロキョロするなよ。みっともない」

と云われても、人の家を見るのは面白い。

柾が心ゆくまでキョロキョロしつくしたころ、白いエプロンをかけた、家政婦らしき女性が玄関を開けてくれた。

通された応接間も、家の大きさに見合う広さで、床に敷かれた分厚いペルシャ絨毯《じゅうたん》とシャンデリアがいかにも「お金持ち」という感じだった。ふわふわしすぎて尻が落ち着かない白い革張りの六人掛けのソファア。余裕でかくれんぼできそうなマントルピース。壁には美術の教科書で見たことのある絵がさりげなくかけてある。確か、モネだかマネだか。

「なあなあ、あれ本物かな？」

「さあな。本物ならン千万だろけど」

「すっげー……ゲームって儲《もう》かるんだな」

そんな下世話な会話をしていると、胡桃材《くるみざい》の重そうなドアが開いて、モスグリーンのポロシャツを着た、大柄な若い男が入ってきた。

「やあ、いらっしゃい。待ってたよ」

「お邪魔しています」

悠一が素早く立ち上がって頭を下げた。柾も慌てて倣《なら》う。

「はじめまして。先日お電話した、東斗学園生徒会副会長の佐倉です」

「は、はじめまして、岡本です」

「本日は東斗学園の生徒会代表でお伺いしました。お忙しいところ、お時間を頂いて恐縮です」

立花も丁寧に頭を下げ、二人に名刺をくれた。人なつっこい笑顔。

「よろしく、ガイア代取の立花保です。ああ、君たちには「オサダタモツ」っていったほうが通りがいいかな」

この人がオサダタモツかぁ……。

柾は、配られた名刺と目の前の爽やかな笑顔を、こっそり見比べた。

カリスマゲームデザイナーとか、ベンチャービジネスの先駆者とかいうイメージとはちょっと違っている。体格もスポーツマンタイプで、ゲーム業界っていうより、若手のプロゴルファーみたいだ。

「外は寒かっただろ。道に迷わなかった？」

「はい、地図を頂いていたので。それに電話でお聞きしてた通りの目立つお宅だったので」

「だろう？　母の趣味なんだ。苺《いちご》ケーキみたいでぼくは落ち着かないんだけど。ちなみに、あのモネは贋作です。本物は銀行の貸金庫」

「……あ」

聞かれてたのか。バツ悪く赤面する柾に、彼はニコニコと人なつっこく笑いかける。

「ぼくの現役時代から東斗生徒会は美形揃いで有名だったけど、いまも変わってないんだな」

「え？」

「いえ、こいつはただのオブザーバーです」

悠一がきっぱりと口を挟む。

「こういうコアラ顔系は、東斗百五十年の伝統にのっとって選出しません。こいつ、〝天使大戦〟の大ファンなんです。立花さんに会うって口を滑らせたら、どうしても連れてけって聞かなくて」

「よけいなこと云うなよっ」

赤くなり、悠一の脇腹を肘《ひじ》で小突く。ってていうかコアラ系ってなんだよ。

「すみません、立花さん。変なの連れてきてしまって。うるさくしないように言い聞かせてありますけど、邪魔ならすぐ追い返しますから」

「いやいや、邪魔なんて。むしろ大歓迎だよ」

保は破顔する。

「年中オフィスにこもりきりで、実際、ガイアの作品のファン……特に君らくらいの年頃の子と接する機会ってのはなかなかなくてね。こちらこそ、よかったらいろいろ話聞かせてほしいな。あ、コーヒーどうぞ？」

「いただきます」

美味《おい》しいコーヒーだった。ちゃんと豆から挽《ひ》いている味だ。もちろん貴之が淹《い》れてくれるコーヒーのほうがずっとうまいけど。

……って。なんだよ。こんなとき、貴之のことなんか。

「それでは早速ですが、こちらに今までの講演会の資料を揃えてきました。参考になるといいんですが」

悠一が、用意してきた書類をテーブルに出す。

「ありがとう。ちょっと拝見……うわー、前回、作家の吉行《よしゆき》準之助《じゅんのすけ》だったのかい？　国際アナリストの舛添信太郎《ますぞえしんたろう》に……この弁護士さんて、よくテレビやラジオに出てる人だよね？　こんなお歴々の後だと思うと、なんだか引き受けにくいなあ」

「立花さんには、〝二十一世紀ベンチャービジネスの行方と可能性を考える〟というテーマでお願いしたいと思っているんですが」

「えっ、まいったな、そんな堅い話できるかな」

資料をパラパラめくりながら、保はいささか尻込みするげに四角い顎《あご》を摩《さす》る。

「いえ、それはあくまで学校側に通した建前ですから。実際の講演内容はお任せします。ただ、やっぱりみんなが聞きたがるのはテンタイの話だと思うので、その辺りを考慮して頂けると大変ありがたいんですが」

「了解。それにしたって、佐倉君はしっかりしてるなあ。さすが東斗の生徒会だ」

「ありがとうございます。立花さんは、大学時代に会社を作られたと伺ってますが」

「うん。大学の同級生で長田《おさだ》ってやつと共同出資でね。実をいうと、オサダタモツっていうのは、ぼくとそいつの名前を足して作った合同ペンネームなんだ。ちょっと事情があって、いままでずっと外には伏せてきたんだけど」

「そうだったんですか。じゃあ、オサダタモツってゲームデザイナーは、実際には存在しない……？」

「そういうことになるね」

保はコーヒーで口を湿し、頷いた。

「実は先月、長田がガイアから独立してね。それを機に〝オサダタモツ〟は解消したんだ。来春発売のテンタイⅣからは、ぼく一人の名前で発表することになる」

「発売日、決定したんですかっ？」

柾は思わず食いついた。

「うん。もう仕上げ段階に入ってる。来年の三月には一般発売される予定だから、期待してて。ああそうだ、よかったらデモ版のサンプル持ってくかい？」

「はいっ！　貰いますっ」

「おい、オカ」

悠一が脇腹をつつく。保が笑いながらとりなしてくれた。

「いいんだよ、遠慮しないで。ぜひプレイした感想を聞かせてくれると嬉しいな。若い一般ユーザーの意見は貴重だから」

と、突然、ガチャッとドアが開いた。

「お兄ちゃん、……あ……！」

飛び込んできたのは、水色のシャツに白いカーディガンを羽織った、小柄な少年だった。

ソファに柾と悠一が座っているのに気付いて、ハッと身を竦める。

「カズ。起きたのか。熱は下がったのか？」

「うん……誰？」

「東斗の生徒だよ。来月の講演会の打ち合わせに来てくれたんだ。こっちにきて座れよ」

保が手招くと、少年は躊躇《ちゅうちょ》する素振りを見せながらも、するっと滑るように部屋に入ってきた。重力を感じさせない仕草で、兄のすぐ隣に腰を下ろす。

いかにも育ちの良さそうな、繊細な顔立ちをしていた。微熱のせいか、どことなく小動物っぽい、丸い大きな目が少し潤んでいる。サラサラした髪は焦げ茶色。色白で、シャツの襟首から、痩《や》せた首がスッと伸びている。

「寒くない格好してきたか？　油断するとまた熱が上がるからな」

「うん……平気」

「ほら、上着。ボタンちゃんとかけなきゃ」

「うん」

兄にかいがいしく世話を焼かれながら、和実は探るような上目づかいで、チラチラと柾たちを窺っている。兄と違って弟のほうはかなりの人見知りみたいだ。

「こいつは弟の和実。中等部の三年でね。カズ、こちらは高等部の佐倉くんと岡本くんだ。来年からお世話になるんだから、ちゃんとご挨拶《あいさつ》しなさい」

「……東斗中等部3―Cの立花和実です。よろしくお願いします」

立花和実？

柾は驚いて、俯きがちな少年の顔を見つめた。中等部三年の立花和実？

「弟さんも東斗だったんですね」

「うん。けど、外ではぼくのことは話さないように云ってるんだ。学校で変に騒がれるとかわいそうだからね。君らも内緒にしてくれるかな」

「わかりました」

あのさ、と柾は和実に切り出した。

「もしかしてゲーム同好会に入ってる？　高等部の斉藤にビデオ貸してなかった？」

「君、学くんの友達かい？」

逆に問い返したのは、兄のほうだった。

「同じクラスです」

「そうなの？　学くんならしょっちゅうウチに遊びに来るよ。こいつがすごく仲良くしてもらっててね」

大きな手で、弟の髪をくしゃっと掻き混ぜる。

「こないだ斉藤の家にビデオテープ取りに行っただろ？　おれ、預かってるんだ」

和実は初めて顔を上げて柾を見た。

「デッキ……直ったんですか？」

「うん。テープがちょっと折れてヘッドに嚙んでただけで、切れてなかった。ひょっとしたら小さい傷ができてるかもだけど」

「ビデオって？」

横から保が聞く。

「お兄ちゃんが留守のとき、斉藤さんが借りに来たんだ。九月にガイアの人たちと奥多摩の別荘に行ったときの……」

「ああ、あれか」

「こないだ家まで取りに行ったんだけど、テープがデッキに詰まっちゃってたんだ。いつでもいいですって云ったんだけど……あッ！」

「えっ？」

突然の大声に、三人はギョッとして動きを止めた。

「どうした、カズ？」

「……それ、ぼくの……」

強張《こわば》った顔で、和実が上目づかいに見つめているのは悠一だった。悠一が戸惑いながら、飲もうとしていたコーヒーを口から離す。

「ああ……カップか。また家政婦さんが客用と間違えて出しちゃったんだな」

それ和実のコーヒーカップなんだよ、と保が苦笑まじりに説明してくれた。

「すまないね、気にしないでやって。こいつ神経質で、自分の食器を人に使われるのが苦手なんだ」

「ああ、わかります。おれもジュースの回し飲みとかできないんで」

悠一がそうフォローしてカップをテーブルに戻すと、保が「淹れ直してもらっておいで」と弟に手渡した。トイレを借りたかったので、柾は和実と一緒に廊下に出た。

並ぶと、和実は柾より頭ひとつ分、背が低かった。柾も大柄なほうではないが、和実は中等部の頃の柾よりもっと華奢《きゃしゃ》で、たぶんクラスでもかなり小柄なほうだろう。撫で肩とか細い頸《くび》とか、女の子みたいだ。

「……あの」

トイレを借りて出てくると、和実が廊下で待っていた。

「ビデオのこと……」

「あ、ごめん。今日は持ってきてないんだ」

「いいです、急いでないし……」

「じゃあ新学期はじまったら学校に持ってくよ」

「あの。斉藤先輩と……仲良いんですか？」

「すごい仲いいわけじゃないけど、同じクラスだから」

「でも、おうちに行ったんですよね？」

「ああ、貸してた物取りに……なんで？」

和実はなにか云いたげな顔のまま、俯いて黙ってしまった。仕方なく柾も黙って待つ。いったいなにが云いたいんだろう。痺れを切らしかけた頃、また和実が口を開いた。

「斉藤先輩、入院してますよね。具合って……」

なんだ、それが聞きたかったのか。

「昨日、見舞いに行ってきたんだけど、意識はまだ。なんか……人から聞いた話だけど、斉藤と同じような症状で入院してる人、他にも大勢いるみたいなんだ」

「……大勢……」

和実は不安そうに顔を曇らせた。

「それ、原因とかって……」

「まだわかんないって。何度検査してもどこにも異常が見つからなくて、医者は強いストレスが原因じゃないかって云ってるみたいだけど」

と、傍《かたわ》らの階段から、スリッパの足音が聞こえた。

黒いスーツに身を包んだ中年の女性が、腕時計を留めながら階段を下りてきた。年格好からいって和実の母親だろう。

「こんにちは、お邪魔してます」

「……あら」

柾が挨拶すると、彼女は階段の中ほどで立ち止まった。

が、その視線は柾を冷ややかに素通りしていた。アーチ型の眉を鋭く跳ねあげ、吐き捨てるように云う。

「和実。あなた、また学校を休んだの？」

(学校？)

柾はきょとんとした。東斗学園は、中等部も一昨日《おととい》から冬休みのはずだ。

「年中熱が出た、頭が痛いって、休んでばっかり。そんなことで進級は大丈夫なんでしょうね？　留年なんてさせませんからね、みっともない」

母親は云うだけ云うと、長い爪で時計のベルトを留め、柾も息子のこともまったくスルーして、家の奥に向かって大声で呼びかけた。

「明子《あきこ》さん！　靴を出してちょうだい」

「はーい、ただいま！」

すぐに、家政婦がパタパタと玄関に出てきた。

「お出かけでございますか、奥様」

「靴を履くんだから出かけるに決まってるでしょ。間抜けなことを聞かないで」

「も、申し訳ありません」

「まったく気がきかないったら……。夕食はいらないわ。帰りは遅くなるから」

威丈高に云いながら、スタスタと廊下を去っていく。柾は気の毒になってそっと和実を見た。和実は、青白く強張った顔を、じっと俯けたままだった。

4

「……ってさ。冬休み中だってことド忘れしてたんだろうけど、なにもあんな云い方することねーのに」

打ち合わせを終えて立花家を辞したのは、もう夕暮れの時刻だった。

保は親切に夕食に誘ってくれたのだが、アルバイトの時間が迫っていた悠一が丁寧に断ってしまったのだ。せっかく一食分、食費が浮くところだったが、泣く泣く諦《あきら》めた。

帰り道、駅前のファストフードで早めの夕飯。ダブルバーガーをもぐもぐ頬ばりながら、柾は和実と母親の話をした。

「立花、一言も云い返せなくなっててさ……気が弱そうだったもんな、あいつ。あの親じゃ、一言でも言い返したら千倍になって返ってきそうだけど」

窓の外はもうとっぷりと暮れている。セットメニューを食べながら黙って話を聞いていた悠一が、ポテトをつまみながらふと口を開いた。

「それって、忘れてたんじゃなくて、冬休みに入ったこと知らなかったんじゃないか?」

「えー、まさか。だって一緒に住んでるのに」

「一緒に住んでたって、なにも知らないし気がつかないことだってあるさ。子供に関心がないんだろ。立花のほうも、云い返せないんじゃなくて、故意に云い返さなかったのかもな。云うだけムダだと思ってんじゃないか？　どんなに一所懸命話をしたって、相手がこっちに興味を持ってなきゃ、壁に向かって喋ってるようなもんだからな」

小さなテーブルに頬杖をついて、悠一は、窓の外の派手なネオンの看板にどこか冷めたような視線を投げた。

口の中のハンバーガーが、急にモソモソした味になる。柾はぎこちなくコーラのストローを咥えた。

悠一は、家族の話をしない。

両親のことも、家族構成も、中学時代からずっと親元を離れて一人暮らしをしている理由も。仲間内でその話になっても、さりげなく話をはぐらかしてしまう。柾でさえ、兄弟はいるのか、実家はどこにあるのかも知らない。

それでも、五年もつき合っていれば、チラチラと耳に入ってくることもある。生まれが京都であるらしいこと、両親との折り合いが良くないらしいこと。学校の女子は悠一のことをミステリアスだというけれど、そんなものじゃない気がする。

柾も家庭のことを聞かれるのは苦手だが、イタリアにいる母親との関係はいたって良好だ。週に一度は電話で話すし、折にふれ美しいポストカードが届く。一緒に暮らしていたときよりも仲がいいんじゃないだろうか。喧嘩も遠慮なくするし、云いたいことを我慢したことなんて、小さい頃から今まで一度だってない。生まれたときからずっとそんなだから、どこの親子もそういうものだと思っていた。

壁に向かって話してるようなもの。——悠一は、そんな辛《つら》い経験をしたことがあるんだろうか。

なにもかも自分で抱え込んでしまう悠一。立花和実には、あのブラコンぎみの兄がいるだけマシなのかもしれない。

悠一も、誰かに甘えることがあるんだろうか。例えばあのきれいな恋人……彼女になら、柾にも話さないことを打ち明けたりするんだろうか。

おれにもいつか話してくれるだろうか。話してくれるといいな…と思う。相手のすべてを知ってることが、親友の絶対条件だとは思わないけど。

ゆっくりと友人に視線を戻した柾は、

「あああぁーッ！」

店中に響き渡る声で叫んだ。悠一が、マスタードソースをたっぷりつけたナゲットを、ぱくぱくと口に放り込んでいた。

「おれのチキンナゲットーッ！」

「あ？　残したんだろ？」

「まだ一個も食ってねーだろっ！　てっめえ、どこに目ぇつけてんだよ！」

急いで自分のトレーを悠一の前から遠ざける。くっそー……三つも食われた！

「潔癖症のくせに人の食いモンに手ぇ出すなよっ。ちっとは立花和実を見習えっ」

「あいつは潔癖症なんかじゃないぜ」

指先を舐めながら云う。

「あいつのは単なるケチ。〝それ、ぼくの〟…って云ったときの顔、ガキがオモチャ取られてダダこねてるみたいだった。本物の潔癖症だったら、おれがカップに口つけた時点でゲロってる」

柾はジロッと友人を睨みつけた。

「人が食ってるときにゲロって云うな」

「失礼。口をつけた時点で嘔吐《おうと》を」

「………」

悠一は柾の投げつけたゴミをかわしつつ、目にも留まらぬ早業《はやわざ》でナゲットをまた一個かっさらった。こいつの指はカラスのくちばしか⁉

「ったく。おまえの潔癖症ってニセモノじゃねーの？　だいたい、ジュースの回し飲みはできないくせに、べろちゅーが平気ってのはぜったいヘンだぞ」

「回し飲みとキスを一緒にするなよ。キスは女としかしないだろ。……ま、おまえにはわかんないだろうけど。舞台の上で、スポットライト浴びて、全校生徒九百人の前で男とディープキスしたヤツには」

「ゲホッ」

むせた。コーラが鼻に回って、のたうちまわる。

「ゲホゲホゲホッ。だ、ゲホッ、だれ、ゲホッ、が、ディープキスなんかしたよ！　舌なんか入れてねーぞッ！」

横でダストボックスのゴミを片付けていた店員が、目を点にして柾を注視した。後ろにいたOLらしき三人も、何事？　という顔で振り返って見ている。

「学祭の話は二度と蒸し返すなっつっただろっ。思い出しただけで鳥肌が立つ〰〰っ」

三人の視線を避けるように頭を低くし、文句をつける柾に、悠一は妙な眼つきをする。

「別の意味の鳥肌じゃないのか？」

「なんだよ、別のって」

「あれで視姦の快感に目覚めたとかさ」

「シカン？」

「見られると興奮するんじゃないのか？ってこと」

そっと下顎にかかる冷たい指。柾は眉をひそめて顔を振った。

「やめろって。気色悪ぃ」

「王子役にキスされるとき、うっとり目を伏せてただろ。よかったな、貴之さんが急な出張で。あんな顔見られたら、後でなに云われたか」

「誰がうっとりなんかするかっ」

「ドレスもよく似合ってた。役得だったよな、おまえの相手は」

「なに云ってんだよ。ホントなら一緒に舞台で恥かくはずだったのに、一人だけ逃げやがって。生徒会役員は原則として劇に参加できないなんて規則、準備会に圧力かけて土壇場で無理やり作らせやがって」

「好きで逃げたわけじゃない」

悠一は、テーブルに手をついて、ゆっくりと枉のほうに身を乗り出してきた。その背中越し、OLたちが興味津々で二人を見ている。

「逃げなきゃならない理由があったんだ」

「どんな。……顔近づけんなよ、気色悪ィ」

「好きなんだ」

「なにが」

「好きな奴とのファーストキス、衆人環視で行えるほど図太くないんだ」

悠一の手の平が、テーブルの上の枉の手に、ゆっくりと重なった。

「おまえと人前でキスする度胸なんかない。けどいざとなったら、王子役の男、舞台から引きずり下ろしてぶん殴ってやりたくなった」

「……キッツイ冗談……」

「だと思うのか？」

柾の黒瞳の奥を捕らえて、悠一は、形のいい二重の目をスッと細める。

「五年間、ずっとおまえだけを見てきたおれの気持ち……冗談なんかで片付けちまうのか？」

「え……？」

サーッと血の気が引いた。

う……嘘だ。

だって、悠一には恋人いて……悠一はホモじゃないし……でもそういえば学食で口の横舐められたことが…………いや……でも……まさか…………そんな…………。

「ずっと好きだったんだよ。おまえのことが。気がつかなかったのか？」

脳回線が、パシッと音を立ててショートした。

「好きだぜ……オカ……」

端整な顔が、パニックに真っ白になった柾の唇の先、あと三センチまで迫ってきて……熱い唇が……。

(うわあああああああっ！)

¥100

思わず目を閉じた。

……ぺと。

「あッぢぃ!?」

灼熱の感触。唇を押さえて飛び上がった。

同時に、周りから、押し殺した笑いが沸いた。悠一はテーブルに突っ伏し、全身をひくひく震わせて笑っている。その手に握っているのは——ホットコーヒー……！

「ばあーっか。なに本気にしてんだよ」

「ううう〜〜〜っっ」

柾は耳朶まで真っ赤になって、ヒリヒリする唇をこすった。くっそー……一瞬でもマジになったおれがバカだったっ！

「あーあ、笑った笑った。久々に腹筋使った。オカをからかうと退屈しないなー」

悠一は笑い涙を拭きながら立ち上がる。

「じゃ、おれバイト行くわ。帰り夜中になるから先に寝てろよ。客用布団はクローゼットの中。部屋の中のものは好きに使っていいけど、オンナ連れ込むのだけは禁止だからな」

と、ふと気付いたように振り返る。

「あ、おまえの場合は、オトコか」

……きっとこういうときなんだ。友人に殺意を覚えるのって。

クリスマスイルミネーションに彩られた街は、夜を迎えてなお喧噪のただ中だ。ヘッドライト行き交う大通りから、ひとつ裏道へ入っても人が溢れている。

なにをするでもなく路上に座り込んでいる少年少女の横を通り過ぎ、柾は下りたシャッターの前で立ち止まって、チケットの裏側に書かれた地図をもう一度確認した。

この地図によれば、クラブ〝DOORS〟は〝赤い壁〟という洋風居酒屋の地下二階にあるはずなのだが。

(ないなー。道がゴチャゴチャしててわかりにくいし。えーと、四つ目の角を右折して、斜めの道をまっすぐ……)

白い息を吐いて、再び歩き出そうとしたそのとき、地味なスーツの男女がにこにこして近付いてきた。丸顔のころっと太った中年女性と、男のほうは二十代だろう。

「こんばんは。君、一人?」

女性が、親しみを込めた笑顔で尋ねた。はい、とつられて頷く。

「いくつ?」

「高二……」

「いつもこの辺で遊んでるの？」

「……」

なんだろう？　宗教の勧誘か？　たじろいだ柾の肩に、若い男が、後ろからポンと手をのせた。

「君、家はどこ？」

「は？」

「この時期、多いんだよねえ、君みたいな子が」

「あの……おれ、急ぐんで」

顔を引き攣《つ》らせ後じさった柾の肩を、男がガシッと摑む。ニコニコと油断ない笑顔を浮かべた中年女性が、素早くバッグから取り出した警察手帳をかざした。

「ちょっと、お話聞かせてもらえるかな？」


警察署の椅子は、座っているだけでどんどん惨《みじ》めになっていく場所だ。

古びたビルの二階は、補導された少年少女でごった返していた。クリスマスと年末を控え、未成年取締り強化期間なのだと、柾を補導した小杉《こすぎ》という若い巡査が話した。

柾の隣には、三十分ほど前に連れてこられた顔色の悪い少女が、じっとうずくまってCDを聴いている。補導官の間からは、売春、薬物…そんな言葉も聞こえてきた。迎えに来た親の啜り泣き。子供との怒鳴りあいも珍しくない。

「名前は？」

「………」

「じゃ、電話番号」

「………」

「……学校名は？」

「………」

「あのねえ。そうやってずーっと黙秘してれば、諦めて帰してくれると思ってたら大間違いだよ？」

もう二時間近くもだんまりを続けている柾に、小杉巡査はかなり苛立《いらだ》っている。

「親御さんは外国。保護者の名前も、自分の名前も云えない。学校名も云いたくない、と。……しょうがないね。じゃ、一晩泊まってく？」

俯いたまま首を振る。

「嫌だろ？　嫌だよね。じゃ、ここに名前書いて」

「………」

「……あのねえ。身元保証人がいないと帰せないんだよ。君はまだ未成年だから、親御さんの保護が必要なの。わかる？」

「………」

「しょうがないなあ。学校の先生とか親戚の人でもいいから、誰か迎えに来てくれる人いるでしょ？」

俯いたまま、柾はぽつりと呟いた。

「……おじさん」

「うんうん、おじさんでいいよ。じゃ、ここに名前書いて」

小杉巡査は、ホッとしたようにボールペンを握らせる。

しかし、柾が書き込んだ名前と電話番号を見ると、彼は思い切り疑わしそうな視線を向けた。

「……本当にこの人、君のおじさん？」

「甥っ子ねえ……。妹さん、生きてても二十歳でしょ。いくつのときの子ですよ」

「そんじゃ実子にしてもいいが。続柄・長男、と。おれが十二んときの子だな」

「……わかりましたよ。甥でいいです」

巡査は彼と顔なじみらしかった。あなたに子供ができるわけないじゃないですか、とぶつぶつ云いながらも、何枚もの書類に署名捺印させた。

「薬物等は所持してなかったし、補導歴もないようだから、ナギさん信じて帰しますけどね。いたいけな未成年に手を出しちゃダメですよ」

「わーってるって。児童福祉法、最近うるせえからな」

「違います。ぼくが妬《や》くから」

小杉巡査はひそっと呟いて、机の下、男の手をそっと握った。

「さあて。帰るか」

着古した革のブルゾン、色落ちしたジーンズの長身の男が、白々とした明かりに照らされた廊下のベンチでうずくまっていた柾を促した。

「……ごめん。……迷惑かけて」

合わせる顔がなくて、俯いたきりの柾の頭に、あたたかな手がポンとのっかる。

「腹減ったな。飯でも食ってくか。つき合えよ」

「………」

柾のリュックを担ぎ、先に歩き出す。情けなさを奥歯で嚙みしめながら、柾はのろのろと立ち上がり、広い背中の後についていった。

けっきょく、貴之の名前を明かすことはできなくて。こんな時に頼れる「大人」は、一人しか思い浮かばなかった。

署からの呼び出しを携帯電話で受けて、十分もたたずにどこからかすっとんできてくれた草薙儁は、わけも聞かず、怒りもせず、まして迷惑そうな顔ひとつしなかった。

……だからよけい、自分が情けなかった。

草薙は、署からしばらく歩いた洋風居酒屋に柾を連れていった。

(あれ? ここって)

〝赤い壁〟。地下二階にクラブ〝DOORS〟――嫌味なくらい偶然だ。

文字通り、朱赤の壁の小さな店で、テーブルは五つほどだが賑《にぎ》わっている。内装は中国風で、朱塗りの牡丹《ぼたん》のついたてが入口にあり、金で作った角燈がいくつも天井からぶら下がっている。

草薙は常連らしく、テーブルに着くと、白い前掛けをかけた店主が注文もしないうちに台湾ビールを運んできた。

「スペアリブのにんにく焼きと、金目鯛《きんめだい》の中華風蒸し、黒酢豚。あとは適当に見繕ってくれ」

「今日は蛸《たこ》がおいしいよ。素揚げにして、茄子《なす》とししとうと一緒にポン酢で食べる?」

「じゃそれと、締めにチゲ雑炊ひとつ。それとグラスをもう一つくれ」

草薙は、二つのグラスにビールを注いだ。一つを柾の前に置く。

「少しくらいいいだろ?」

ビールは、母親のをちょっと舐めさせてもらったことしかない。少しためらったけれど、グラスを手に取った。

「そんな気に病むこたないさ。いい経験だと思えよ。さっきの小杉ってのも、いまじゃ補導官なんかやってるが、中学の頃田舎から飛び出してきて、二時間で保護されて親に連れ戻された」

初めての台湾ビールは、あんまり苦味がなくて飲みやすかった。

あったかい食べ物の匂い。人の話し声も気持ちいい。じわっと目頭が熱くなってしまったのは、アルコールが回ったせいだ……きっと。

「ああ、これ返しとく」

差し出されたのは、補導員に没収されたクラブのチケットだった。

「〝DOORS〟って、この下にあったクラブだな。八日に閉店した」

「閉店!?」

「ああ。その日ここにメシ食いに来たら、外まで人が溢れてた。その二、三日前、店の前で配ってたタダ券だろう、これ」

(八日に閉店してた……)

柾はチケットを手に取り、見つめた。

斉藤が入院したのは今月の六日。チケットが配られていたのもその頃だろう。じゃあ斉藤は街頭で手に入れたのか。それで制服のポケットに……。

あっと思った。

そうだ。なんでそんな単純なことに気付かなかったんだ。チケットを持ってたからって、クラブに出入りしてたとは限らないんだ。

それに、チケットは制服のポケットに入っていた。制服姿でこんな繁華街をうろついていたら、さっきの柾みたいに補導されるのが関の山だ。ってことは、斉藤はここに来たことさえないかもしれない。チケットは誰かに貰ったか、どこかで拾ったか。

どっちにしろ閉店しちゃったんじゃ、手がかりなんか掴めないわけで……。

「どうした。空気が抜けてるぜ」

柾ははあーと大きく息をついた。

「……自分の間抜けさに脱力してんの」

「そんなに行きたかったのか？　ついてなかったな」

クラブに行くこと自体が目的じゃなかったが、いいや、そう思わせておこう。本当のことを白状する元気もない。いまバカにされたら、あまりのダメージに立ち直れないかもしれない。

（あーあ……）

かっこ悪い。みっともない。人に迷惑かけまくって、変な勘違いして。……恋人と喧嘩して。

（でも、あれは喧嘩じゃない）

いままでも、バイトのことではさんざん衝突してきた。デイトナ事件からは門限もできて、外出にもうるさくなった。

何度口論したか知れないし、貴之の石頭に何度腹を立てたか知れない。だけどそれでも、こんな気持ちにはならなかった。胸の奥でなにかが澱《よど》んでるような、こんな気持ちには。

「喧嘩したのか。貴之と」

草薙の鋭い突っ込みに、柾はドキッと顔を上げた。大きなスペアリブをうまそうに齧りながら、にやっと片眉を上げてみせる。

……なんでわかるんだろう。

「またバイトの件で衝突したか」

柾は手を伸ばしてスペアリブを摑み、がぶりと齧り付いた。

「いちいち干渉しすぎなんだよ、貴之は。もうガキじゃないんだからほっといてくれればいいんだ。おれはただ自分の力でやりたいだけなのに」

「なるほど」

「やることもめちゃくちゃだしさっ……バイト先のレンタル屋まで買収したんだ。どんだけおれの邪魔したいんだっての。どうせ、四方堂のじーさんが、そんなアルバイトさせるなって命令したんだろうけど」

「ほお」

「おれに四方堂継がせたいとか、わけわかんねーし。結局、貴之はおれを自分の思い通りにしたいだけなんだ。旅行のことだって……」

「旅行って？」

「……」

柾は黙ってむしゃむしゃむしゃと口いっぱいに肉を詰め込んだ。これ以上話したら、情けなさと悔しさが堰《せき》を切って溢れてしまいそうだった。

（……どうせおれは、ガキだよ）

自分の力じゃなんにもできないガキだよ。大見得切って家出したって結局友達を頼ってて、補導されたら保護者のお迎えを待ってなきゃならない、ガキだよ。わかってる。

ちっとも自立なんかできてない。貴之が子供扱いするのは当たり前だ。

貴之はいつも余裕で、大人で。今回のことだって、またいつもみたいに巧みなキスと抱擁とセックスでごまかすつもりに決まってる。

きっと今夜、悠一のマンションに迎えにくる。でもって、戻っておいで、せっかくの休暇を喧嘩で過ごすのか？　おまえがいないと寂しいよ……そんな甘い言葉を囁いてうやむやにできると思っているのだ。柾が腹を立てている本質なんて見ようとしない。気付こうともしないんだ。

次々運ばれてくる料理はどれもうまそうだったけれど、食欲は湧かなかった。好物の酢豚もピリ辛の蛸も、どこに入ったかわからない感じだった。

「ビールもう一杯どうだ？」

「もういい」

「杏仁豆腐は？　ここのはあんまり甘くなくて、おれの好物なんだ」

「いい……いらない」

「じゃあそろそろ行くか。つき合えよ」

最後の雑炊をちびちび口に運びながら、柾は投げやりな溜息をついた。

「今日は草薙さんと遊ぶ気分じゃないんだ。悪いけど」

「お？　そんなこと云っていいのか？　今日のことは貴之に進言されたくないんだろ？」

柾は目を丸く見開いた。

「脅迫するのかよ！」

「人生はギブ・アンド・テイクだぜ、ボウヤ」

草薙はうまそうに食後の一服に火をつけた。

「どうしても嫌ならべつにつき合わなくても構わんが——これ、半分払ってけよ」

ピラッと突きつけられた伝票。金八千九百二十五円也。


「覚醒障害症候群の患者には、共通点がないって話をしたろ？　年齢、性別、職業、過去の病歴、持病、一切だ」

草薙の愛車のおんぼろぶりは、いっそ芸術的であるとさえいってもいい。

白のスカイラインをホコリと水アカでグレーに塗り替え、尻のバンパーはへこませたまま。ゴミだらけのバックシートはスプリングが飛び出し、シートベルトは嵌《は》めるのに二分はかかるという代物で、斜めに傾いたダッシュボードはガムテープで補強してある。路駐しても、レッカー移動どころか粗大ゴミ回収だってされないんじゃなかろうか。

「なにせ病因不明で、外的要因もわからない。延命治療以外、いまのところ手の施しようがないらしい。昨日、昼メシのときに声かけてきた医者がいたろ？　あいつは高槻っていって医療チームの一人なんだが、おれがこの症候群のことを知ったのも、患者の周囲からなにか手懸かりを得られないかと奴に相談されたからなんだ」

「……斉藤のことなら、あんまり仲良くなかったっていっただろ」

車は青梅《おうめ》街道を南下していた。柾は窓枠に頬杖をついて、遠くなっていく都庁の明かりをぼんやり眺める。

なんだか話をするのもかったるい。斉藤のことも、貴之のことも。いつになく投げやりな気分だ。

「知ってることは、昨日だいたい全部話したよ。一学期でゲー研辞めちゃってたことくらいだよ、あと話してないことって」

「そう、それだ。斉藤学が学校のパソコンを使ってるって話をしてたろ？　それで思いついて試しに調べてみたら、都内の病院に入院中の患者三十八人全員が、ナスティサービスっていうパソコン通信の会員だったんだ。まったく共通点がないように見えた患者が、ようやくひとつのラインで繋がった。——ように見えたんだがな」

見えた？

「一人だけ、それに該当しない患者がいたんだ。斉藤学。パソコンを使ってるはずの、いわば、この共通点のヒントになった患者だ」

カーライターで煙草に火をつけ、深く吸い込む。車内に満ちるキャメルの匂い。

「個人で加入してないなら、学校のパソコンで利用してるのかと思ったんだが、東斗大付属も会員登録してなかった」

「学校のパソコンで援助交際の広告出してた女子が退学になって、それ以来パソ通もインターネットも封印されてるんだよ。パソコン部のやつが愚痴ってた」

「インターネットもか？」

「隠れて無修正の海外ポルノ見てた奴がいたんだって」

「なーる」

「ほんといいメーワクだよ。前は学校のパソコンでレポートの調べ物できたのに……ん？」

車窓に映るイルミネーションが、ピンクだの青だの黄色だの、やけにきらびやかだ。ふと外の風景に目を向けた柾は、ひくっと顔をひきつらせた。

「……な……」

しょぼくれた中年男と、水商売ふうの若い女が腕を組んで消えていった建物は——

「なんだよ、ここ……！　ラブホテル街じゃんか！」

「そうだ」

「そうだ、って……。……まさか……」

まさか、口止め料に一発やらせろって、そういうことかよ！

「やだやだやだーッ！　降ろせーッ！」

「っと。こら。おとなしく座ってろ」

ガチャガチャとドアロックを外そうとする柾を、襟首を摑んで引き戻す。

「んな怯《おび》えなくたって、ボウヤをやるつもりなら、もう少しいいホテルを使う」

「嘘だ！　ドライブとか云って高尾山に連れ込んで『野犬に食われるのとおれに食われるの、どっちがいい？』って脅すタイプだ、ぜったいっ！」

「そんなに期待されると応えたくなるぜ」

車は、ホテルの隙間を縫って、細い路地からある古ビルの駐車場に滑り込んだ。

もとはマンションのようだった。外壁は崩れかけ、窓にはひとつも明かりがついていない。

駐車場には、ホコリを被《かぶ》った軽自動車が一台停まっているきりで、それもよく見ると、タイヤが四本ともパンクしている。その横にはなぜか、ボロボロの冷蔵庫だの、壊れた自転車だのの山。

「処分に困った奴らが置いていくんだ」

「あの車は？」

「エンジンが入ってない」

草薙がさっさと車を降りて歩き出したので、柾もしかたなくドアを開け、後に続いた。

まるで十年使われてないような古いエレベーターは、黴《かび》臭い、湿った匂いがした。壁は卑猥な落書きだらけ、足もとのシートはめくれて、剝《は》がれかけている。

「うえっぷ」

先に乗り込んだ草薙が、片手で顔を拭った。……蜘蛛《くも》の巣。

柾も恐る恐る乗り込む。ガクン、と大きく揺れてエレベーターが動き出す。

「ここ、なに？　こんな廃屋、誰か住んでんの？」

草薙が意味深な微笑を浮かべた瞬間、ガクン、とまた大きく揺れて、地下三階でエレベーターは停まった。

「ファントム・オブ・ザ・ビルディング。──この世ならざるものさ」

扉が開く。その瞬間、目に飛び込んできた光景に、度肝を抜かれた。

「うわ……！」

廃屋どころじゃない。暗い部屋の壁一面を、何十台という大小のモニターが埋めつくしていた。

複雑によじれあいながら、カーテンのように幾重にも天井から垂れ下がっている、赤、緑、黄色、青、白…とりどりの数百本のコード。床には、電源の入っていない大きなモニターがブロックみたいに積み上げられていて、その隙間にもコードが蔦《つた》のように這《は》い回っている。

壁のモニターは各々《おのおの》、違った画面を映しており、それらが数秒単位で、パッパッと別の画面に切り替わっていく。バラエティ番組、女性タレントの歯磨粉のＣＭ、衛星中継らしきバスケットの試合に、コンビニの店内そっくりの白黒画像に……地下鉄の構内？　なんであんなものが……。

草薙が、ジャングルさながらのコードのカーテンを両手で分けながら、フロアに足を踏み入れる。

エレベーターの中でぽかんと口を開けていた柾も、ハッと我に返ってその後に続いた。

「……うわっ!?」

床のコードが足に絡んだ。転倒しかけた柾を、草薙の逞しい腕がキャッチする。

「気をつけろ」

「う……うん」

腕に摑まりながら足場を探す。なんだろう、いま、コードが勝手に動いて足に絡みついてきたような気がする。

気味が悪い。人の気配はないのに、どこからか誰かにじっと見つめられているような気もする。この部屋全体が、なにか意思を持った、ひとつの生物でもあるかのようだ。あるいは、生物の子宮の中――

うなじがゾクッと鳥肌立つ。思わず、草薙のジャケットの裾《すそ》をぎゅっと握り締めた。

そのときだ。

フッと、壁のモニターが一斉にブラックアウトした。

すると同時に、床に積まれたモニターがパッと光った。青くちらつく画面に現われた、太ゴシックの文字は――『室内禁煙』。

「おいおい。苛《いじ》めるなよ」

咥え煙草の草薙が、苦笑しながら、コードとモニターのジャングルの奥に向かって云う。

「出てこいよ。――そこにいるんだろう……颯《そう》？」

それに応えるように、二人の前で、コードのカーテンが、ザアッと音を立てて二つに割れた。

そこに、一人の少年がいた。山脈みたいに連なるモニターの谷間――まるでそれらに守られるように、気怠げにカウチにもたれていた。

この世ならざる美貌の主が。

5

匂うばかりの美貌だった。

歳は柾より二つか三つ上だろう。男とも女ともつかない臈長《ろうた》けた顔立ちは、あまりの美しさに造りものめいて、まるで血の通わない彫像のように見えた。

なによりも人間離れしているのは、その膚の色だ。

きめ細かな膚は、混じり気のないスノーホワイト。黄色人種の膚とはかけ離れた――けれど、白人の膚色でもない。大きめの黒い綿シャツから覗く細い頸、しなやかな手首、骨細の素足も純白で、爪先だけがほんのりと桜色に染まっている。

生まれつき色素が薄いのだろう。顎まで垂らした髪も、直線的な眉も、潤んだような艶《つや》をたたえた瞳、長いまつ毛もなにもかも、ごく淡い琥珀色《こはくいろ》――角度によってはプラチナに輝いて見える。

真珠とクリスタルで作られた彫像が、なにかの気まぐれで命を持ってしまったみたいだ。カウチに横たえたしなやかな肢体、彼のまとう空気、吐息すら、普通の人間とは温度が違うような――

「……ナギさんに……」

美しき雪の化身は、蜂蜜キャンディのような両眼を柾にピタッと据えて、眼差《まなざ》しそっくりの冷たい、抑揚のない声で呟いた。

「でっかい水子がついてる……」

水子？

きょとんとする柾の横で、草薙がプッと噴き出した。

「こんな水子がいるかよ。どっから見てもかわいい仔猫《こねこ》ちゃんだろ。なあ？」

……って、おれのことかよ⁉

(なんだ、こいつ)

ムッと睨みつける柾の視線を、プラチナの双眸《そうぼう》で軽く跳ね返し、少年はカウチから美しい足を下ろした。素足に絡まるコードが、まるで蔓薔薇《つるばら》みたいに見える。

「コーヒーを淹れてきます。ナギさんの好きなキリマン、買ってある」

「構わなくていいぜ。調べ物が済んだらすぐ帰る」

少年はいぶかしく眉をひそめる。そんなふとした表情の動きすら、溜息ものに美しい。

「……泊まっていかないんですか？」

「ああ。迷子の仔猫ちゃんを家まで送り届けなきゃならん。またお巡りさんのお世話にならないようにな」

「仔猫ちゃんっていうな。ってか、いちいち触んなよ、もうっ」

髪をくしゃっと撫で上げられ、柾はブンと頭を振る。……ったく、貴之といいオッサンといい、でかい奴ってなんで人の頭を触りたがるんだろう？

「そりゃ、仔猫を見るとつい撫でたくなるのが人の心理だろ」

「誰が猫……！」

「そうやってフーッと逆毛立てるところがさ」

「……帰る！」

また触れようとする指をはねのけ、踵《きびす》を返そうとした柾の襟首を、ヒョイと捕まえる。

「待てってての。気の短いボウヤだな。——颯。例のＢＢＳ出してくれ」

「……彼に見せるんですか？」

チラ、と冷ややかな視線で柾を指す。

「そのために連れてきたんだ。頼む」

「………」

颯は小さな溜息をつくと、傍らのワイヤレスキーボードを手に取った。左手で軽やかにキーを叩く。

すると、正面のモニターから『室内禁煙』の文字が消え、細かな文字がびっしりと画面を埋めつくしはじめた。

「二ヵ月前、ナスティサービスの掲示板に掲載された広告文だ」

〈パワーマック安値で譲って下さい〉〈CD三千枚売ります〉などなど、たくさんの記事がずらっと並んでいる。よく見ると、〈コインロッカー荒らしの方法教えます〉〈新幹線にタダで乗る方法〉……かなり怪しげなものも混じっているようだ。

「下から三つ目を読んでみろ」

「えっと……〈睡眠不足を解消するソフト売ります〉……？」

〈睡眠不足を解消するビデオソフト売ります。観るだけで、十分で七時間分の熟睡感が得られる快眠ソフトです。
欲しい方は、以下にお電話下さい。詳しい購入方法を教えます。（￥３８００）
０１０－×××－××××　Ｍｒ．Ｄ〉

「入院患者全員のＮＴＴの家庭用回線を調べた結果、三十八人中、三十四人がこのナンバーにかけていたことがわかった。残りの四人は、確証はないが、公衆電話や会社から……あるいは携帯電話を使った可能性がある。調べたのは自宅の電話回線だけだからな」

それを除いても、三十八人中三十四人……ほぼ九十パーセント。偶然の数字じゃない。

「じゃあ、全員がこのビデオ買ったってこと？」

「観るだけで七時間分の熟睡感が得られます、か。ほんとにあるなら観てみたいもんだな」

草薙は皮肉っぽく口を歪《ゆが》める。

「この携帯電話は、いわゆる飛ばし携帯ってやつだ」

「とばし？」

「サラ金の回収業者が取り立てに使う手なんだが……携帯は、料金未納で通話がストップされるまで三ヵ月間の猶予がある。そこを悪用して、債務者に何台も登録させるんだ。すると三ヵ月間いくら使っても通話料タダの使い捨て携帯ができる。そいつを安値で捌《さば》き、売上げを負債に充てさせるわけだ。このナンバーの登録者は、一ヵ月前行方不明になった足立区の元不動産屋だった。ここから実際の利用者に辿りつくのは不可能だな。おれもかけてみたが、不通になってた」

草薙は、モニターの上にあった灰皿に、短くなったキャメルの灰を落とした。

「こういった広告の場合、取引きの方法はメールでやりとりをするのが通常だ。使い捨ての携帯電話を利用したのは、自分のＩＤから足がつくのを恐れたからだろう。これだけ用心深く動いてるってことは、ひっくり返せば、それだけ疚《やま》しいことがあるってことだ。自分の身元が割れるとヤバイようなことがな」

「それじゃ、つまり、ビデオってのはカムフラージュで、本当に売ってたのは……」

真顔で頷く。

「ドラッグか、それに近いものだったとおれは踏んでる。それこそ、一生おねんねしちまうほどキョーレツな……な」

ドラッグ……。

じゃあ、斉藤がクスリをやったっていう推理は、間違いじゃなかったのか……。

「誰がこんな広告載せたのか、ナスティサービスで調べてもらえば？」

「プロバイダには守秘義務がある。顧客の個人情報は簡単には教えてもらえない。警察から正式な要請があれば別だが」

「無知……」

そっぽを向いていた颯が、ボソッと呟く。柾はムッとして睨んだ。なんなんだ、さっきからこいつ。

「で、話は最初に戻るが、斉藤学だ。彼の自宅の電話回線は、Mr．Dに接触していない。それ以前に、そもそも学校でも自宅でもネットはできなかったわけだ」

あ、そうか。とすると、斉藤はいったいどこでこの広告を見たのか。

「ネットカフェとか、誰かの家のパソコン？」

「そう考えるのが自然だろうな」

「でも……斉藤は毎日夜遅くまで予備校通いで、誰かの家とかネットカフェなんか行く暇なんか……あ！」

「心当たりがあるか？」

「中等部に、立花和実って後輩がいるんだ。同好会の仲間らしいんだけど、家にもしょっちゅう遊びに行ってて……」

ふと、妙なことが頭にひっかかった。

確かに、斉藤はしょっちゅう立花家に遊びにくると云っていた。あのときは聞き流してしまったが、毎日遅くまで予備校に行ってたはずの斉藤が、どうして「しょっちゅう」遊びにいけるんだ？　たまに、とか時々、ならともかく……。

「どうした？」

「あ……ううん。とにかく、斉藤がネットやってたとしたら、立花の家でだと思う。こいつの家ならパソコンあるはずだから」

ゲームクリエーターの自宅だ。ここほどじゃないにせよ、弟が自由に使えるのが一台くらい置いてあるはず。

住所か電話番号はわかるかと聞かれたので、柾は立花保の名刺を渡した。裏側に立花家の電話番号が書いてある。別れ際、またいつでも遊びにおいで、と保が書き込んでくれたのだ。

「颯」

「確認します」

少年は名刺にチラッと目をやって、しなやかな細い指をキーに走らせた。

デタラメに打ってるんじゃないかと疑いたくなるような神業的スピードでキーを打ち込んでいくと、画面になにやら細かな数字の一覧表が出てきた。

加入者名〈立花保〉。十月分〈通話先電話番号〉、〈通話開始時刻〉に〈通話時間〉って、これ……。

(立花さんちの通話記録!? なんでこんなもの……)

NTTがこんな情報を公開しているわけがない。ってことは、これってもしかして……ハッキングってやつ……?

柾は、ディスプレーの青い光に照り返る整った横顔を見やった。

電脳の要塞に棲《す》む美貌のハッカー——格好いいけど、美貌の、ってあたりがどーにも草薙らしい。昨日の医者といい補導員といい、知り合い、美形ばっかかよ。

画面が切り替わった。今度は十一月分の通話記録だ。十一月十五日のデータが拡大表示される。

通話先は010ではじまる十桁のナンバー。Mr.Dの携帯電話だ。

「ビンゴ」

草薙はニヤッと親指を立てた。

「これで、二人のどちらかがMr.Dに接触したのは確かだ。立花和実が買って斉藤学に貸したか、二人で相談して買ったか。どっちにしろ、斉藤学が人の家から勝手に電話をかけたとは考えづらいから、少なくとも立花和実は、斉藤がDに電話をかけたことは承知してるはずだ」

「うん……」

ゆっくりと、柾は頷く。

「斉藤、勉強漬けでかなり疲れてたんじゃないかと思うんだ。毎晩遅くまで予備校で、休みの日は家庭教師もついてたって。それできっと……」

〈十分間で七時間分の睡眠が取れる〉――魅惑的な謳《うた》い文句だ。柾だって、バイトでへとへとになってテスト勉強をしているときにこんな広告が目に入ったら、どうせ効かないとわかっていたってちょっと手を出したくなるかもしれない。電話をかけた斉藤の気持ちは、わからないでもなかった。

「確かにな。本当にこんな便利なビデオがあったら、いっぺん試してみたいもんだ。人生の三分の一は眠ってるってのは、常々効率が悪いと思ってたんだ」

草薙がしみじみ云った。そうだよな、ライターって重労働みたいだし、布団で眠れない日だってあるだろうし。……と同情しかけたのに。

「七時間の睡眠が十分ですめば、残りの六時間五十分、いろいろと楽しめる」

「……ほんっと、それしか頭にないのかよ。エロエロ魔人」

「なんだと、このヤロ。この口、ホチキスで留めちまうぞ」

二本の指で柾の唇をムギュッと摘《つま》む。

「んむ〜っっ」

「おー、こりゃ静かでいいや」

「ひらひっ！　なにふんらよっはなへっ」

「ん？　なになに？　キスしてほしいって？」

「やへろほーっ！」

んーっと唇を尖らせて迫ってくる草薙の顔を、必死にブロック。ジタバタもがきながら手をひっかく。

と、ガタン！　とカウチを蹴飛ばすように颯が立ち上がった。

「……コーヒー淹れてきます」

しなやかな肢体を翻し、すだれ状のコードの隙間を泳ぐように奥へ。――身のこなしがやっぱり人間離れしている。小さい頃読んだ童話に出てくる「雪の女王」みたいだ。一瞥《いちべつ》で人の心を虜《とりこ》にする、冷たく妖《あや》しい美しさ……。

「そんなに見つめると、穴が開くぜ」

ニヤつく草薙に、柾はなんとなくバツ悪く、べつに……と口を尖らせた。

「……あいつって、ハッカーなの？」

「ああ。世界一美貌のレイダースだ」

「レイダース？」

「企業専門のハッカー」

云いながら、また煙草に火をつけるチェーンスモーカー。

「たとえば、病院のコンピュータから患者の医療データを盗んで、保険会社に高額で売りつけたりする、とーっても悪い人のことだ。顔と腕は世界一。ただ、短気が難でなー。この間はデータの買い戻しを値切った某銀行にぶちキレて、警視庁のホストコンピュータにハックしたデータ流して、トップを総辞職させちまった」

「それって第一館銀《だいいちかんぎん》の不正融資事件⁉ 総会屋との癒着で会長と副頭取が逮捕された……」

「感心感心。よくニュース見てるじゃないか」

いちいち頭撫でるなってのに！

「あいつ、そんな凄《すご》いヤツなの？」

「ある種の天才だな。その気になりゃ、ＮＡＳＡだろうがペンタゴンだろうが、颯にハックできないコンピュータはない。くれぐれも四方堂グループも、颯だけは値切るなと云っとけよ」

「そんなすげえハッカーなら、ナスティのコンピュータから、広告載せたヤツを割り出してもらえばいいじゃん」

「それができりゃ、こんな苦労はしてないさ」

草薙は溜息まじり、うっすら無精髭を生やした顎を擦った。

「颯がいうには、ナスティのホストコンピュータから、広告が載った当日のデータがそっくり消えちまってるんだそうだ。ごく最近、何者かが侵入してデータを破壊してった痕跡があるらしい」

「証拠隠滅したってこと？　それもＭｒ．Ｄの仕業なのかな……」

「おそらくな。それでそっちから攻めるのは、ＮＴＴのデータからちまちま辿ったわけだ。ったく、安手のマジシャンみたいな名前のくせに、味な真似をしやがるぜ。もっとも、ナスティのセキュリティは工学部の学生でも破れるクラスらしいが。ボウヤ、立花和実とは面識があるのか？」

「うん、一応。呼び出してみようか？」

「頼めるか」

「いいよ。ただしその取材、おれも同席してもいいって条件ならね」

「ふん。……ちっとは元気が出たみたいだな」

すると草薙は目もとをくしゃっと和ませて、柾の頬を乾いた指でぎゅっと擦った。

「そのほうが、ずっとらしいぜ」

「………」

びっくりした。

もしかして、ここに連れてきたのは、おれがいじけてたから……？

（……なんだよ、もう）

そっちこそ、らしくないことするよな。エロエロ魔人のくせに。

でも、草薙のそんな励まし方が嬉しかった。さっきまでの憂鬱《ゆううつ》も、事件のことを考えているうちにどこかに飛んでしまった気がする。

「明日の朝、立花に電話してみるよ。返す約束してる物があるから、それ口実に使えると思う」

「ああ、頼む。ひょっとしたら最後の頼みの綱だ。なんせ他を当たろうにも、関係者が全員、昏睡状態だからな……ん？　ガイア代表取締役、立花保？」

草薙が怪訝そうに、名刺の表書きを読む。

「ああそれ、立花和実の兄貴。ガイアってゲームソフトの会社で、〝天使大戦〟って有名なゲームのプロデューサーなんだ」

「へえ……テンタイの」

「え、テンタイ知ってんの？」

「お？　バカにしたな？　歌舞伎町のゲーセンじゃおれを知らない奴はモグリだぜ。テンタイは一時期ハマッたっけなあ。IIIをクリアするのに半年かかっちまったが」

「半年!?」

柾は感激の眼差しで草薙を見つめた。同じ東大《とうだい》卒でも、貴之は二十分でオールクリアだったのに……！

「なんか、おれ、初めて草薙さんのこと好きになれそうな気がする……」

「そうか。結婚するか」

「するかよ」

「ナギさん。砂糖とミルクは？」

戻ってきた颯が、モニターの上にガシャンとトレーを置いた。

「ノーシュガー、ノーミルク。ん？　ひとつ足りねーぞ」

トレーにカップは二つきり。颯は白い手でカップを草薙に手渡しつつ、冷ややかな眼差しでチラ…と柾を見た。

「へえ……？　水子もコーヒー飲むんですか？」

こっの野郎……！

「おまえ、さっきからなんなんだよ！　人が黙ってればっ……」

「これくらいで興奮するなよ。冗談だろ。ガキだな」

と、もうひとつのカップを差し出され、肩透かしを食った怒りが行き場をなくす。しかたなく、乱暴にカップをひったくった。颯はいやに親切に、シュガーポットの蓋を取る。

「幾つ？」

……毒でも入れるつもりかよ。

「……ひとつ」

警戒しつつ答えると、颯はシュガースプーンを持ったまま、侮蔑の瞳で柾を見下ろした。

「なんでおれがおまえに砂糖をサービスしてやらなきゃならないんだ。歳は幾つだと訊いてるんだよ」

……こいつ……！

「十七だよっ」

答えるなり、颯は、柾のコーヒーカップの真上にシュガーポットを逆さにぶちまけた。どさどさどさーっと降りそそいだ砂糖が、カップにこんもり、白い山になる。

絶句する柾に、颯は、南極ブリザードの声で云い放った。

「サービスだよ。ひとつ、だろ？」

6

翌日、夕方五時。十分前に待ち合わせ場所のロータリーに着くと、草薙のおんぼろスカイラインは、すでに柾を待っていた。

助手席に乗り込むとすぐ、立花保からファクスされてきた簡単な地図を渡す。

「この交差点過ぎたところがガイアのオフィスだって。場所わかる？」

「環七沿いだな。まあなんとかなるだろ」

草薙はゆっくりと車を出した。

今朝、立花に電話をかけたところ、兄の保が出て、夕方会社でクリスマスパーティをするから遊びにおいでと誘われたのだ。弟は夕方まで塾で、後から参加するらしい。

「友達も一緒に行っていいかって聞いたら、いいって。でもナギさんが一緒なのは話してないよ。マスコミ嫌いって話だし、ライターだっていったら警戒されるかもと思って」

「上等上等。ナイスアシストだ。バイト代を弾まなくちゃな」

「いいよ、今回は。迷惑かけちゃったし……昨日ナギさんが来てくれなかったら、おれまだ警察で足止め食ってたかもしれないし」

「お？」

「え？」

「〝ナギさん〟」

「あ……うん。そっちのが呼びやすいかなって」

柾はちょっと気まずくなって、横を向いた。昨夜のハッカーが親しげにそう呼んでいたのを真似してみたくなったのだ。

「ごめん。嫌ならやめる」

「いいさ。おれもそっちのほうがしっくりくる」

草薙はカーライターで煙草に火をつけた。

渋滞の明治通り。夕暮れの街は、クリスマスイルミネーションの光の海だ。

「明日はクリスマスイブか。どっか旅行に連れてってもらわないのか？ クリスマスや正月は海外で迎えるのが、上流階級の基本だろ？」

「……知らないよ」

「はーん？ まだ仲直りしてねーな？」

「………」

目線をイルミネーションに向けたまま、柾は、きゅっと下唇を嚙んだ。

昨夜――貴之は迎えに来なかった。

悠一の留守番電話にも、貴之からの電話はなかった。行き先の見当がついてないはずがない。悠一以外に頼るあてがないことなんか百も承知のはずだし、悠一の住所も電話番号も、学生名簿で調べられるはずなのに。

べつに、期待してたわけじゃない。ただ拍子抜けしただけだ。悠一のところに泊まるといっただけで不機嫌になったこともある貴之が、一晩放っておくとは思わなかったから。

(おれが折れるのを待ってるつもりなら、大間違いだ)

確かに、おれは未成年のガキで、心配ばかりかけてるかもしれない。だけど、今回だけは貴之が間違ってる。今回だけは絶対、譲れない。

「ま……ボウヤの気持ちもわからないじゃないが、オッサンの気持ちも少しはわかってやれよ。クリスマスに喧嘩はするもんじゃないぜ」

からかうでもなく云う草薙の横顔を、柾は、少しムッとして睨んだ。

「前から思ってたけど、なんか、ナギさんやけに貴之の肩持つよな」

「どーも他人事《ひとごと》とは思えなくてな。おれも今年はさみしいイブになりそうだし」

「本命作れよ」

斬《き》り捨ててやると、草薙は苦笑いして肩を竦めた。

「お……あのビルか」

それは偏光ガラス張りの細長いビルだった。路肩に車を停め、まだ新しいエントランスに入っていく。

十五階建ての一階から八階がガイアのフロアで、その上は住居フロアになっているらしく、ポストに個人名が十戸ほど入っていた。

電話で保に云われていた通り、受付に名前だけ告げて、エレベーターで八階に向かう。スルーエレベーターから、ライトアップした東京タワーが見える。

「ところで、立花和実ってのはボウヤから見てどんなタイプだ？」

「んーと……おとなしくて、人見知り。かなりのブラコン」

潔癖症かケチか判断をつけかねるコーヒーカップ事件のあらましを話して聞かせると、草薙は難しそうに口端を曲げた。

「やりにくそうだな。そういうタイプは、自分のテリトリーに踏み込まれるとパニクっちまうんだ」

「兄貴を味方につけて、そっちから落とせば？」

「そりゃ無理だ。おれの体は、二十歳以上は立ち入り禁止」

「そーゆー問題かよ……」

柾が呆れてそっぽを向いたとき、

「メッリー・クリスマース！」

エレベーターのドアが開き、白髭のサンタクロースが、目の前でパンパンパーン！　とクラッカーを鳴らした。

「…………」

「はっはっは。驚いた⁉」

固まる二人に、サンタは白髭をむしり取り、陽焼けした笑顔をさらす。立花保だった。

「いらっしゃい！　よく来たね。カズも来てるよ。こちらは？　お友達って、昨日の生徒会の子じゃなかったの？」

「あ、あいつは、今日はデートで……」

「場違いなのが来ちまってすみません。弟がお世話になってるそうで」

と、草薙が横から右手を差し出した。

「お兄さんですか。立花です、ようこそ。ゆっくりしてってってください」

立花保は、人なつっこく草薙と握手を交わした。

普段は会議室らしきフロアの中央に、背たけほどの大きなクリスマスツリー。参加者は三、四十人はいるだろうか。酒や軽食も用意され、楽しそうに談笑している。

「賑やかですね」

「ええ、毎年恒例なんですよ。一次会は会社で打ち上げて、二次会はしゃぶしゃぶ、三次会はカラオケって。よかったらご一緒にどうぞ」

「部外者でも？」

「大歓迎ですよ。みんな彼女だ友達だ、連れ込み放題。いまこのフロアにいる人の半分は部外者じゃないかな。明日から冬休みだから、今日は無礼講でみんな朝まで騒ぎまくりで、すごいことになりますよ」

「サンタさ〜ん！」

奥にいた女性の群れから声がかかる。保は嬉しそうに手を振り、

「おー。じゃ、またあとで。二人とも楽しんでって下さい」

付け髭をつけ直して戻っていった。紙コップのビールに口をつける草薙の横を、モヒカン頭がチキンをむしゃむしゃやりながら歩いていく。ビールを注いで回る鼻眼鏡のスキンヘッド……どれが関係者なのかわからないけど、ゲーム業界ってこんなエキセントリックな人ばっかりなんだろうか。

「和実ちゃんはどこにいる？」

「えーと……」

ぐるっと周囲を見渡すと、フロアの隅のほうにひっそりと立つ、ミントグリーンのセーターがいた。人影に隠れるようにして、一人つまらなそうにジュースを舐めている。

「お」

見るなり、語尾と両目にハートマークをはりつけたエロ魔人を、柾は冷たい眼差しで睨んだ。

「好み。とか云うなよな」

「ボウヤもわかってきたじゃないか。まあ妬くな。愛してるのはおまえだけだよ」

鳥肌が立つような台詞と下手くそなウインクを残し、すたすたと和実に近づいていく。頭ひとつ分抜きん出たスタイル抜群の長身が周囲の女性の注目を集めるが、注がれる秋波もどこ吹く風、途中でテーブルのペットボトルをひょいと摑み、ジュースのお代わりは？　なんて和実に勧める声が聞こえてくる。

（けっ。エロエロ魔人め）

なんだよ、あのでれでれした顔！　ぜったい仕事忘れてる。

（なーにが〝おれの体は十五歳以上二十歳未満の美少年専用〟だっつーの。次から次へと。節操なし）

柾が知ってるだけでも四人。そのうちの一人は二十代後半のエリートビジネスマンだ。

（あんなのとつき合ったら苦労するよな）

よかった、誠実な恋人で。だって、もし貴之が誰かとキスしたり、抱き合ったり、それ以上のことをするなんて……考えただけで胸がギュッとなる。

貴之がそんな不実なことするわけないけど。……でも、貴之に憧《あこが》れている人は、きっと大勢いるはずだ。自分みたいな手のかかるガキなんか目じゃないような魅力的な人が、職場にもたくさんいるはずで……。

（……ちぇ）

おれ、また貴之のこと考えてる……。

「よっ、どしたー、ぼんやりしちゃって」

革ジャンの若い男が、ぼんやり突っ立っていた柾の背中をどついた。すでに酔っているらしく、呂律《ろれつ》が怪しい。

「ほい、どんどん飲んで。っていってもコーラだけど。中学生？」

紙コップに溢れんばかりにコーラを注ぐ。柾はムッと口を尖らせた。

「高二です」

「へっ、高校生？　へーっ。びっくり。カズ君の同級生かと思った。へーっ、童顔だなー。おれ高二んときはもう髭モジャモジャだったよ。毎朝髭剃《そ》るのメンドーでメンドーで」

剃りあと青々しい顎を撫でながら、男は柾のコンプレックスをグサッとえぐり抜く。

「けど、最近高校生がよく来るなあ。こないだもどっかの生徒会が見学に来てたし」

「あ、それ、同じ学校の奴らです。来月、立花さんに学校で講演会やってもらうんです」

「えーっ、社長があ？　ちょっとちょっと、だいじょぶなんですか〜？」

大声に、人の輪の中にいたサンタクロースが振り向く。

「高校生相手に説教はダメっすよ〜。社長、酔っぱらうとハナシ長いからな！」

「おまえらの失敗談で一時間つなぐんだよ」

付け髭をずらして、保は笑いながら返す。

「村野《むらの》が半分仕上がってたデータに寝ぼけてコーヒーぶっかけちまった話とかな」

「うひー、もお勘弁して下さいよ、その話だきゃあ」

「あははは。だめだめ。ガイアにいる間は一生云われ続けんだよ」

「小沢《おざわ》、おまえも笑ってる場合じゃないぞ。誰だったかな、ディスク裏表に入れて『呼び出しできませ～んッ』って泣きながら修理屋呼んだのは……」

「ヒ～ッ忘れてえ～ッ」

頭を抱えてうずくまるモヒカン男に、どっと笑いが沸く。

ふと見ると、和実が、兄の横にピタっとはりついている。人垣越し、少し離れたところで頭を掻いている草薙と目が合った。

(へーん。ふられてやんの)

べーっと舌を出してやる。草薙が肩を竦める。

「ねえねえ。あの背の高い人、かっこいいね。君のお兄さん？」

ジーンズの似合う丸顔の女性が近づいてきて、にっこり訊いた。

「まさか。……じゃなくて、えっとまあ、そんなようなもんです」

「そんなような？」

「真奈美《まなみ》ちゃあん、高校生に手ぇだすなよー」

なに云ってんのよ、と女性は革ジャンの男を肘でどついた。

「高校生？　君ももしかして東斗に通ってるの？　学くんの知り合い？」

「学って……斉藤のことですか？　クラスメイトですけど」

「そうなんだ。彼、よく遊びに来るのよ。面白い子だよね……」

「プログラマー目指してるんだって？」

「学くんは今日来ないの？　最近顔出さないけど、どうしてるのかな」

「彼女でもできて忙しいんじゃないのー？」

「でもⅣのサンプル上がった日も遊びに来なかったじゃない。あんなに楽しみにしてたのに」

「そーいやそうだったなあ。どうしたんだろ。なんか知ってる？」

尋ねる二人に、柾は頷いた。

「あいついま、入院してるんです」

「ええっ？　なんで？」

「原因はよくわかんないんですけど、あんまり具合良くなくて」

「ちょ……それマジ？　ちょっと、なあ、学くんいま入院してるって！」

「えーっ？　ほんとに？」

「学君が？　どうして？　具合は？」

「なんの病気？　まさか事故とか」

学校ではおとなしくて交友関係の狭い、まったく目立たない奴が、ここでは様子が違うらしい。瞬《またた》く間にどよめきが伝染し、パーティ会場はにわかな騒ぎとなる。

しまったかな、と柾は焦って草薙を見た。口止めはされてないが、こんな騒ぎになって、取材に支障はないだろうか。

「学くんが入院？」

奥にいた保が、付け髭と赤い帽子を毟《むし》り取り、傍らの弟の顔を覗き込んだ。

「ほんとか？　カズ、知ってたのか？」

「……うん」

和実は青白い顔でこくんと頷く。

「なんでおれに教えなかったんだ。だめじゃないか。それで、入院先は？」

「高槻総合病院……」

「なんの病気。どんな具合なんだ？」

「………」

よくわからない、というように、和実は曖昧に首を傾《かし》げている。保は柾に顔を向けた。

「君、知ってるんだろ？　教えてくれる？」

喋っていいんだろうか。

騒ぎから少し離れて見ている草薙に、視線で助けを求めると、彼は軽く顎をしゃくった。喋ってやれ、ってことだろう。なにか意図がありそうな顔つきだ。

「斉藤は、二週間前から昏睡状態で……いま、まだ意識不明の重体です」

ざわざわっとフロア中がどよめいた。

「覚醒障害症候群っていう最近急に増えてる病気みたいで、斉藤は、家で意識不明の状態になって、そのままずっと昏睡状態が続いてるそうです。検査してもどこも異常がなくて、脳も体も正常で……強いストレスが原因じゃないかっていわれてるけど、本当のとこはまだわかってないらしいです」

「覚醒……障害？　聞いたことないな」

「ほんとに原因はストレスなの？　睡眠薬を飲みすぎたとかじゃなく？」

「薬物反応はないって云ってました」

柾はまた草薙の様子を窺う。頷いたのを確認して、云った。

「ただ、患者に、変な共通点があって」

「どんな共通点？」

「いま、三十人以上が同じ症状で入院してるんですけど、全員、ナスティサービスっていうパソ通の会員だったんです。それで調べたら、ナスティの掲示板コーナーみたいなとこで、Mr．Dって奴が変なビデオを通販してて。〝観るだけで、十分間の睡眠が七時間分になる〟

って――」

バシャッ、と床に紙コップが落ちた。

「ご……ごめんなさい」

真奈美が慌てて屈み込む。柾は、彼女が全身で震えているのに気付いた。

「どした、真奈美ちゃん。大丈夫か？」

革ジャンの男が声をかけたが、真奈美は震えながらじっとしゃがみ込んだまま動けなくなってしまったようだった。

「真奈美」

すると、さっと近づいてきた保が、背中を抱いて彼女を立ち上がらせた。

「ここはいいから、向こうで休んでろ。川口《かわぐち》、悪いけどついててやって」

「あ、はい」

保は革ジャンではなく、近くにいた、ひょろっと痩せた青年に命じた。真奈美は抱き支えられるようにして、フロアから連れ出されていった。

「さあ、そろそろここはお開きにして、二次会の会場に行こう」

保が妙に明るすぎる声で、パンパンパンと手を叩いて全員を促した。空気は和らがないままだったが、みな荷物を持ってざわつきながら移動を始める。

その中で、和実一人が、何事もなかったかのようにツリーのオーナメントをいじっていた。

7

「――におうな」

車のドアをバタンと閉めるなり、草薙が呟いた。

柾が黙って窓を開けると、

「屁じゃねえよ」

頭を小突く真似。柾はさっと首を竦めて拳骨をよける。

「わかってるよ。あの女の人だろ？　Mr．Dって聞いたとたんコップ落とした。顔が真っ青だった」

「彼女より、あの社長のほうだ。そばで見ていたからわかったが、石みたいに固まってた。顔色なんか蒼白《そうはく》どころじゃない、土気色《つちけいろ》だったぜ。彼女が取り乱したんで我に返って取り繕ってたが……他にも二人ほど、いやってほど動揺していたやつがいたな」

あの人数を全員チェックしてたのか。柾は彼女のことしか気付かなかったのに。

「Mr．D＝ガイアの誰か、ってことかな。ソフトウェア会社の社員なら、ナスティサービスのホストコンピュータに侵入して、データを破壊することもできるよね」

「おそらくな」

草薙は奥歯で煙草のフィルターをきつく噛みながら、バックミラーの角度を調整する。

車の後方にビルの玄関。立花兄弟やフロアにいた大方の人間は、歩いて二次会会場へ移動していったが、まだ例の女性はビルから出てこない。

「会社ぐるみか、社員の誰かを匿《かくま》っているか……どっちにしても、Mr．Dについて、なにか情報は持ってるはずだ。和実ちゃんのガードが思った以上に堅いんで、ちょっと情報収集ができりゃ儲けのつもりで暴露したんだが、期待以上の収穫だったぜ」

「二次会行かないの？」

「さっきの女を待って、話を聞く。……っと」

草薙が素早く車を降りた。

車内から見ていると、ちょうどビルから一人で出てきた青年を呼び止め、名刺を出してなにか話しかけている。

さっき保に真奈美の介抱を頼まれていた、川口という男だ。歳は二十五、六。猫背で、少し長めの茶髪に黒いキャップを被っている。窓を少し開けると、「なにも知りません。話すことはありません」という、青年の声が冷たい風に乗って聞こえてきた。

「じゃあ、もしなにか思い出したことがあったらでいいから、ここに連絡もらえるとありがたいんだが」

草薙ののんきそうな声。

「どんな些細《ささい》なことでもかまわないよ。いまはひとつでも多く情報が欲しいところだ。ルポライターとしての興味ももちろんだが、知人の医師からも、予防法や治療の手がかりを捜してくれと頼まれてる。いまおれが調べただけで、覚醒障害患者は三十八人。これ以上、被害を拡大させたくないんでね」

「……」

顔を背けている川口の肩をポンと叩いて、草薙はゆっくりと車に戻ってくる。川口は猫背をいっそう丸めるようにして、早足で逆方向に歩き出した。

「例の彼女はもう帰っちまったってさ。見逃したかな」

「二次会の会場は？」

「さあ」

「さあって、話聞くんじゃないの？　おれ、あの人追っかけて場所聞いてこようか？」

「いいさ。待ってれば」

草薙は運転席のシートを下げ、うーん、と思い切り伸びをする。

「待ってればって……」

川口は交差点を渡り、通りの向こう側を歩いている。すぐに姿が見えなくなりそうだ。

「やっぱ聞いてくるよ！」

柾がドアを開けた瞬間、バックシートで携帯電話が鳴った。草薙がキャメルの空き箱だらけのシートからごそごそと探り、耳に当てる。

「川口くんか」

えっ、と柾は慌ててシートに戻った。草薙が通りの向こうを親指で指す。コンビニの前で、携帯電話を耳に当てた川口が、車の二人にかすかな会釈《えしゃく》をした。

「ああ、わかってる。会社のそばで部外者に社外秘をぺらぺら喋るわけにはいかないもんな。――それじゃあ、三十分後、西新宿のMAX《マックス》って店で落ち合おう」

MAXは、西新宿の古びたスナックだ。二階に草薙の根城があり、柾も何度か来たことがある。半年ぶりだが、太ったマスターも、閑古鳥《かんこどり》もあいかわらずだった。今日も客は柾たち三人きりだ。

「もし、学くんが、ビデオを観て昏睡状態になったんだとしたら……Mr．Dっていうのは、長田さん――プロデューサーの長田修一《しゅういち》さんです。deep sleep videoーーおれたちは頭文字を取って、Dソフトって呼んでるんですけど。おれは二年間、そのプロジェクトチームにいました」

川口てっぺいと、彼は名乗った。ガイアのゲームプログラマー。大学時代からガイアで働き、キャリアは六年。業界では中堅に入るらしい。

「長田さんはプロジェクトチームのチーフで、Dの発案者でした。ガイアって仕事キツくて、まあゲーム作ってるとこなんかどこでも似たようなもんですけど、月の半分は会社泊まり込みだし、締め切り間際は時間なくてほとんど寝ずに仕事でしょ。皆、頼むから十分でいいから寝かせてくれ〜って感じで。……いつだったか、誰かが『十分間の睡眠を七時間分に感じるようなクスリが欲しい』とかって言い出したんです。もう三年くらい前かな。普通の人なら笑っちゃうかもしれないですけど、そういうアイデア、笑い事ですまさないのが、長田さんと立花社長なんですよね。で、ゲームだけじゃなく、そういうソフトの可能性も開拓していこうってことになって」

川口はそこまで一息に喋って、お冷やを飲み干した。

「何年か前、ドラッグビデオってのがちょっと流行《はや》ったの、覚えてますか」

「ああ……あったな。幾何学模様みたいなのが延々流れて、観ているだけでドラッグやってる気分になれるってやつ」

「そう、それです」

「効くの？」

訊いた柾に、草薙は唇の端を曲げて見せた。

「気分に浸るってだけのもんだな。だからすぐに廃《すた》れちまった。Dソフトもその類《たぐい》か？」

「そうです。映像的には環境ビデオみたいなもんです。きれいな小川とか草原の風景に、リラクゼーション音楽を被せる。でもただの映像じゃなく、CGでサブリミナル処理がしてあります。ビデオは十五分。観るだけで、たった十分間の睡眠で満足な熟睡感が得られるんです。欲しくなりませんか？」

「そうだな。実際、かなり売れたようだしな」

草薙は皮肉るように片頬で笑う。

「ビデオはただ観るだけでいいのか？　幻覚剤や睡眠導入剤の必要は？」

「いえ、そういうのは。あくまで映像と音楽だけです。人体に絶対安全、が謳い文句でした。社長も長田さんもすっごく乗り気で、わざわざアメリカの大学から教授まで招いて、どうしたら短時間で倍以上の熟睡感が得られるか、二年以上試行錯誤してました。α波が出せるんだから、ノンレムが人為的に作れないわけがないって」

「ノンレムって？」

「睡眠の種類だ。レム睡眠とノンレム睡眠とがあって、このふたつが九十分間隔で周期的にくり返されてる。レムは浅い眠りで、覚醒時に近い。ノンレムは深く眠ってる状態のことをいって、身体的、神経的な疲労回復をするのは、このノンレムのときだといわれてるんだ」

「詳しいですね」

川口が驚いたように草薙を見つめる。

「いや、基礎知識程度だ。で――こいつはノンレム状態を作り出すためのビデオなわけか？」

「そうです。睡眠ってのは量より質で、何時間眠ったかより、ノンレム睡眠が十分にあったかどうかがポイントなんです。よく、夢ばっか見て、ちっとも眠った気がしないってことあるじゃないですか。つまりレムでは脳味噌がオンの状態だから、神経も体も休んでないんです。逆に、電車の中で居眠りしたときって、ストーンと眠りに落ちて、たった五分でも何時間もぐっすり寝たように感じるでしょ？　あれはノンレム睡眠なんで、脳も体もちゃんと休んでる。つまり、聴覚と視覚から、その居眠りの状態を作ってやろうってわけです」

「リラクゼーション音楽や映像で、脳がα《アルファ》波を出すってのは聞いたことがあるが……そんなことが可能なのか？」

「理論的には可能なんだそうです。脳には睡眠中枢と覚醒中枢ってのがあって、この二つが複雑に絡みあって睡眠と覚醒を調整してるんです。Ｄのプログラムは、ノンレム睡眠を調整している睡眠中枢に働きかけるもので……って偉そうに喋ってますけど、実はおれ、理論的なことはさっぱりなんスよね」

川口は自嘲を浮かべて、気まずそうに首を掻いた。

「いまの説明、教授の受け売りなんです。ちゃんと把握してたのは長田さんだけじゃないのかな。だっておれら、もともとゲームの人間だし、δ《デルタ》波がどーの、睡眠物質がどーの、視覚が脳の視床下部を刺激してどーのって説明されても、興味ないし。だから、チームっつっても、おれらは長田さんのプロット通りにプログラミングしてただけで。未《いま》だに自分がなにをしてたのかもよくわかってない感じですよ」

「だがソフトは完成した」

「そうです。三ヵ月前に。でも……」

視線が迷うように宙を泳ぐ。短いためらいののち、川口は静かに云った。

「Dのサンプルが出来上がった日、徹夜で作業してたスタッフの一人が、それを持ち帰ったんです。そいつは翌日から久々の有給取ってて、朝イチの飛行機で一週間サイパンに行く予定だったんで、帰ったらさっそくDを試してみるって。——でも、休暇が終わっても、会社に出てきませんでした。電話しても出ないし、心配になって様子を見に行ったら……あいつ、ちょっと居眠りって感じでソファに横になってて、声をかけても、揺さぶっても、全然、目え覚まさなくって」

そのときの様子がよみがえったのか、俯いた川口の下顎にぐっと力が入る。

「救急車呼んだけど、そのまま昏睡状態続いて……」

三日後に亡くなりました……と、掠《かす》れた声で云った。

「服は会社から帰ったときのまんまで。ビデオデッキの電源が入ってました。玄関に旅行の荷物があって……あいつ、ほんとに楽しみにしてたのに……」

震える声。見ていられなくて、柾はテーブルに視線を落とした。

だけど、本当にそんなソフトがあるんだろうか。にわかには信じられない。ただビデオを観るだけで、永遠に眠りから覚めなくなるなんて。

「そのビデオ、全編観たのは、亡くなったスタッフだけだったのか？」

「あ……はい」

川口はシャツの袖口《そでぐち》で、赤くなった目頭を拭った。

「Dは、マスターテープと予備のコピーの二本で、マスターは解析のためにすぐにアメリカに送って、コピーをスタッフが持ち帰ったんです」

「Dソフトが覚醒障害を引き起こす原因は？」

「脳の覚醒中枢に関係あるらしいです。難しくておれもよく理解してないんですけど……解析した教授がいうには、Dのプログラムは、本当はノンレム睡眠を作るために、睡眠中枢を刺激するはずだったんです。ところが、理論上かプログラミングの間違いかわからないけど、覚醒中枢を破壊するソフトに化けちまった」

「プロジェクトはその後？」

「もちろんソッコー中止ですよ。――けど、長田さんだけは納得しませんでした」

川口は顔を固く強張らせた。

「現に犠牲者が出てるってのに、Dの安全性に絶対的な自信を持ってて、小坂《こさか》……亡くなったスタッフなんですけど、あいつの死因が本当にDのせいかどうかはわからない、って言い張ったんです。社長とも何度もやりあって、最後にはもう意地になって、自分一人でもDの安全を証明して見せるって。……それが……まさか……」

両手で額を覆い、鼻から大きく息を吐く。

「こんなことになる前に、あれをぜんぶ処分しちまうべきだったんだ。あの人ならやりかねなかった。いつかこんなことになるんじゃないかって思ってたんだ。長田さんの良心に期待しようなんて、社長はやっぱり甘いんだよ。あの人は普通じゃないんだよ」

「その長田ってのは、いったいどんな人物なんだ？」

「……あの人は、もともと社長の大学の同期で、ガイア初期から残ってる唯一のスタッフなんです」

川口はぬるくなったコーヒーを飲み干し、はあっと息をついた。

「社長とは、学生時代ガイア作ってから、ずっと苦楽を共にしてきた仲間で。っていうと聞こえはいいけど、実際はもっといろいろあるんです。例えば、テンタイってゲームは社長と長田さんが共同プロデュースしたことになってるけど、ほんとはキャラデザからプログラミングから、長田さんの手が入ってないところはないってくらいのモノなんですよ。Iの頃は、社長も半分くらい手伝ってたらしいけど、それ以降は……一番売れたIIIなんか、社長はデモのチェックをした程度。それで名前は共同なんだから、長田さんは当然面白くないでしょ。それに社長って、営業はうまいし人望はあるんだけど、プロデューサーとしてはなんていうか、ちょっと……」

「長田と比べると見劣りする？」

「まあ、そうです。それで、自然とスタッフも社長派、長田派に割れちゃって。いつ長田さんが独立してもおかしくないって感じでした。実際独立したら、かなりのスタッフがついてったんじゃないかな。……おれも、小坂の事件まではそう思ってました」

川口は苦しげに言葉を切り、テーブルの上でギュッと両手を握り締めた。

「会社を辞めた後は？　連絡先はわからないか」

「それが……あれ？　おれ、長田さんが辞めたこと云いましたっけ」

「いや。ただ、彼に対して過去形を使ってたろ。だからもう社内にいないんだろうと思ったんだが」

川口と柾は目を丸くした。全然気がつかなかった。

「そっか……はい、長田さん、十一月付けで退社しちゃったんです。朝出勤したら、社長のデスクに退職届がのってて、そのまま行方くらましちゃって」

「その後、連絡ないのか？」

「ええ。あの人、会社の上のフロアに一人で住んでたんですけど、家財道具全部そのまんまで身の回りの荷物だけ持っていなくなっちゃったんで、後が入れなくて困ってるんですよ。ほんとは退社した時点で出てかなきゃなんねーのに。荷物も捨てるに捨てられねーし……」

「部屋で死んでる……ってことは？」

草薙が物騒なことを口にした。一瞬ぎょっとしたが、川口は首を振った。

「ないない、それはないです。いなくなってから何度か部屋に様子見に行ってますから。おれたちも心配してましたからね、Dの安全証明とかいって、自分が犠牲になってんじゃないかって」

「あの」

柾は思い切って口を挟んだ。

「それって、家庭用のVHSですか？」

「え、なんで？」

「おれ、斉藤からビデオ預かってるんですけど……」

柾は件《くだん》のビデオを、リュックからごそごそとひっぱり出した。

「これ。斉藤が立花和実に借りてたビデオなんだけど……」

「ボウヤ、観たのか？」

「ううん。預かってただけだよ」

川口はビデオテープをケースから出し、背ラベルと窓ラベルのタイトルを見比べた。

「ああ、これ、今年の夏に社員で奥多摩にキャンプに行ったときのだよ。長田さんが編集してみんなに配ってくれたんだ。おれも持ってるよ」

なんだ、そっか。じゃあこのビデオがDソフトだっていう可能性はないのか。

「ふん……。こいつがデッキに突っ込んだままになってた……ってことは、Dを観た直後に昏睡状態になるわけじゃないんだな。他のビデオをセットするくらいの時間的な余裕はあるわけか……」

草薙は神妙な顔つきで、しきりに顎をさすっている。

「斉藤学は、Dソフトで犠牲者が出たことは？」

「知らないはずです。Dソフトのことは社外秘どころか、プロジェクトチームのメンバーしか知らないんです。スタッフが亡くなった原因も、社内でも伏せてあります」

「遺族にも説明してない？」

「……そうです」

川口は喘ぐように深い溜息をついた。

「どうしても、Dを公にするわけにはいかなかったんです。もしそんな危険なものを作ったことがばれたら、ガイアのソフトはヤバイってイメージがついちまう。詰めに入ってたテンタイⅣの発売も、自粛か、悪くすりゃ無期延期です。ガイアはテンタイでもってる会社だし、皆命かけてるんです。――それに、テンタイの発売を首を長くして待ってるファンのこと考えると、とてもそんな勇気……なかった。でもその代わり、Dのデータもサンプルもすべて焼却処分することにしたんですけど……」

川口は云いにくそうにぎゅっと唇を結ぶ。草薙が訊いた。

「その前に、長田に持ち出されたんだな？」

「……ええ。辞めた時に、一切合切持っていきました。サンプルを保管してた金庫の暗証番号は、社長と長田さんしか知らないんです。他の人間には触れません」

「長田が会社を辞めた日付はわからないか？」

「あ、はい。わかります」

川口はバッグから電子手帳をひっぱり出した。

「十一月七日です。そうだ、この日からテンタイの詰めに入る予定だったのに、皆パニクって大変だったんですよ」

十一月七日。Ｍｒ．Ｄがネットに広告を載せたのは十月末だ。ということは、あの広告を出したときに、まだガイアに在籍していたことになる。

ってことは、斉藤はパソ通であの広告を見たんじゃなく、長田から直接入手してたかもしれないわけだ。

（あ、でもそうすると、あの通話記録の説明がつかなくなるか）

斉藤か立花和実のどちらかが、Ｍｒ．Ｄに電話してるわけだから。

（あれ？　でも、電話したのがあの二人とは限らないよな。兄貴のほうが広告を見て、Dに電話をかけた可能性だってある）

でも、もし兄貴がソフトを買ったとしても、そんな危ない物を斉藤に貸すわけがない。じゃあやっぱりあの二人のどちらかか。

しかし、パーティのときの様子を思い出してみても、和実は特に動揺してなかった気がする。ソフトのことを知っていたなら、それが斉藤の病気と結びついたらもっと驚くはずだ。

ってことは、ソフトを買ったのは、斉藤一人の行動で、和実はなにも知らなかったんだろうか？……いやちょっと待てよ。そもそも、電話をかけたからってソフトを買ったとは限らないわけで、ってことはやっぱり斉藤は長田から直接ビデオを受け取ったかもしれないわけで……う〜っ。頭がこんがらがってきた。

川口がおずおずと訊く。

「あの……やっぱりこれって、おれたち、罪になるんでしょうか」

「法律は専門外だが、スタッフの死因を隠蔽《いんぺい》したことはともかく、ビデオ自体に殺人の目的がなく、偶然の産物だってことが証明できれば、もし罪に問われたとしてもそれほど重くはないはずだ」

「そうですか……」

川口はホーッと息を吐いた。

「プログラムの製作に協力した大学教授と連絡取れるか？」

「は……はい。取れると思います」

「あっちはクリスマス休暇に入ってるかもしれん。大至急連絡取って、サンプルとデータが残ってないか調べてくれ。それと、長田の顔写真を用意してくれないか。警察に捜索願を出したほうがいい」

「はい。これから会社戻って、アドレス調べます。写真は……あ、そうだ、それに映ってますよ、長田さん」

柾がリュックにしまおうとしていたビデオを指す。

「黒いTシャツ着てるのが長田さんです。観ればすぐわかります」

「よし。ここから写真に落とそう」

「他に自分にできることないですか？　こうなったらなんでも協力します。これ以上自分のつくった物で人が死ぬなんて……冗談じゃないですよ」

川口は、腹を決めたようだった。まだ顔は青ざめてはいるものの、目つきはしっかりしている。

「なら、ネットを通じて、ユーザーにDソフトの危険性を呼びかけてくれ。おれは新聞社とテレビ局にかけあってみる。穏やかに通販しててくれるうちはいいが、ネットで無差別に動画を流されたら、大惨事になるぞ」

「わ、わかりました。すぐにやります」

「……deep sleep video。深い眠り……か」

草薙はフィルターだけになった煙草を灰皿に磨《す》り潰し、ふと呟いた。

「〝死〟もDで始まるな」


ＭＡＸの前で慌ただしく草薙らと別れ、悠一のマンションに帰りついたのは夜九時過ぎ。部屋の主はまだ戻っていなかった。

真っ暗な、寒々とした部屋に帰るのは、母親と二人で暮らしていた頃以来だ。

物心ついたころから鍵っ子で、学校から帰ると、自分で明かりをつけ、風呂を沸かして、冷蔵庫の夕飯をレンジで温めて食べるのが日常だった。

小学生の頃は家で母親が迎えてくれる友達が羨《うらや》ましくて、だから、貴之と暮らすようになってから、いつ帰っても誰かが家にいる——明かりのついた温かな家でお帰りなさいと迎えてくれるのが、どんなご馳走よりプレゼントよりもなによりも、嬉しくて、贅沢なことに思えた。

テーブルに、「本日外泊」なる悠一のメモがのっていた。美人の彼女のところだろう。そういえば、あと一時間でクリスマスイブだ。

（明日も帰ってこないかもなー）

テレビをつけてみる。まだニュースの時間帯には早い。どの局もクリスマス特番のバラエティとドラマばっかり。

（ＮＨＫならやるかな。ナギさん、今夜中に新聞社とテレビにねじ込むなんて云ってたけど……）

ふと、ベッドサイドの留守番電話が、チカチカと点滅しているのが目に入った。ひょっとしたら貴之が電話をかけてきたかもしれない……と思う。

とはいえ、悠一の不在に勝手にメッセージを再生するわけにもいかない。とりあえず見ないふりをすることにして、コンビニで仕入れてきた食料をテーブルに広げた。鮭弁当。あのあと草薙も川口もすっとんで帰ってしまったので、夕食を奢ってもらい損ねたのだ。

（コンビニ飯もけっこうするよな。マジでバイト探さないと。光熱費も入れなきゃだし……）

レンジでチンした鮭にかぶりつくと、電話が鳴った。

ドキッとした。なんとなく息を潜めて、留守番電話のメッセージに切り替わるのを待つ。

と、今度は玄関のチャイム。

「ふぁーい」

口の中のものをウーロン茶で流し込み、玄関のチェーンを外したのとほとんど同時に、

『ボウヤ！』

留守電のスピーカーから、バリトンの怒鳴り声。草薙だ。慌てて室内に戻り、ベッドサイドの受話器を取った。

『おれだ、草薙だ、そこにいるな⁉　もしいるなら──』

「ナギさん？」

コードレス電話で喋りながら、再び玄関へ。

「どうしたんだよ、なんかあった？」

『いいから聞け！　いいか、誰が来てもドアを開けるな！』

それは、ドアの鍵を外した瞬間だった。

二人の大男が、ドアから躍り込んできた。

黒人だ。きつい体臭とスパイシーなコロン。でかい。一人は赤のスタジャン。一人は革のコート。

『おい！　聞いてるのか⁉　ボウヤ⁉　ボウヤ！』

コードレスから草薙の怒鳴り声が漏れる。声を上げようとした柾の口を、スタジャンの男が塞《ふさ》ぎ、ヘッドロックをかけて奥に引きずり込む。もう一人の男が柾の手から受話器をもぎ取り、ドアの鍵を閉めた。あっという間だった。

「うむーッ！」

柾は丸太みたいな腕に爪を立てて暴れた。男の臑《すね》に蹴りが入る。

「Ｏｕｃｈ！」

喉に食い込んでいたヘッドロックが緩む。すかさず鳩尾《みぞおち》にエルボを決めようとしたところへ、のっそりと立ち塞がったもう一人の男が、柾に強烈なボディブローを食らわせた。

「げふっ……」

前のめりに崩れ落ちる。胃がせりあがり、息ができない。

身体を折って苦しい呼吸をくり返す柾を、赤いスタジャンの男が、襟首を摑んでベッドに放り投げた。咳《せ》き込み、もがく柾を、二人は笑いながら、屈強な腕でやすやすとベッドに磔《はりつけ》にした。

「は……なせっ……ゲホッ、なに、すんだ……っ！」

苦しい息で悪態をつき、力の限りもがく。なんだ。なにが起きたんだ。こいつら何者なんだ！

男がテレビを消し、コートをゆっくりと脱ぐ。そしてクチャクチャとガムを嚙みながら、柾のジーンズに手をかけた。

「なにすんだよッ！　やめろ！　クソ野郎！　やめ……！」

「シャーラップ」

男たちはニヤニヤと、柾の顔の上から枕を押しつけた。息と声を塞がれる。ジーンズが下着ごと足首から引き抜かれる。

「ウーッ！」

激しく喘ぐ胸を、金属の冷たい感触がツウッ…と撫でた。ボタンがひとつ、弾け飛ぶ。反射的に動きを止めた。——ナイフだ。

シャツのボタンがすべて飛び、なめらかな裸の胸が白熱灯の下にさらされる。ごつい手が、絨毯の手触りを楽しむみたいに肌を這う。

怖い。相手が何者かわからない。なにをされるか、見えない。なぜこんなことをされるのかわからない。いったいなにが、なぜ、どうして！

身体をよじり、がむしゃらにバタつかせた足が、偶然、男の足にヒットした。

「Ｓｈｉｔ！」

「ウアッ！」

すると両手首を、軋《きし》むほど捻り上げられた。顔を何度もひっぱたかれ、口の中が切れて血の味が広がる。

スタジャンが、キッチンからウイスキーをつかんで戻ってきた。柾の顎を片手でグイと摑み、明かりのほうへ向けさせる。下卑た薄笑い。ゾオッとした。

男は、レンチのような屈強な指で柾の両頬を締め上げると、口にウイスキーの瓶を突っ込んだ。たちまち酒が口がいっぱいに溢れ、喉にも容赦なく流し込まれる。

「ゲホッゲホッゲホッ」

苦しい。咳と涙と鼻水が一緒に出た。殴られた顔と腹が痛い。

シーツに顔を埋めて咳き込んだ柾は、悲鳴も上げず竦み上がった。抱えあげられた剝き出しの尻に、生温かな、ナメクジのような感触がぺったりと吸いついてきたのだ。

「やッ……んむ…っ」

前に回ったもう一人の男が、唇で荒々しく柾の唇を塞ぐ。激しく頭を振って拒むと、喉にナイフの冷たい刃先がピタリと押しつけられた。

またウイスキーが流し込まれ、激しく噎《む》せる。肩をよじるのが精一杯の抵抗だ。酔いが柾の手足を急速に萎《な》えさせていた。

両足首を大きく割り広げたのはどちらの男だったか――意識も朦朧《もうろう》としはじめていた。酔いで感覚の鈍った局部を、指と舌がサディスティックに蹂躙《じゅうりん》する。厚ぼったい舌が口中を舐め回す。

（や……だ……）

（いやだ、こんなやつにッ……誰か…ッ）

シーツを握り締め、何度もせわしく喘いだ。屈辱と体の痛みで、涙と嗚咽《おえつ》が溢れた。熱い肉塊がじわりと双丘を割り広げた――その刹那《せつな》だ。

玄関で、ドガッ！　と激しい物音がした。

部屋に躍り込んできた長身の男が、あっという間に二人の黒人をのし、玄関から引きずり出すのが、霞《かす》む視界にぼんやりと映る。

（……誰……？）

貴之……？

「ボウヤ」

バリトンの声。がっしりとした腕に抱き起こされ、揺さぶられ、頰を叩かれた。

「無事だろうな。怪我はないか。おい――セーフだったろうな、まさか？」

「う……」

ぼんやりと瞬《まばた》きした瞳に、自分を覗き込む男の陽焼けした顔が、像を結ぶ。

「……ギ…さん……？」

呼ぶと、彼は、空気が抜けた風船みたいにフーッと大きく息をついた。

「無事だな。よかった…」

「ぶじじゃねえよっ」

醜態はたぶん、こみあげてきた安堵《あんど》とアルコールのせいだ。草薙の厚い胸板をどんと拳でどつき、力の入らない指でシャツの襟を摑んで揺さぶる。

「もっと早く来い、ばかやろおっ。こっ……怖かっ……」

怖かった……！

草薙は痛みをこらえるような苦い顔で、柾の頭をがしがしと撫で回した。

「すまん。次は五秒で飛んでくる」

「二秒っ」

「ああ。二秒だ。悪かった」

「ぜったい二秒だかんなっ。ぜったい、ぜったいっ！」

「ぜったいだ。すまん。おれが悪かった」

「う〜っ……」

「よしよし。怖かったな。もう大丈夫だ。いい子だ……もう大丈夫だよ」

くり返しあやし、無骨な指が、涙と、唇の傷をそっと拭う。フライトジャケットの胸に顔をすりつけ、柾は何度も喘いだ。革と、キャメルの匂い。

「ウッ」

堪《こら》えようとしたが間に合わなかった。草薙の胸に、ゲホッと吐いた。

「ごめ……服……」

喋ると、またグッと吐き気がこみ上げ、慌てて両手で口を押さえる。草薙が背中をさすった。

「いいから、我慢せずに出しちまえ。楽になる」

両手で口を押さえ、涙目で首を振る。口を押さえたまま立ち上がろうとしたが、膝がガクガクと萎える。草薙に抱えられてユニットバスへ連れて行ってもらい、また吐いた。ほとんどアルコールの匂いの胃液ばかりだった。

「どのくらい飲んだ？　ウイスキーの空き瓶転がってたが、あれ一本か？」

大きな手に背中をさすられながら、頷く。

草薙は舌打ちし、台所で汲《く》んできた水を枉に大量に飲ませ、何度も吐かせた。

それから先は、あんまり記憶がない。

何度も吐かされて、気持ち悪くて眠ろうとすると揺り起こされて水を飲まされ、また吐かされて……気がつくと、薄暗い部屋のベッドに寝かされていた。

カーテン越し、街灯の明かりが天井に斜めに差している。キッチンにだけ明かりがついていて、男二人のシルエットが壁に映っていた。

「大丈夫、大事ない……病院に連れてく必要はないよ。手当が迅速だったのが幸いだった。急性アルコール中毒は、軽度でもヤバイからねえ」

誰の声だろう……ハスキーで、わずかに滲むオネエ口調。

「今夜はついててやるんだね。夜明けにまた吐くかもしれないけど、その分、こまめに水分補給させて。脱水症状起こすとまずいから。でもナギ、よく処置の仕方を知ってたね」

「漫画で読んだ」

心地いいバリトンは草薙の声だ。三十男が漫画なんか読んでんじゃねーよ……半分眠ったまま、くすっと笑う。まだ酔いが残っているようで、横になっているのに頭がクラクラした。

「にしても、その格好。どこかで着替え調達してこようか？」

「臭《にお》うか？」

「ほとんどアルコール臭だけど。……あの子、こないだの赤頭巾ちゃんだろ。血相変えて電話かけてくるから、ぼくはてっきり彼のことかとね……」

「電話で顔色がわかるのかよ」

「比喩じゃない。絡むなよ。ん……ぼくにも一本」

「キャメルだぜ」

「ナギにゲルベゾルテを期待しちゃいないさ」

「ありゃ三年前、輸入ストップになっただろ」

「ぼくは個人輸入」

「ブルジョワめ」

軽口を叩きながら、咥え煙草から火を移すシルエット。

「メリークリスマス・イブだね。……彼、今年も戻ってこないのかい？」

「……………」

「その顔は図星か。……しっかしねえ。えらいとばっちりだ、赤頭巾ちゃんも。……困ったもんさ」

「ああ。きつくお灸《きゅう》を据えねえとな」

「チッチッ。わかってないなあ。困った人はナギのほうだよ。どうせあの子の前で、赤頭巾ちゃんとイチャイチャしてみせたんだろ？　おばかだねえ……ただでさえ、最近ナーバスになってるとこに」

「ナーバス？」

「じき二十歳だろ、颯」

「…………」

「ま、それ抜きだって、颯がジェラっちゃうのわかるよねえ……ナギがそんなに血相変える相手は、そういるものじゃない。レイプ未遂くらいで済んでラッキーさ。へたすりゃ最悪の事態だって……」

——颯？

（って…昨日のハッカー……？）

あいつが、どうして…？……それに、あの男たちが押し込んでくる寸前に、まるで知ってたみたいなタイミングでかかってきた草薙の電話。なんで……？

（……うー……だめだ、頭がクラクラする）

枕に深く頭を埋める。眠い。まだ胃がむかむかする。

「四方八方に粉かけるなら、平等にアテンドすべきだね」

ふーっと紫煙を吐き、オネエ声が冷ややかに云う。

「本命だけ大事にしまくって、釣った魚に餌《えさ》はやらないんじゃ、軽佻浮薄《けいちょうふはく》の極楽とんぼの看板あげる資格はないさ」

（本命……？）

草薙の？　そんな相手、いるのか……？

なにもかもクエスチョンマーク。でもダメだ…考えられない、いまは眠くて……。

ボソボソと喋るバリトンを子守歌に、柾の意識はゆるやかな眠りのスロープを、再び滑り落ちていった。


次に目が醒《さ》めたのは、玄関の鍵が開く音がしたときだ。

悠一が帰ってきたんだな……と足音と気配で感じる。まだ意識が覚醒しきっていなくて、瞼《まぶた》を開けるのがひどく億劫だった。客の分際でベッドを占拠しちゃ悪いなー…と頭の片隅で思ったけれど、顔を照らしている陽射しはどうやらもう昼近いようだし、あったかいし眠いし……。

（いーや、寝たふり……）

布団を顔まで引き上げ、

（あと五分……）

あったかい枕に顔をすりつけ、再びトロトロッとまどろみかけると、

「オカ。おい、オカっ」

頬をペチペチ叩かれた。

「んー……お帰りぃ……」

「お帰りじゃないッ」

悠一が耳もとで、小声で怒鳴る。器用だなあ。

「さっさと起きて服着ろッ早くッ」

「……うう――……？」

なんだってんだ、もお……。仕方なくショボショボと片目を開けると、

「……うーん……」

頭の下で、枕がもぞっと動いた。……動いた？

「………」

おそるおそる見れば、寝心地のいい枕だと思っていたものは、大の字でくーかくーかと眠る、人間の裸の胸だった。

なんだ、これ…どうして、草薙備が、おれと同じベッドで、しかも裸で寝てるんだ。しかも…どうしておれまで裸なんだよ⁉

「んっじゃこりゃあ⁉……あっ…つうー…」

ガバッと跳ね起きるなり、脳天に電撃直撃。同時に襲ってきた吐き気と眩暈《めまい》の三重奏。またヘナヘナと草薙の胸へくずおれる。

そうだ、この胃のむかつき……思い出したぞ。昨夜吐きまくって草薙の服ダメにして……そうだ、裸なのはおれのせいで……でもって、おれがパンツ一丁なのは、アルコールのせいか体が火照《ほて》って、着替えさせてもらったパジャマを暑くて脱いでしまったせいで。

「なんだそっか、ビビッたー……」

「なんでもいいから、さっさと服着ろ！」

なにをそんなに焦っているのか、悠一はクローゼットからひっぱり出したセーターとジーンズを柾の顔に投げつけた。

「早くッ」

「うッ。あたたたたー……わかったから、でかい声出すなって……頭割れそ……」

「なに悠長なこと云ってんだ、さっさとしないとっ……」

「なんなんだよ、もー……」

無理やり被せられたセーターからのろのろと頭を出す。その瞬間、柾は張り裂けんばかりに目を見開いた。

玄関と台所を仕切るパーティション越しに、長身の男が、ベッドを見下ろしていた。カラーシャツにツイードのジャケットという、彼には珍しくカジュアルな装い。いつもは撫でつけている前髪を額に下ろした端整な美貌——

「……貴之……」

呆然《ぼうぜん》と呟く柾の横で、悠一が、あちゃー…と呻《うめ》いて、片手で顔を覆った。

8

一生に一度、絶体絶命のピンチがあるとしたら、まさに今がそれだった。

疚《やま》しいことはひとつもない。ないけれど——下着一枚で、恋人以外の男とひとつベッドの中。しかもその相手は、貴之《たかゆき》と因縁浅からぬ仲で、おまけにゲイだってことは貴之も百も承知の男で。

頭痛も吐き気も吹っ飛んでいた。冷汗とも脂汗ともつかないのが、背中を伝う。

貴之は、静かな面持《おもも》ちでベッドの二人を見つめている。唖然《あぜん》としているのか、それとも怒りが顔に出ていないだけなのか、まるで読めない。

こんなの、どう取り繕えばいいんだよ……。

悠一《ゆういち》に目線で助けを求めたが、そっぽを向いて知らん顔だ。完全に誤解している。

誤解。そう、そうだよ。誤解なんだ。疚しいことなんかひとっつもしてない。むしろ暴行の被害者で、草薙《くさなぎ》はそれを助けてくれたわけで！

「たっ……貴之、これは——」

誤解なんだ！　と叫びかけたその時。

「うーん……朝かァ…？」

事態をさらにややこしくしかねない男が、寝癖だらけの頭をボリボリ掻《か》きつつ、むっくりと起き上がった。

「……よう」

しょぼつく目をこすり、無表情の貴之に、のんびりと挨拶《あいさつ》する。

「殺されないうちに云っとくが、無罪だ。裸なのはボウヤがおれにゲロをひっかけてくれたせいで、ちなみに二人ともパンツは一晩中穿《は》いてたぜ」

「それは手数をかけたな。クリーニング代は請求してくれ」

貴之は顔色ひとつ変えず、拍子抜けするほどごく穏やかに応え、柾《まさき》に顔を向けた。二日ぶりの美貌だ。

「昨日何度か電話したんだが、応答がないので直接来てみたんだ。話があるから、身支度をして下りてきなさい。佐倉《さくら》くん、柾がいろいろと迷惑をかけたね。申し訳ない」

貴之に頭を下げられ、悠一は面食らってたじろいだ。

「いえ、べつに迷惑なんて」

「改めてお礼に伺わせてもらうよ。君もまた、うちに遊びにおいで」

悠一の肩にぽんと手をおき、優雅に踵《きびす》を返して、部屋を出ていく。

ドアがパタン…と静かに閉じた瞬間、柾はまさに全身で脱力した。

よかった……貴之、妙な誤解はしなかったみたいだ。

「……血を見るかと思った……」

片手で顔を覆って、悠一が脱力したように呟《つぶや》いた。起き上がってジーンズに足を通す柾を、指の隙間《すきま》から睨《にら》み付ける。

「一階のエントランスで偶然会ったんだよ。おまえな……いくら女連れ込むなって云ったからって、本当に男連れ込む奴がいるかよ」

「連れ込んだんじゃなくて、押し込まれたんだよ」

「押し込ま……!?」

なにを誤解したか、目を剝《む》いて草薙を眺め回す悠一。草薙のほうは、お邪魔してますもはじめましてもクソもない。

「煙草《たばこ》ないか？」

無精髭《ぶしょうひげ》の顎《あご》を掻きながら、のっそりと訊《き》いた。

「……キャスターでいいですか」

悠一が毒気を抜かれたようにポケットの煙草を差し出す。ライターで火までつけさせ、ベッドヘッドにもたれて悠然と煙草をふかしはじめた。どこにいてもその場の主のような顔で振る舞えるのが、この男と貴之の唯一の共通点だ。美点か欠点かは別として。

「ちょっと行ってくる」

「荷物どうする？」

「いい。とりあえずちょっと話すだけだから」

帰る帰らないは、貴之の態度次第だ。もしうやむやにしてお終《しま》いにするつもりなら、帰るつもりはない。

素足にスニーカーを突っ込んで玄関を出ようとした柾は、ハッと振り返って、ベッドに怒《ど》鳴《な》った。

「ナギさん！　いい男だからっておれのダチに手ぇ出すなよっ！」

「おー。了解」

煙を吐きつつひらひらと片手を振る草薙を、悠一がなんともいえない顔つきで眺めていた。


一階のロビーに下りていくと、深い苔緑色の車がマンションのエントランスに停まっていた。丸目のメルセデスベンツ、Ｅ４００。貴之のプライベート用の愛車だ。

運転席の貴之は、携帯電話で電話中だった。柾が助手席に滑り込むと、喋《しゃべ》りながらチラッと視線を寄越した。

「では二十分後に。……荷物は？」

「持ってこなかったよ。おれ、まだうちに帰るつもりないから。話ってなに？」

「シートベルトをしなさい」

貴之が急に車を出した。前につんのめりそうになり、慌ててダッシュボードに手を突っ張る。

「ちょっ……貴之、おれ帰らないって！」

「座っていなさい。家に帰るわけじゃない」

「………」

時速六十キロの車から飛び降りるわけにもいかない。仕方なく、座り直してシートベルトをした。

（なんだよ……強引すぎだろ）

二日酔いの頭痛とムカムカも手伝って、柾はかなり不機嫌になる。おまけにシートベルトが昨夜《ゆうべ》殴られた腹部を圧迫して痛む。顔のほうもまだちょっと痛むものの、幸い腫れはほとんどなかった。たぶん草薙が冷やしてくれたんだろう。

（くっそー……なんだったんだよ、あいつら）

それに、直前にかかってきた草薙の電話。あいつらが押し込んでくることがわかってたみたいだった。

夢うつつになにか聞いたような気もするが、アルコールのせいか記憶が不鮮明で……そういえば、草薙と喋っていた声、どこかで聞き覚えがある気がするけど……誰だっけ。

それに、Dのことも気になる。新聞とニュースはどうなってるんだろう。ラジオをつけてみたかったが、無言で車を走らせている貴之は、言い出せるようなムードじゃなかった。

車は、やがて日比谷の一角、高級ホテルのエントランスへと滑り込んだ。

（あ……ここ）

ドキッとした。このホテル……。

（あのときの……）

柾はチラッと運転席の横顔を盗み見た。端整な横顔には、特別な表情は浮かんでいないようだけれど。

クリスマスカラーで華やかに飾られた正面玄関の前を通りすぎ、ロータリーを更に奥へと進むと、刈り込まれた緑の奥に、もう一つの入口がひっそりと隠されている。VIP専用の玄関だ。

その車寄せで、スーツ姿の男性が二人、メルセデスを待っていた。

「いらっしゃいませ。お待ちしておりました、四方堂《しほうどう》さま」

マネージャーの名札をつけた年嵩《としかさ》の男が、慇懃《いんぎん》に車のドアを開ける。助手席のドアを開けてくれたほうは少し若くて、アシスタントマネージャーらしかった。

入口は回転ドアで、入っていくと小さいながら優美にしつらえられたエレベーターホールがある。落ち着いた音楽が低く流れ、猫足のアンティークテーブルに、小さなクリスマスツリーが飾られていた。

「いつものお部屋をご用意させていただきました。お荷物はございませんか」

「ああ。案内は結構だ」

「かしこまりました。よろしければ、なにかお飲物をご用意いたしましょうか？」

エレベーターへと導きながら、マネージャーは柾にも慇懃な笑顔を向ける。ひどく喉《のど》が渇いていたのだが、貴之がそれも断ってしまったので、しかたなく黙っていた。冷蔵庫になにかあるだろう。なければ水だっていいし。

直通エレベーターが二十七階に着く。

扉が開くと、目の前に日比谷公園の眺望が広がった。

花を飾ったテーブルと座り心地のよさそうなソファを配した大理石のホールの奥に、広いリビングとダイニングルーム、三つの寝室、バスルームが二つ。システムキッチンと書斎まで備えた贅沢な造りだ。

家具もこの景色も、三年前とほとんど変わっていない。あのときは、ちょうど紅葉の季節で、窓の眺めがまるで絵葉書みたいだったっけ……。

甘酸っぱい記憶に浸りかけた柾の腕を、いきなり、貴之が乱暴にグイと摑《つか》んだ。

「痛っ……貴之!? なに……」

貴之はものも云わず、柾を奥へ引き立てた。荷物かなにかのように奥の一室に放り込まれる。広いバスルーム。シャワーブースの黒いタイル壁に肩をぶつけた。

「い、つっ……！」

昨日殴られたところだ。思わず身動きできなくなった柾の頭上に、いきなり、シャワーが勢いよく降り注いだ。

「うわっ！」

真水！　飛び上がり、パニック状態のネズミみたいに逃げ出そうとした柾を、貴之が前髪を鷲掴《わしづか》んで引き戻す。顔にシャワーをまともに浴び、柾は冷たさと苦しさにもがいた。

「く…るしっ…、やめっ……！　貴之、やだっ…！」

「その煙草の匂いを消せ！」

「や……！」

冷水はすぐ湯に変わり、狭いシャワーブースはあっという間に湯気が満ちる。貴之は激しく暴れる柾の両手首を、恐ろしい力で背中に捻《ひね》り上げると、ベルトでがっちりと縛り上げた。床に落ちたシャワーヘッドが、あたりに湯をまき散らす。

「なにすんだよっ！　なんでこんなッ……」

混乱と、怒りと、骨が軋《きし》むような痛みとに、柾は激しく胸を喘《あえ》がせ、怒りに震えながら、美貌の恋人をギリギリと睨み上げた。

「ナギさんのこと疑ってんのかよ。あの人とはなんでもないよ、なにもしてない！　ナギさんはおれを助けてくれただけでっ……」

「弁解はしなくてもいい」

貴之は、びしょ濡れになった柾の額の髪を、優しい仕草で掻き上げた。ゾッとするほど静かな双眸《そうぼう》。

「わたしも、以後一切、おまえには忠告も説教もしないことにした。なにを云ったところでどうせ聞かないのなら、話すだけムダというものだ。――そうだろう？」

「あ……」

柾は目を見開いた。その時ようやく気づいたのだ。

触れてしまったのだ……貴之の逆鱗《げきりん》に。

「ちが……ほんとになにもっ……」

「弁解の必要はないと云ったはずだ」

優美な左手が、柾の細い喉をやんわりと一摑みする。柾はビクッと竦んだ。

「喋りたければ勝手に喋ったらいい。だが、ここにおまえの言葉を聞く人間はいないよ」

「……」

暖かいはずの湯気の中で、全身がゾーッと冷たくなった。

じんわりと、喉を摑む手に力がこもり、絞め上げていく――貴之は平素の穏やかな表情のままで、だからこそいっそう、怖かった。

「……なんて顔をしてる」

ゾッとするような冷たい微笑《ほほえ》み。静かな眼差《まなざ》しに射られ、目をそらすこともできず、柾は身を竦めて細く喘ぐ。

「怖いのか、わたしが…？」

「………」

フッと手の力が緩んだ。いきなり肺に大量の酸素が流れ込んで、柾は軽く咳《せ》き込む。手首のベルトが外され、足もとに落ちた。

緊張の糸がプツンと切れ、柾は小刻みに震えながら、壁伝いにぐずぐずとくずおれた。水を吸ったシャツとジーンズが、鉛のように重い。

グシャグシャにへしゃげたような気分だった――プライドも、体も精神も、なにもかも。

貴之の腕が、震える背中を後ろからそっと抱きしめ、小さな頭を抱えよせる。

「……話っ…て……」

かすれ声。

「話するって、云ったのに……なんでっ…。おれなにも悪いことしてないのにっ…」

あとはもう、声にならない。悔しくて。

（ちくしょう……）

いつも、自分の非力さをこうやって見せつけられる。なんだってそうだ。力だけじゃない、財力も、地位も、なにもかも、貴之にかなわない。自分が如何《いか》にちっぽけな存在か、思い知らされるのだ。

それが嫌なんだ。悔しいんだ。圧倒的な力でねじ伏せる貴之が。腕一本抵抗することのできない自分が。

泣きそうになる瞼《まぶた》を、恋人の逞《たくま》しい肩にすりつける。

貴之が好きだ。腕力、財力、叡知、美貌……すべて貴之の魅力だ。わかってる。だからこそ、このどうしようもない矛盾を処理できない。抱えきれずに時々溢《あふ》れてしまう。好きだから。どうしようもなく貴之が好きだから。

「……髪の匂いは落ちたようだな」

――終わったと思ったのは、つかの間だったのだ。

貴之は柾のうなじをそっと摑むと、冷酷な眼で見下ろして、云った。

「次は、体の中だ」

「……！」

否も応もない。濡れたジーンズごと下着を剝《は》がれるのにものの十秒。シャツも剝がれ、毛布のようにひっくり返され、裸に剝かれた尻を貴之の目の前に突き出すポーズを取らされた。

「いやだ！……ヒッ！」

過敏な入口を、シャワーの熱い湯が叩《たた》く。ゾッとするような感覚。身の毛がよだつ。

「やめ……！」

「もっと脚を拡げるんだ。それでは奥まで洗えん」

「いやだ！」

這《は》いずって逃げる。貴之が逞しい片腕でウエストを摑み、ズルズルと引き寄せた。シャワーが二人の身体に降りかかる。

「やだっ！　やだやだやだあっ！」

「なぜそんなに嫌がる？　この奥に――」

「いやだッ」

「ここに、わたしに見せられない秘密でもあるのか？」

「いっ……やだっ……指、やだっ……やめろよっ！」

「なぜ嫌だ。いつも腰をくねらせて、もっと、と云って欲しがるだろう？……この淫乱な穴で、あの男のザーメンをたっぷり吸ったからか？」

「ちがっ……！」

必死に頭を振る柾を、貴之は冷酷に追い詰めていく。

「なら拡げられるだろう。柾のアナルを……ペニスでかき回されて喜ぶいやらしい穴を、自分の手で拡げて見せなさい」

「う……」

「見せるんだ」

柾はすすり泣きを噛《か》み殺しながら、貴之の命令に従った。両手を尻に添え、ヒクつく器官を、震えながら指でゆっくりと広げていく。シャワーの湯に過敏なアナルを嬲《なぶ》られ、柾はビクッと全身を震わせた。

ゾッとするような感覚は、いつだって快感と隣合わせだ。指や唇での愛撫とはまったく違う。快感神経を一本一本、尖《とが》った爪の先でそっといたぶられるみたいな、むず痒《がゆ》い快感に、股間が硬く張り詰め、ぴくぴくと震えながら歓喜の涙を流しはじめる。柾は必死で声を噛み殺し、かぶりを振った。

(いや……やだ、やだ、こんな……っ)

じわっと涙が滲《にじ》んだ。こんなの、嫌なのに、ぜったい嫌なのにっ……。

(なんで感じちゃうんだよぉ……っ！)

貴之は、棚に並んでいたバスオイルの一本を手の平にたっぷりと取ると、柾の双丘にすりつけた。マッサージするように、手の平でゆっくりとオイルを伸ばしていく。

「は……う……」

鋭敏な部分にもオイルがすり込まれた。シャワーで緩んだアナルに指先がぬるっ…と沈み、奥にまで塗りつけ、滑るようにゆっくりと出ていく……執拗《しつよう》なくり返し。

貴之の愛撫に慣れた体は、心と裏腹に反応し、ある一点をグリッとえぐられた瞬間、まったく前に触れられぬまま、ビクビクと細かく痙攣《けいれん》しながら達してしまった。バスルームに、むせび泣くような喘ぎと、甘ったるいラベンダーの薫《かお》りが満ちた。

「あ、あ……」

脱力する間もなく、貴之の愛撫はなめらかな背中や太腿《ふともも》、うなじにまで這い回り、官能をかき乱す。

泣きたいほど感じてしまってる。悔しいのに。嫌なのに。貴之の愛撫には応えてしまう。体がそう仕込まれてしまってる。

「あ……！」

ぬめる狭い門に、脈打つ熱いものが、後ろからグリッと押しつけられた。奥歯を食い縛って拒もうとしたが、硬い肉棒はオイルの滑りを借りて、ヌルッと潜り込んでくる。

「あ――ッ！」

灼熱の感覚。挿入の衝撃に、柾は背中をきつくそり返らせる。尻の筋肉がぎゅうっと締まり、貴之の美貌がかすかに歪《ゆが》む。

「い……あ、ああッ」

奥までグッと突かれ、同時にぬめる指にコリコリと乳首を虐《いじ》められると、いやでも貴之を締めつけてしまう。脈打つ太いものが埋まっている……硬くそそり立つ雄に貫かれ、悦《よろこ》ぶ己をはっきりと自覚し、柾は激しい羞恥に身悶《みもだ》えた。

「ひあっ……」

ペニスが、ぬるりと、手の平に包み込まれる。アヌスを深々とえぐる凶器が、巧みな愛撫が、柾をあっという間に二度めの放出に導いていく。

「淫乱だ。おまえは」

貴之は、小刻みに震える柾の頤《おとがい》を捕らえ、無理にねじ曲げさせて、唇を合わせた。ディープキス。無理なポーズに、いっそう結合が深くなる。

「うっ……ああっ」

苦痛と紙一重の快感。柾は狂おしく髪を振り乱した。貴之が獣のように唸《うな》り、柾のうなじを強く嚙んだ。

「そ…んな、入らな……っ、あッ、あッ！　も、許しっ……貴之っ……死んじゃう…ッ」

体の奥をかき混ぜられる、痺れるほどの快感に、柾はあっという間に上り詰めた。タイルに放たれた精を、シャワーの湯が勢いよく流し去る。

「あ、あ……」

「……まだだ」

貴之は、ガクガクと弛緩する細い体を仰《あお》向《む》けに転がすと、両膝《りょうひざ》を胸につくほど抱え上げた。

「ううっ」

熱く脈打つ楔《くさび》が、尻の狭間《はざま》を残酷にえぐり抜く。きつく二つに折り曲げられた体をリズミカルに打ちつけられると、もう勃《た》たないと思っていたものが、じきに反応してしまう。

「どうしたんだ、これは。死ぬんじゃないのか」

耳朶《みみたぶ》を嚙む、からかうようなテノール。なめらかな指が、射精を促すように残酷にペニスを愛撫する。

「も、許しっ……死んじゃう、貴之、あっ、あっ、あああっ」

「突き殺してやる」

柾は喘ぎながら、湯気に煙る天井を見つめた。涙とも水滴ともつかぬものが、こめかみに伝い落ちた。

本当に殺されるかもしれない…と、思った。


バスルームで気を失ったらしい。目を覚ますと、バスローブを着せられ、広いベッドに横たえられていた。

窓の外、クリスマスイブの空はすでにとっぷりと暮れ、美しい夜景が広がっている。

体が怠《だる》い。関節という関節がミシミシ痛む。ふと見ると、両手首が薄紫色の痣《あざ》になっていた。見ているうちに、悔しくて、惨《みじ》めで、悲しくて、熱いものが喉にこみ上げてきた。

(嫌いだ。貴之なんか)

不覚にもジワッと熱くなった瞼の上で両腕をクロスさせ、震える唇を噛みしめた。

(なんで、よりによってこの部屋なんだよ)

あの秋の日。

初めて訪れたこの部屋の、このベッドの上で、柾は、貴之の恋人になった。

恋人同士のキスを教えてもらったのはリビングルームのソファ。ベッドでも、風呂でも、食事のときも、二枚貝みたいにぴったりくっついて過ごした。

貴之は、その半年前、レイプまがいのセックスで柾を心身ともに深く傷つけたのと同じ男とは思えないほど、優しく、繊細な気配りをもって、柾を抱いてくれた。

唇も頬《ほお》も背中も肩も、髪の毛の一筋、瞼も、足の指の先まで余すところなく愛され、体も心もとろとろにとろけ……キスと愛撫と甘い囁《ささや》きに溺《おぼ》れきった三日間。貴之に愛されることが嬉しくて、貴之を一人占めできることは無上の喜びで。

幸せな記憶——だったのに。

貴之にとっても、大切な場所だと思っていたのに。

(……帰ろう)

目頭を拭《ぬぐ》い、ふらつく足をベッドから下ろす。貴之の顔なんか見たくない。こんなところ、一分一秒だっていたくない。

足腰に力が入らなかった。壁伝いに摑まりながら、よろよろとバスルームへ向かう。

眠っている間に清掃が入ったのか、床やタオル類は何事もなかったかのようにきれいに片付けられていた。鏡で自分の顔を見ると、青ざめて目はどんよりして、幽霊みたいだ。

うんと熱くしたシャワーを頭から浴びた。体は清潔にされていたけれど、頭をシャキッとさせたかった。

ボディシャンプーを泡立て、全身を丹念に洗っていく。うなじの嚙み傷に湯がしみた。脚の狭間の傷に指で触れたとき、また悔し涙が溢れそうになり、奥歯を嚙んでぐっと堪《こら》えた。

泣きたくない。

(泣くもんか。こんなことで)

がしがしと髪と顔を洗い、歯を磨いてさっぱりすると、少し気持ちが落ち着いた。

鏡の前に立ち、両手で頬をパシッと叩く。

「いよしっ」

気合いを入れる。顔色もさっきよりマシになったみたいだ。それに、腹も減ってきた。昨日の夜からなにも食べてない。そういえば昨夜の鮭弁当、食べ損ねたんだ。四百八十円もしたのに。くっそー、もったいない。

「あれ？」

服がない。

洗面台の下にセットされた脱衣籠《かご》にも、もうひとつのバスルームを覗《のぞ》いてみても、下着もセーターもなくなっている。びしょびしょに濡れてたはずだから、クリーニングに出したのだろう。とりあえずもう一度バスローブを羽織って、電話をかけた。

『クリーニングサービスでございます、四方堂様』

「あ、すみません。ジーンズとセーター、クリーニングに出てませんか？」

『いえ、こちらでは、お洗濯物は承っておりませんが』

おかしいな。三つのベッドルームのクローゼット、リビング、ダイニング、書斎にキッチンまで順に覗いてみたが、見当たらない。それどころか、コートも靴も影も形もないってことは。

「信っじらんねー……子供かよ！」

隠すか、普通！　こうなったらしょうがない、SOSだ。悠一の携帯電話に電話をかけた。

『フロントです』

涼やかな女性の声が出た。怒りのあまり、外線の0発信を押し忘れたらしい。ちょっと赤面して受話器を置こうとした柾に、彼女は穏やかな声で告げた。

『大変申しわけございません。そちらのお部屋からは、外線のお電話は一切お繋ぎしないよう、申しつけられております。ご了承下さいませ』

貴之は夜半になって、タキシード姿でホテルに戻ってきた。

光沢のあるシルクの黒が、日本人離れした長身の美貌に映えている。こんな状況でさえ、惚《ほ》れ惚《ぼ》れと見とれてしまいそうになるほどだ。

「……どこ行ってたんだよ」

エレベーターの扉の前。大理石に置かれたソファで膝を抱え、柾は思い切り不機嫌に貴之を睨み上げた。

「パーティだ。仕事のつき合いで三件ほど」

貴之はネクタイを外しながら、平然とバスローブ姿の柾の横をすり抜けた。

「へっえー。おれをこんなとこに閉じ込めといて、自分はパーティかよ。いいご身分だよな」

腸《はらわた》が煮えくり返る。柾は猫脚の重いテーブルをドカッと蹴った。

「服隠して、電話もかけられなくして、ドアもエレベーターもロックして！　どういうつもりなんだよ！」

いきりたつ柾にも、貴之は涼やかな顔だ。

「食事はすませたか？　クリスマスディナーを届けさせたはずだが」

「クリスマスなんかどうだっていい！　服、返せよ！」

リビングルームに入っていく貴之を追いかける。

「捨てた」

「す、捨てた⁉」

「どうせ安物だ、かまわんだろう。一晩我慢しなさい。必要なものは明日、纏めて中川《なかがわ》に届けさせる」

「いやだ。いま帰る。もう貴之となんか一緒にいたくない。あれ、悠一が貸してくれた服だったんだぞ！　弁償しろよ！」

「弁償などいくらでもするが、ここから出て行くのは許さん」

貴之は上着を脱ぎながら、そっけなく云った。

「またあのゴシップ記者と関わって、おかしなスキャンダルでも起こされてはかなわんからな。しばらくここで過ごしてもらう」

「はあ⁉」

「必要なものはすべて揃《そろ》えさせる。家にいるつもりでくつろぎなさい。生活に不自由はないはずだ」

「閉じ込められるだけでじゅうぶん不自由だよッ！」

怒りのあまり、柾は貴之から上着を奪い取って床に投げつけた。

「だいたい、ナギさんはゴシップ記者なんかじゃない。人間性はそりゃちょっと問題あるかもしれないけど、でもジャーナリストとしては一流だよ。訂正しろよ。貴之がナギさん嫌いなのは勝手だよ。けどそれをおれに押しつけるのは……！」

「……ジャーナリスト？」

貴之は前髪を軽く梳《す》きあげながら、冷たい視線を柾にくれた。

「片腹痛い話だな。おまえが巻き込まれたデートクラブ事件の後、あの男がなにをしたか知りたいか。あの男は、おまえをネタに四方堂翁《おう》に強請《ゆすり》をかけてきたんだ。大切な跡取りがデートクラブで下賤なバイトをしていましたが、証拠写真を買ってくれませんか、とな」

柾は顔を強張《こわば》らせた。

「嘘《うそ》だ。そんな写真あるわけない」

「物はただのスナップ写真だったが、四方堂グループ次期総帥がデートクラブや殺人事件と関わっていたことが公になれば、重大なスキャンダルだ。三千万、翁は即金で支払った」

「……嘘だ……」

信じられない。ナギさんがおれを強請のネタにしたなんて。

一流ジャーナリストとしての裏側で、草薙傭《よう》がそういうダーティーな一面を持っていることとは、以前から聞いてはいた。実際にこの目で強請のネタになる写真を見てもいる。

けど、まさか、おれをネタにするなんて……。そんなのひどいよ、ナギさん……。

(自分だけいい思いするなんて！　くっそー、一割よこせよなーっ)

悔しさにぶるぶると拳《こぶし》を震わせる柾を、貴之は、なだめるように顎の下をくすぐる。

「わかったね。あのゴシップ屋の目には、おまえは格好の強請のネタとしてしか映っていない。あの男の興味は四方堂グループ次期総領としてのおまえなんだ」

「……それがどうしたんだよ」

柾はかぶりを振って、貴之の手を撥《は》ねのけた。

「そんなことどうだっていいよ。ナギさんがおれをどう思ってようと、一緒にいて面白いことに変わりねーもん、関係ない。それにどうせおれは四方堂なんか継がないんだから、ナギさんだって強請なんて考えなくなる」

「……もういい」

貴之は溜息《ためいき》をつき、床に放られた上着を拾い上げた。

「わたしは先に休む」

「なんだよ！　いっつも、おれが話聞かないとかいって、貴之だっておれの話なんかちっとも聞かないじゃんか。貴之っていつもそうだ。自分だけ云いたいこと云って逃げる！　バイトのことだって、おれの意見なんかちっとも聞いてくれないで——ナギさんとのことだってどうせまだ疑ってんだろ。云っとくけど、貴之が疑うようなことはなんにもないからね。あるわけないだろ⁉　おれが貴之を裏切るようなことすると思うのかよ！」

柾は貴之の腕を掴み、揺さぶった。

「ナギさんはおれを助けに来てくれたんだよ。その後、たまたま二人で寝ちゃってただけで――昨日、変な黒人が急に押し入ってきて、おれ何度も殴られたんだ。腹に痣があったの、貴之だって見ただろ？　ウイスキー無理やり飲まされて、急性アルコール中毒になりかけてたのを、ナギさんは手当してくれたんだ。服着てなかったのは、おれがナギさんの服に吐いちゃったからで――ナギさんがいなかったら、おれアルコール中毒で死んでたかもしれないんだよ？」

「それがどうした」

ゾッとするような声と眼が、柾を鋭く貫く。

軋むほど手首を捻り上げ、耳もとに、低音で囁いた。

「云ったはずだ。わたしは狭量な人間だと。たとえおまえとあの男が雪山で遭難して、裸で温め合って助かったとしても、あの男に感謝する気持ちなど一片も持ち合わせていない」

「それ……おれが死んだほうがマシだってことかよ！」

貴之は柾の体を突き飛ばすように手を放し、冷淡に答えた。

「そうだ」

翌朝、七時にルームサービスの朝食が届いた。手をつける気にならず、うとうととベッドで過ごした。全身が怠かったし、節々の痛みがますますひどくなっていた。

昼食はかろうじて少し食べられたものの、夕食の時間、貴之が部屋を覗きに来たときには、体が熱っぽくて、寝返りを打つのも億劫なくらいだった。

「風邪ですね」

貴之が呼んだホテルドクターは、簡単な診察の結果、そう診断した。関節の痛みは高熱のせいだったらしい。

「脱水症状を起こしていたので、点滴をしておきました。これからまだ熱が高くなるかもしれません。こまめに水分を取らせてあげてください。食事は消化のいいものを。もし戻してしまったり、食べられないようなら、またご連絡下さい」

「明日、外出は可能ですか」

「朝まで様子を見てみないとなんとも云えませんが……熱が下がっても、大事を取って、できれば外出は控えたほうがいいですね」

外出……？　貴之が医者を送り出す気配を聞きながら、柾は高熱にうかされた頭で、ぼんやり考えを巡らせる。どうせここから出す気なんかないくせに……。

「……柾。目が醒《さ》めているか？」

熱のせいだろうか。水の中で喋《しゃべ》ってるみたいに、貴之のテノールが遠い。柾はぼんやりと瞼を上げた。貴之がびっくりするほど間近で、心配そうに覗き込んでいた。

「辛ければ返事をしなくていいから、そのまま聞きなさい。――クラスメイトの斉藤学《さいとうまなぶ》くんが、一昨日《おととい》、病院で亡くなったそうだ」

「……………」

斉藤が――

「今日が通夜で、明日告別式だそうだ。……医者に解熱剤を射《う》ってもらったが、明日の外出は控えたほうがいいそうだ。熱が三十九度近い。無理に参列して、周囲にご迷惑をかけてもいけないだろう」

「……………」

柾は静かに瞬《まばた》きした。涙が盛り上がり、ふーっと溢れて、頰に伝った。

仲が良かったわけじゃない。あんまり喋ったこともない。だけど、点滴や人工呼吸器の管に繋がれて病室のベッドに横たわる斉藤の姿や、心配する母親の姿が次々と脳裏に浮かび、息が苦しいほど涙が溢れて止まらなかった。自分でも、どうしてこんなに泣けるんだろうと思うくらい、涙が出た。羽毛の上掛けにぐるぐるにくるまって、嗚咽《おえつ》を堪えた。

貴之が、毛布からはみ出した髪をそっと撫《な》でる。柾はかぶりを振ってその手を撥ねのけた。貴之はしばらくそこに立っていたようだが、やがてその気配も消えた。柾は嗚咽を殺して、シーツの中で体を丸めた。

なにも考えたくない。いまはただ、眠りたかった。

9

『このDというビデオソフトの最大の問題点は、サブリミナル効果として組み込まれているCG画像が、脳の覚醒中枢という神経組織を破壊してしまうことです。この神経は、簡単にいえば、眠る、起きる、のスイッチなんですが、ビデオを観ることで、このスイッチが壊されてしまうんです』

フリップを手にした女性リポーターの説明に、画面中央、背広の中年キャスターが深く頷《うなず》く。午後のワイドショー。

『なるほど。それがいま問題になっている覚醒障害症候群を引き起こす原因なわけですね。ビデオを観てから眠ると、そのまま目覚めることなく昏睡《こんすい》状態に陥り、死亡するということですが、患者さんの中には、日常生活や学校などで突然昏睡状態になって倒れるというケースもあるようですね』

『はい。というのも、このビデオのサブリミナルプログラムは、十五時間かけてゆっくりと神経を蝕《むしば》むものだからなんです。例えばですね、このビデオを観て、十分間眠ったとしますよね。ですが、このプログラムでは、宣伝文句のような〝十分間で七時間分〟の睡眠は取れません。ちっともすっきりしないなーと思いつつ仕事に行ったとしますね。でも仕事をしている間にも、神経は破壊されていってるんです。そして、帰宅して、夜眠ってる間にも神経は破壊され続けます。すると、ビデオを観てから十五時間後、スイッチが完全に壊れて、そのまま目が醒めなくなってしまうわけです』

『なるほど、十五時間後にプツッとスイッチが切れてしまうわけですね。だから眠っている間に昏睡状態に陥ることもあれば、起きている状態で突然意識を失ってしまうこともあるわけですね』

『そうです。本当に恐ろしいビデオソフトなんです』

『このソフトを製作した会社は、〝天使大戦〟という、世界的に人気のあるゲームソフトを作っている会社だそうですが――』

『はい。トータルで一千万本もの売上げを記録していまして、おそらくどこの子供さんも持ってるんじゃないかなと思います。このビデオをインターネットを利用して販売していた人物は、天使大戦のプロデューサーではないかと云われています』

　画面に長田修一《おさだしゅういち》の姿が映る。おそらく、草薙に預けたビデオから抜粋されたものだろう。湖のほとり、ガイアの社員たちとバーベキューに興じる、黒いTシャツの男が長田だ。

　中肉中背、面長《おもなが》でシャープな目。スポーツマンタイプの立花保《たちばなたもつ》とは対局の、青白いインドア系の男だ。朝からもう何回、同じ写真を見ただろう。

チャンネルを替えると、ニュースキャスターが、五分帯のニュースを読み上げていた。バックには、二日前に行われたガイアの記者会見の様子が映っている。来春に予定していたテンタイⅣの販売を当分の間自粛する、という趣旨の会見だ。

『Dビデオソフトによる覚醒障害の被害者は、全国で百三十人に上ることが、医師会の報告でわかりました。今後、さらに犠牲者が増える可能性もあり、注意を――』

『警察では、インターネットを利用してビデオを販売していた疑いのあるゲームプロデューサーを、殺人の容疑で本日全国に指命手配し――』

『なぜこのCG映像が神経を破壊するのか、まだ詳しい解析は進んでおらず、共同製作したアメリカの大学教授に協力を求めて治療法の発見に全力を――』

「この数日、同じニュースばかりですね」

コーヒーをリビングルームのテーブルに用意していた中川が、痛ましそうに顔を顰《しか》めた。貴之の秘書で、いつも柔和なロマンスグレーの紳士だ。

「柾さまのご学友も、本当に残念でした。他の患者さんのためにも早く治療法が見つかるとよろしいのですが」

「うん……」

ソファで膝を抱え、柾は溜息をついた。

D事件は、二十四日の夕方から、各メディアが一斉に報道をはじめていた。

行方不明の長田に代わり、社長である立花保が報道関係の矢面に立たされていて、あの人なつっこい笑顔が消えた別人のように暗い顔がテレビに映るたび、柾は苦い気分になる。

年の瀬の日本を揺るがす大事件のスクープに一役買った――なんて、無邪気に喜ぶような気持ちにはなれない。

報道されたことで、被害を食い止められたのはよかったと思う。けれど、柾が草薙に協力したのは、ただの好奇心と負けず嫌いだ。そのことが、誰かを苦しめる結果にもなってしまったことには、どうにもならない後味の悪さがあった。立花保も、ガイアの社員も、皆いい人ばかりなのに。

草薙の仕事はいつもこんなことのくり返しなんだろうか。だとしたら、自分はジャーナリストとかルポライターには向いてないと思った。草薙の仕事を手伝うのは楽しいし、やり甲斐《がい》もある。自分が関わった事件が雑誌や新聞に載るのはわくわくするけど、こんな思いをくり返し味わうのは辛《つら》すぎる。

帯のニュースが終わってドラマの再放送が始まったので、テレビを消した。

コーヒーを飲みながら窓を見上げれば、空はもうじき夕暮れ近い。千切れた雲がものすごいスピードで流れていく。きっと外は寒いんだろう。常時二十五℃に保たれたホテルの中では、いまが冬だという実感も薄くなってしまいそうだ。

ホテル生活も六日め。明後日《あさって》はもう大晦日《おおみそか》だ。

熱は下がったものの、まだジムで汗を流せるほどではなく、暇で暇でしょうがない。この二、三日は、ほとんど一日中ぼーっとテレビを眺めて過ごしている。

食事はルームサービスで好きなものがなんでも届く。暇潰《ひまつぶ》しのゲームやCD、ビデオに漫画などが毎日差し入れられる。新しい衣類が用意され、悠一のマンションに置いてきたスーツケースも運び込まれた。ここにないのは自由だけ。まるで、豪華な監獄だ。

「若にも困りましたね。今回はどうもいつになく依怙地《いこじ》になっておられるようで」

もと貴之の教育係でもあった中川にとっては、四方堂重工の辣腕《らつわん》社長もいまだに「若」だ。

「ほっんと、やることメチャクチャだよ。貴之って前からあんな頑固で身勝手でブッちぎれた性格だったの？」

「身勝手かどうかはともかく、頑固は、四方堂家のいわば家系ですからね」

「それって、おれもそうだってことじゃん」

中川はにっこりした。

「ご自覚がおありになって結構です。柾さまの意地っ張りも、負けず劣らず相当のものですよ。この数日、若と一言も口をきいてらっしゃらないとか？」

「……ささやかな抵抗だよ」

柾はむすっと口を結んだ。

口をきかない、目を合わせない。話しかけられても完全無視。貴之を透明人間みたいに扱う。それがいまの柾にできる唯一の抵抗なのだ。

しかし貴之は、柾がどんな態度を取ろうが、なじることも、声を荒げることもなかった。あれ以来、乱暴なこともされていない。どうせそのうち諦《あきら》めて機嫌を直すと思ってるのがありありで、癪《しゃく》に障る。

貴之となんか二度と口をきいてやるもんか。どうせなにを云ったって聞いてくれないんだ。喋るだけ時間のムダってやつだ。

「喧嘩《けんか》は負けるが勝ち、とも申しますよ。今回だけは、柾さまのほうから折れてみてはいかがです？」

「それだけは嫌だ。あーあ……いつまでこんなこと続けるつもりなのかな。中川さんから貴之に云ってくれない？」

「さあ……困りましたな。こと柾さまのことになりますと、翁のお言葉でも聞き入れられますかどうか。ましてわたしの意見などとても」

「じゃあおれずっとこのまんま？　大晦日も正月も？　ひょっとして学校始まっても？……げーっ。こんなとこに閉じ込められてたら窒息しちゃうよ」

げっそり、ソファの肘掛《ひじか》けに顎をのせて呻《うめ》く柾に、中川は苦笑を浮かべて云う。

「それでは、ひとつお教えしましょうか。翁よりもわたしよりも、はるかに若に影響力を持っている方が一人、いらっしゃいますよ」

「そんな人いるの？」

クッションを抱えてバネみたいに跳ね起きた柾に、中川は深く頷いた。

「ええ、いらっしゃいますとも。わたくしは、若を四方堂グループ次期総帥として、常に冷静、かつ理性的であるようお育てしました。若もまた、自らにそれを課していらっしゃいます」

確かに、普段の貴之はそうだ。

「その若が、ホテルに軟禁するほど頭に血が上ることなど、平素とても考えられないことです。若をそこまでの行動に走らせるのは、おそらく世界にたった一人、その方しかいらっしゃいません」

「………」

柾はクッションに顔を埋《うず》めて、溜息をついた。

中川の云いたいことはわかった。要するに、そこまで怒らせた柾のほうから仲直りしなければ、貴之からは絶対に折れないだろうってことだ。

このままじゃどうしようもないってことはわかってる。だけど……。

はあ……と大きく肩を落とした柾に、中川は目尻を皺《しわ》寄せ、悪戯《いたずら》っぽく笑いかけた。

「折れるにもいろいろございます。肉を切らせて骨を断つ――ですよ」

「元旦だが」

その日の夕食は、ホテル内のフレンチレストランだった。

貴之は昼間、たいていどこかへ外出し、夕方になるとホテルへ戻ってきて一緒に食事を摂《と》る。五年生活を共にして、こんなに毎晩一緒に夕食の席に着くのは初めてかもしれない。

「以前、海で初日の出を見たいと云っていただろう。日本海まで足を伸ばそうか」

「………」

「そういえば、京都の別荘もしばらく使っていないな。正月は向こうで過ごそうか。関西風の雑煮もなかなかいけるよ。確か、小学校の修学旅行は京都だったか。清水寺には行ったのか？」

「………」

なにを尋ねてもだんまりの柾に、貴之はかすかな諦めの溜息を漏らしてワイングラスを持ち上げた。柾はただ黙然とメインの肉料理を片付ける。答えるつもりも、目を合わせてやるつもりも、ない。

喧嘩は負けるが勝ち。——中川のせっかくのアドバイスだけど、悪くもないのに自分から折れるなんて、やっぱり嫌だ。それにそんなことで丸く収まったって、なんの解決にもならない。また同じことをくり返すだけだ。

「お料理はいかがでしたか？」

皿を下げに来たウエイターが、柾に笑顔を向けた。

「はい。とってもおいしかったです」

柾も笑顔全開、にっこり答える。

「ただいまデザートをお持ちしますね」

「はい」

「……いつまでそういう大人気ない態度を続けるつもりなんだ？」

柾の露骨な態度に、さすがの貴之も、苛立《いらだ》ったように顔を顰《しか》めた。

「自分のことを大人だと主張するわりには、やっていることは子供だな」

「……貴之は、このほうがいいんだろ」

五日ぶりに返ってきた柾の返事に、貴之は美しい眉《まゆ》を軽くひそめた。

「どういう意味だ？」

「貴之は、おれが黙っておとなしく貴之の云うこと聞いてれば満足なんだろ。バイトやめて、勉強だけして、貴之の云うことなんでもハイハイって聞いて、貴之の気に入った人間とだけつき合ってればいいんだろ」

「わたしがいつそんなことを云ったというんだ？」

「じゃあどういうつもりでバイト先買収したり、こんなとこに何日も閉じ込めたりするんだよ！」

周囲の客やウエイターが、驚いたように二人を見た。柾はぐっと唇を結んで、激しかけた感情を飲み込んだ。深く呼吸を整えて、もう一度口を開く。

「貴之は、どうせ聞かないからもう説教も忠告もしないって云った。おれも同じことしてるだけだよ。貴之はおれの話、ちっとも聞いてくれない。ナギさんのことも、バイトのことも、なんにも聞いてくれないんだ。だったら話なんかいくらしたってムダだ。だからもう貴之とは話さない」

柾は貴之の美貌から目をそらし、彼の代わりに、皿の模様を睨みつけた。

「……どうせ、おれと貴之じゃ、喧嘩にもならないんだ。貴之に敵《かな》うわけないんだから」

「こんばんは」

貴之がなにか云いたげに唇を開きかけたとき、大柄な男が、親しげに声をかけてきた。

柾は目を丸くした。ニコニコと笑顔を浮かべて立っていたのは、立花保だったのだ。

「立花さん……！」

「やあ。こんな所で会えると思わなかったよ。ここに泊まってるの？」

「あ、はい……立花さんも？」

「うん。弟と一緒にね」

振り返ると、奥のテーブルに和実《かずみ》が座っていた。アールデコのライトに淡く透ける茶の髪と、透き通るような白い膚《はだ》。か細い肢体をオフホワイトの柔らかそうなセーターに包んでいる。胸毛がふわふわした白い小鳥みたいだ。

「立花と申します。彼には弟が学校でお世話になっています」

保が貴之に挨拶する。例の事件の当事者だと気付かれたらどうしよう、とちらっと心配になったが、貴之は幸い気付かなかったらしく、ごく普通に挨拶を交わしていた。

「二人とも、食事はおすみなんですか？　よろしければご一緒しませんか」

「いえ。せっかくですが、わたしたちはこれで――」

「貴之、一人で戻れば」

柾は硬い声で云った。

「おれ、立花さんと話がしたい」

「………」

貴之が静かに膝のナプキンをテーブルに置き、椅子を引く。力ずくかよ……と体を固くしたが、ウエイターを呼んで、柾のデザートを別のテーブルに用意するよう頼むと静かに立ち上がった。

「一時間ほどラウンジで飲んでくる。その間、ご一緒させて頂きなさい」

柾はびっくりして貴之を見上げた。まさかこんなにあっさり許してくれるなんて。

店を出ていく長身の優美な後ろ姿を、店中の女性の視線が、面白いように一斉に追っていた。

「大丈夫？　お邪魔してしまったかなあ」

保も、ちょっとした感嘆を浮かべて、貴之の背中を見つめていた。

「あ……いえ」

どうせ、人前で揉《も》め事を起こしたくなかっただけだ。一時間なんて。手の平の上で遊んでろってことなのだ。

立花のテーブルに柾の席がセッティングされ、デザートが運ばれる。二人はまだ食事の途中だった。

「それにしても君の周りはいい男ばっかりだなあ。彼はお兄さん？」

「いえ、叔父です。あ……あの、立花さん。この間のことなんですけど……」

「草薙さんのことかい？　うん、聞いたよ、彼から」

あの後、取材に来てね、と立花は苦笑を浮かべた。

「有名なジャーナリストだったんだね。ずっとDのことを追ってたんだって？」

「……はい。……黙っててすみませんでした」

「いや、彼のおかげでDの被害をこれ以上広げずにすんだんだ。川口にも、むしろ感謝してるくらいだよ。――ぼくには、とてもそんな勇気はなかった……」

ふっと、保の眼が、救いがたい闇に沈む。

ダメージがないわけがない。仲間だった長田の狂行、なにより、自分の開発したソフトによって百三十人もの犠牲者を出してしまったこと――きっと胸の中は、後悔で真っ黒に塗り潰されているのだろう。

だが、保は気持ちを切り替えるようにニコッとしてみせた。

「正月もここに泊まってるの？」

「あ、はい……たぶん」

「ぼくらは明日までの予定なんだ。いつもの年は、クリスマスから三が日までカズとここで過ごすんだけど。本当は正月くらい家族で過ごせればいいんだけど、母は寒いのが苦手で、毎年この時期はハワイでね。父が生きてればもう少し賑《にぎ》やかだったんだろうな……カズにはさみしい思いをさせてしまってるな」

「ぼく、べつに、さみしくなんかないよ」

慈愛に満ちた兄の眼差しに、和実は、小鳥のように可憐な仕草で首を傾《かし》げた。

「兄さんがいるところがぼくの家だもの」

「……そうだな」

保は幸福そうに微笑んだ。

「ごちそうさま」

和実はフォークとナイフを揃えて置き、ナプキンの端で口を拭った。メインディッシュはまだ半分も片付いていない。食欲まで小動物並みらしい。

「もうお腹《なか》いっぱいなのか？」

「うん……」

「ほとんど手をつけてないじゃないか。せめて肉、もう一切れ食べなきゃだめだ」

「うん」

「ブロッコリーも残さないで」

「ん……」

まるで小学生くらいの息子と母親みたいだ。こういうのをブラコンっていうのかな、と思って見ていると、

「親子みたいだろ」

視線に気付いたのか、保が苦笑を浮かべて云った。

「友達にもよくからかわれるんだよ。もうそんなに大きな子供がいるのかって。昔からカズの世話はぼくの役目でね。歳も離れてるし……母が家庭のことをあんまり構う人じゃないせいかな」

それはたぶん控えめな表現だろう。息子の学校の冬休みも忘れてたみたいだし。

「そういえば、学くんにも歳《とし》の離れたお兄さんが一人いてね。去年結婚して、いまは神戸の

大学病院で内科医をしてるんだって。東大医学部《とうだい》ストレートのエリートでね。学くんが東斗《とうと》に入ったのも、大学の医学部に進むためだったらしい」

「斉藤が医学部……ですか」

意外だ。ゲーム関係ならわかるけど。

「ご両親はそれを望んでたらしい。本人も、ゲームクリエーターを目指してるとは云えなかったみたいだね」

保は運ばれてきたフルーツのケーキを一口頬ばり、顔を顰めた。甘いものは苦手のようだ。柾と和実はぺろりと平らげた。

「一年前、ゲーム雑誌の企画で、素人《しろうと》の作ったゲームソフトを募集したことがあったんだ。学くんもそれに応募してきてね。七百本くらい集まった中で、彼のアイデアは飛び抜けてて、プログラミングは粗削りだったけど、着眼点が新鮮だった」

「へえ……クラブでゲーム作ってたのは知ってましたけど」

「グランプリはあげられなかったんだけどね、履歴書を見たら母校の後輩だったんで、会社に呼んで話をしてみたんだ。そしたら鋭い突っ込みはしてくるし、面白いセンスをしてるしで、うちの連中もすっかり彼のこと気に入っちゃってね。以来、しょっちゅう会社に出入りするようになって……それが悪かったんだろうなあ。成績がガクッと落ちて、家にあったゲームもパソコンも捨てられて、クラブも辞めさせられたって、泣きながらぼくのところに駆け込んできたことがあってね……」

保は遠い目になった。

「家にいても、勉強しろ、お兄さんはああだった、こうだったって話ばっかりされて、ずいぶん窮屈だったみたいだよ。……彼にとっての避難所だったんだろうな、ガイアは。予備校に行くふりして、学校帰りに毎日うちに顔を出して、休みの日は自宅に遊びに来てね。……いつも九時の電車で帰るんだけど、三十分くらい前になると、それまでどんなにはしゃいでても、だんだん笑顔が消えてって、帰る時間には、しなびたナスみたいになって、顔色まで悪くなってるんだ。親御さんに、予備校行ってるなんて嘘つかせてうちに来させるのはマズイなって思いながら、そんな顔を見ちゃうと放っておけなくてね……」

意外な話だった。てっきりクラブの繋がりで和実と親しくしていたんだと思っていたが、斉藤が親しかったのは和実ではなく、保のほうだったのか。

「……だけど、いまはそれを悔やんでる」

保はテーブルの上でぎゅっと両手を組んだ。

「なにもかもぼくのせいなんだ。……たまらない気持ちだよ。ぼくが彼を会社に出入りさせなければ、こんなことにならなかった。ぼくが長田に引き合わせたりしなければ……ぼくが、学くんと出会ったばかりに、こんなことに――」

「兄さんのせいじゃないよ」

それまで黙って二人の話を聞いていた和実が、突然、激しい口調で云った。

「斉藤先輩が死んだのは、長田さんのせいだ。あんなもの作った長田さんが全部悪いんじゃない。あの人さえいなかったら、誰も死んだりしなかったんだ。みんなあの人がいけないんだ」

「カズ……」

「あんな人、大っ嫌いだよ」

薄赤い唇を形が歪むほどギュッと噛みしめる。もとが感情に乏しいだけに、怒ると妙な迫力があった。

「……長田は悪い奴じゃない。ただ、道を誤ってしまっただけなんだよ」

保が、呟くように力無く云った。

「先日、学くんの葬儀に参列したんだ。こういう立場だから、遠くから手を合わせるだけでもと思ってたんだが、彼のお父さんがお焼香を許してくれてね。……学くん、入院する前日も、うちに遊びに来ていたんだよ。ぼくはその日急な出張が入って、バタバタ出かけてしまったんだが、出張から帰ったらテンタイのデモサンプルを渡す約束をしてね。学くん、すごく楽しみにしていた——また今度ね、って別れたんだよ。またね、って」

保は涙をこらえるように、唇を結んで顎を上げた。

「お葬式のとき、お父さんにサンプルをお渡ししたら、柩《ひつぎ》に入れてくださってね。——どんなにかぼくを恨んでいるだろうに、噯《おくび》にも出さず、そんなに息子が楽しみにしていたんなら持っていかせてやりたいって云って下さってね」

保はグラスを取り、水を飲んだ。

「とてもきれいな顔をしてたよ。まるで眠ってるみたいな——」

「……………」

「眠っているみたいだったんだ——」

グラスを持つ手が震えていた。見てはいけない気がして、柾はそっと視線をそらした。和実はじっとテーブルのグラスを見つめていた。

こんなとき、どうしてうまい言葉をかけられないんだろう。貴之や草薙なら、きっと彼の心を軽くするような言葉がすぐに出てくるだろうに。

「お話し中、失礼いたします」

沈黙が下りたテーブルに、慇懃な声が割って入った。この五日間、柾にぴったりはりついているガードマンだ。

「そろそろお時間になります。お部屋にお戻り下さい」

「もうちょっとだけ」

「お約束は一時間ですので。わたしが叱られます」

「……………」

柾が渋々と席を立つと、保と和実も立ち上がった。

エレベーターホールに向かう間に、保はいつもの調子を取り戻して、さっきのデザートやワインが甘いの辛いの、一人で賑やかに喋っていた。

四人とも二十五階のエグゼクティブフロアで降りた。柾はここでVIPフロア専用のエレベーターに乗換えなければならない。

「おやすみ。なんだか、つまらない話ばっかり聞かせちゃってすまなかったね」

「いえ……おやすみなさい」

なんだか妙に別れがたかったが、ガードマンが急《せ》き立てるようにぴったりとそばにくっついている。仕方なく移動しながらふと振り返ると、保の背中が目に入った。さみしそうな猫背だった。

「立花さん！」

思わず怒鳴った。客室の角を曲がりかけていた保と和実が振り返った。

「あのっ……斉藤は」

「柾様」

「学校での斉藤って、印象地味で、おれ同じクラスだけどあいつとほとんど喋ったことないんです。ちょっと話しかけづらかったっていうか……友達もあんまり多くなかったし」

保は怪訝《けげん》そうに立ちつくしている。

「でも、ガイアのパーティで、会社の人が斉藤のこと話してるの聞いて、すごいびっくりしたんです。みんな、斉藤は面白い奴だって。おれには正直ピンとこないけど……でも、それが本当の斉藤だったのかもしれないって……思って……」

「……そう」

「立花さんたちが自分のことを認めてくれてたから、斉藤は、あそこでは本当の自分を出せたんだと思うんです。誰かに認めてもらえるのって、ものすごく嬉しくて、ものすごく自信になるから。それが自分の尊敬する人だったら、もっと嬉しいと思うから。だから、あいつは立花さんと知り合ったことは、ぜったい後悔してないと思います」

保は黙っている。見当外れなことを喋りまくってしまった気がして、柾は急にばつが悪くなった。

「あの……それだけです。……おやすみなさい。さよなら」

「岡本《おかもと》くん」

保が柾を呼び止め、片手を挙げた。いつもの作ったようなニコニコ笑顔ではない、やわらかい笑みを浮かべて。

「ありがとう。おやすみ。……さよなら」

部屋に戻ると、照明を落としたリビングルームの窓辺に、貴之が佇《たたず》んでいた。夜景を切り取った窓。ネクタイを緩め、ワイシャツの襟をくつろげた姿で、ぼんやりと外を眺めている。ざんばらに額に落ちた髪。端整な頬のあたりが、なんだか疲れているように見えた。

こんなとき、いつもなら、黙って貴之の背中に抱きつく。スプーンみたいにぴったり体を重ねると、次第に互いの体温が同じになって、呼吸もゆっくり重なり合って、気持ちが優しくほぐれていって……。

貴之が、窓に映った柾の姿にふと気付き、ゆっくりと顔をこちらに向けた。

「……戻ったのか」

「………」

——でも、今はだめだ。貴之の声を聞くだけで、顔がサッと強張ってしまう。

なにも云わずにベッドルームへ。もちろん寝室は貴之と別だ。

ベッドサイドで窮屈なスーツを脱いでいると、ドアがノックされた。

「明日の夕食は外で食べよう。なにか食べたいものはあるか？」

「心斎橋の大たこ焼き」

バタンとドアを開け、バスルームへ向かう。特に食べたかったわけじゃない。思いつくまま並べた。

「モスのフィッシュバーガー。マックシェイクのストロベリー。出前一丁。学食の焼きソバ」

「………」

「ホテルの飯以外だったら、なんだっていいよ」

黙ってドアに佇んでいる貴之に、柾は冷ややかな一瞥《いちべつ》を投げ、バタンとバスルームのドアを閉じた。

熱いシャワーを頭から被《かぶ》ると、腹立ちに、涙が溢れそうになった。嫌いだ。こんな状況を打破できるものならなんだってしたいのに、できない自分が大嫌いだ。

10

翌朝、起きると貴之の姿がなかった。

ダイニングテーブルにメモがあり、買い物に行くが夕方には戻る、といった内容が書かれていた。

(ずっりーよな。自分だけふらふら出歩いてさ)

あーあ……外に出たい。クリスマスも大晦日も正月も一歩も出られず、誰とも会えず、こんなところで過ごすなんて地獄だ。京都なんて行きたくない。いまは貴之の顔を見てるだけで苦痛なのに。

ひとりだと朝食を食べる気にもならなくて、ベッドでごろごろしていると、かすかな音が聴こえたような気がした。

(……ん?)

辺りを見回す。ごく小さな音……でも確かに……?

(この中からだ)

クローゼットを開けると、音は少し大きく、はっきりした。携帯電話の着信音だ。どこから——

（スーツケース⁉）

急いでスーツケースを引きずり出し、蓋《ふた》を開けた。

めんどくさかったので、下着とTシャツを何枚か出した以外、ほとんど中身は触っていない。衣類の下に手を突っ込むと、折り畳み式の薄っぺらい携帯電話が出てきた。

おそるおそる、耳に当てる。

「も……もしもし？」

『オカ⁉』

悠一だった。あっけにとられて言葉が出ない柾に、まくし立てる。

『おまえいまどこにいるんだよ。全然連絡よこさないでなにやってんだ？　何度自宅にかけても、家政婦さん、おまえも貴之さんも旅行中の一点張りで、この番号に何度かけても出ないし……』

「ごめん、いままで全然気がつかなかった。って、このケータイ、悠一の？」

『いや。草薙さんの』

「ナギさんの？」

『おまえが貴之さんと出てったあと、あの人もすぐ帰ったんだけど、もし誰かがおまえの荷物取りに来たら、隠して忍ばせとけって置いてったんだ。三日以上連絡がつかなかったら、ひょっとして助けが要《い》るかもしれないからかけてみろって。一見冷静だったけど、貴之さん、かなりブッちぎれてたからってさ』

さすが。つき合いが長いだけはある。あの二人って、なんだかんだ云いつつ、お互いのことをよく理解《わか》ってるみたいだ。

『それでおまえ、いまどこにいるんだよ？』

「帝国ホテルのＶＩＰスイート」

『帝国ホテルぅ？』

悠一の舌打ち。

『なんだ。スイートルームで甘い生活かよ。あほらしい。心配して損した』

「ちがうって。甘いどころか監禁生活だよ。外から鍵《かぎ》かけられちゃってるし、電話もかけられないし、部屋から出られるのは貴之と食事に行くときだけで……それもずーっとホテルの中のレストラン。もう七日も外の空気吸ってねーよ。窒息するー」

一週間分の鬱屈《うっくつ》を一気にまくし立てながら、どさりとベッドに腰かける。

『いくら鍵かけられてても、ルームメイドなんかは出入りしてるんだろ？　隙見て出てこれないのか』

「とっくに試してみたよ。でも無理」

外に出るには、直通エレベーターで一階まで下りなければならない。しかしドアの外にはガードマンが常に目を光らせている。彼の目を盗んでどうにか一階まで辿《たど》り着けたとしても、フロントで止められてしまったらアウトだ。

『ふーん。なら、相手がおまえを外に出さなきゃならない状況を作ればいい』

「どんな状況だよそれ」

『アタマ使えよ』

受話器越し、悠一がニヤリとしたのが見えたような気がした。

『あるだろ？　公共施設が、どうしても客を外に出さなきゃならない状態が、ひとつだけ』


昼食は、ホテルのルームサービスが運んでくる。午前十一時五十分。毎日、五分と前後したことはない。

「本日のランチは中華でございます」

ワゴンを押してきた『研修生』の彼とは、この七日ですっかり顔なじみだ。まだ不慣れな手つきでテーブルに食器をセッティングしていく。バスルームにいた柾は、少しだけドアを開けてテーブルに着いた。

「あ。あれ、なんだろ？」

バスルームのドアを指さす。隙間から白い煙がもうもうと流れ込んできている。

「えっ……か、火事⁉」

泡を食ってドアを開けようとした研修生を、柾は慌てて止めた。

「待った！　バーストすると危ないよ！」

「は、はい。と、と、とにかく部屋の外へ」

そこに、騒ぎを聞きつけたガードマンが飛び込んできた。部屋に充満している煙を見るや、ナプキンを四つに折って、柾の口に押しつける。

「絶対に煙は吸わないように。誘導しますので、腰を屈《かが》めて低姿勢でついてきて下さい。いいですね」

「あとはよろしくお願いします！　ぼくは他のお客様の誘導をっ！」

研修生はドアを飛び出していった。火災時、エレベーターは使えない。ガードマンと柾は非常階段に向かった。

四階分ほど階段を降りたあたりだったろうか。ハンカチで口を押さえ、先に立って下りていたガードマンが、踊り場でふと立ち止まった。怪訝そうに耳を澄ます。

「おかしいな。火災報知器が作動していない……ちょっと様子を見てきます。ここで待機して下さい」

そう云って、次の階の非常扉に手をかける。柾はジーンズのポケットから、ライターサイズの発煙筒を引っ張り出した。頭のピンを抜いて、ガードマンの足もとに転がす。シューッという音と共にもうもうと白煙が上がった。

「うわっ、な、なんだっ？　柾さま！　どこですか！　お返事を！　柾さま！」

たちこめる煙幕。ガードマンの声を尻目に、柾は残り二十三階分の階段を一気に駆け下りた。

「オカ！」

非常扉を飛び出すと、植え込みの向こうで待機していた紺の外車の助手席から、悠一が手を振った。息を切らしてバックシートに滑り込む。車がスタートするや否や、我慢できずに笑いが炸裂した。

「サイッコー！　あーッスカッとした！　ザマーミロ！」

笑いこけながら、バチッと空中で手を合わせる柾と悠一。

「おれの作戦、うまくいったろ？」

「大っ成功！　あの発煙筒、めっちゃめちゃ煙出たよ」

悠一がフロントに頼んで差し入れてくれたジャンクフードの詰め合わせ。ポテトチップスの筒やカップ麵の容器の中に、小型の発煙筒が入れられていたなんて、まさか誰も思わなかっただろう。

「しょうがない人たちね。発煙筒が欲しいなんて突然言い出すから、なにに使うかと思ったら。オカくんの叔父様が心配しないといいけど」

50's《フィフティーズ》風のミラーサングラス、黒いサファイアミンクのハーフコートにジーンズ姿の理子《まさこ》が、右に大きくハンドルを切る。車体が大きく振られて窓に頭をぶつけたが、気分が高揚して笑いしか出てこない。

二十三階ダッシュで肺は痛いし膝もガクガク笑ってるけど、気分は爽快だ。六日分のストレス、一気に発散！

「行き先は悠一のアパートでいいのかしら？」

「あ、どっか駅の近くで降ろしてください。悠一のとこじゃバレバレだし」

「悠一の所に泊まらないの？　他にあてが？　ない？　それならうちに来る？　バスルームの鍵も壊れてないし、ベッドはキングサイズだから、二人で寝てもゆっくり眠れるわよ」

「それくらいなら、おれが理子のところに泊まってオカに部屋明け渡したほうがマシだよ」

悠一が、半ば呆《あき》れ声で溜息をついた。

「うちに来いよ。どうせ貴之さん相手じゃ、どこに雲隠れしたって隠れられるのは一日が限度だぜ」

「けど、またお前に迷惑かけるし……」

「バーカ、いまさら変な遠慮すんな」

「そうよ。友達には遠慮しないのよ」

理子が、しっとりアルトで云う。年上の女にはちょっと弱い。

「……じゃ、甘える。サンキュ、悠一」

マジ、感謝。持つべきものは良き友だ。

「あとは当座の生活費か。服はおれの貸すけど、財布も通帳も貴之さんに没収されちまってんだろ？」

「あ、そっちはちょっとあてがある」

草薙傭。四方堂家から強請り取ったっていう三千万、半分とまではいかなくても、当座の生活費くらいせびったってバチは当たらないはずだ。

（ついでに携帯返して……あ、そういえばビデオ）

持ち主に無断で又貸ししてることだし、そろそろ返してもらわないとまずい。新学期には和実に返す約束だ。

『マンションの工事現場で、男性のバラバラ死体が発見されました』

悠一がスイッチを入れたカーモニターに、テレビのニュース画面が映った。現場は青いシートで囲われ、周囲は野次馬でごった返している。

『工事現場で、焼却炉に捨てられていた六つの黒いビニール袋の中に、男性の頭部と両手両足、胴体部分が入っているのが発見されました。遺体は腐敗が進んでおり、死後二ヵ月。年齢は十八歳から三十五歳、身長はおよそ一七〇センチ前後で、遺留品は見つかっておらず、警察は被害者の身元の割り出しを急ぐとともに、殺人事件と断定して犯人捜査を進めています』

信号で停まると、モニターを見た理子が口を押さえた。

「嫌だ……このマンション、うちの向かいよ」

「ああ、例の工事現場？」

「ええ……工事はもう三ヵ月くらい前にはじまったんだけど、工期が遅れてるらしくて、ここ一、二週間はずっと突貫工事していたのよ」

理子が不安そうに顔を曇らせる。そういえば、夜間工事の騒音から悠一のアパートに避難してたって云っていたっけ。

「いやだわ。気味が悪い。家を出てくるとき、パトカーが何台も停まってて、なんだか物々しいムードだなと思ったんだけど……」

「なんなら、おれしばらく理子のところに泊まりに行こうか」

「そうね……そうしてもらおうかな」

「年末になると、急に嫌なニュースが増えるよな」

悠一はテレビを消して、ＣＤに切り替えた。軽快に流れるポップス。三人は忌《い》まわしいニュースのことを、じきに頭から追い出した。

西新宿。古びたスナックの前で、柾は悠一たちといったん別れた。

MAX《マックス》。草薙の住処《すみか》だ。

「ナギなら留守だよ。急用かい？」

建物の北側にへばりついている錆《さ》びた階段から二階のドアを叩くと、出てきたのは、白いバスローブを細身にまとった男だった。

「いえ……あの……留守ならいいです」

風呂上がりらしい。濡れた髪を肩に垂らし、情事の後みたいな色っぽい風情。後退《あとずさ》る柾に、彼はいきなり色白な顔をグッと近づけ、切れ長の目を細めて隅々までじろじろと見つめ回した。

「おんやあ……誰かと思えば、赤頭巾《あかずきん》ちゃんじゃないの。この間は災難だったねえ」

妙に馴《な》れ馴れしいオネエ口調と、長髪のオールバックに覚えがあった。眼鏡《めがね》こそかけていないが、このシャープな顔立ちは。

「あーっ！　こないだの！」

「人を指さすんじゃないよ、失礼な子だな。高槻《たかつき》先生とお呼び」

口調ほど気分を害した様子もなく、高槻はニヤリとした。

「ナギなら昨夜から戻ってないよ。どっかの取材先に詰めてるんだと思うけどね。なにか急用かい？」

「ナギさんにビデオテープ預けてあって。あと、携帯電話返しに」

「そう。まあお入りよ」

この家の主みたいなでかい態度で、医者は柾を招き入れた。

部屋中にこもる煙草の匂い。草薙の全身にしみついている、キャメルの匂いだ。

八畳くらいのフローリングは足の踏み場もないほど資料や本が積み上げられて、右手にベニヤ板を張り巡らせたにわか暗室。壁も天井もヤニに染まっている。

高槻は髪を拭きながらパイプベッドに腰かけ、壁のパイプ棚を指した。

「ナギは、借りものは棚の上に積む癖があるんだよ。見てごらん」

って云われても、棚のてっぺんは天井スレスレ。背伸びしても見えやしない。草薙との二十センチの身長差を痛感しつつ、床に積んであった雑誌を踏み台にした。

パイプ棚の頂上は、ガラクタでいっぱいだった。袋に半分残った花火、古いアナログレコード、針が止まったままのロレックスの腕時計。指しかけのチェスボードには、一センチくらい埃《ほこり》が積もっている。吸い込むとくしゃみが出そうだ。

「元気そうで安心したよ。あれから体調は？」

「あれからって？」

ビデオテープは何本もあったが、『男色一本釣り』だの『野獣の宴』だの、あからさまにあやしいタイトルばかりだ。

踏み台に乗ったまま振り返ると、高槻は長い髪をタオルで挟んで丁寧に叩きながら、ちらりと片眉を上げた。

「おや……ひょっとして覚えてないの？　薄情だねえ。君がレイプされかけた晩、夜中に往診してあげたの、このぼくよ。しかも無償でさ」

あ！　そういえば、このハスキーなオネエ声。夢うつつに聞いた、草薙と会話していたのは、このオカマ医者だったのか。

「オカマだと？　失礼な。ぼかあね、こう見えても一度も男に尻を貸したことがないのが自慢なんだ」

……草薙の友人って、なんでこんな変なのばっかなんだろう。

高槻は、ベッドサイドのキャメルに火をつけ、片肘を摑んでフーッと煙を吐いた。外科医より、二丁目のオカマバーのママがはまる姿だ。

「ま、颯《そう》にはナギがきつくお灸《きゅう》を据えたはずだから、安心しなさい。もう二度と手出ししてこないはずだよ。なんたってナギのお仕置きは強烈だから」

「颯って、あのハッカー？　顔だけはめちゃくちゃきれいで、ホテル街のボロっちいビルに住んでる」

あいつがなんだっていうんだ？　首を捻る柾に、高槻は逆に怪訝そうに瞬きした。

「ナギから聞いてないのかい？　あのレイプ犯は、颯が雇ったんだよ」

「はあ⁉　わっ、っぶね」

あやうく踏み台から落ちそうになり、片足立ち、両手を広げてぐらぐらとバランスを取る。

高槻が煙草を挟んだ指でパチパチ拍手した。

「おー」

「おー、じゃねーよ！　いまなんつった⁉」

「君を襲わせたのは、颯だって。冠城《かぶらぎ》颯」

「なんであいつが？」

憤りより、あっけに取られた。

あいつ――初対面でいきなり突っかかってきやがって、なんのつもりだと思ってたけど、そこまでされる覚えはないぞ…⁉

「動機は嫉妬さ、十中八九。君、颯の前で、ナギといちゃついただろ」

「いちゃ？　はあ？」

「おやそう？　自覚がなかっただけじゃない？　他に原因があるとしたら……ふむ。やっぱりあれか」

「あれって？」

「颯は、来年二十歳になるんだよ。ほら、ナギの奴、〝おれの守備範囲は十五歳以上、二十歳未満の美少年〟って口癖みたいに云うだろう？　だから二十歳になったらナギに捨てられちまうと思い込んでるのさ。それで自分よりちょっとでも若い子がナギのそばにいるのが我慢ならないわけ」

「……おれ、そんなくッだらねーことで襲われたわけ？」

ふざけんな、なんだよそれ！　草薙も草薙だ。恋人の管理くらいちゃんとしとけよ！

「ぼくは美形度かなり高いけど、ナギと同い歳だから対象外ってわけね。でも例外はありなんだよねえ。だって、ナギの恋人は年上女房だもの」

「ナギさん、恋人いるの!?」

「いるいる。しかもラブラブよ」

知らなかった。あんな男にも恋人……しかもラブラブが……しかも年上？　云ってることとやってること、バラバラじゃんか。

「本命がいるんだったら、妬《ねた》まれるのはそっちだろ。なんでおれがっ」

高槻は軽やかに笑った。

「そりゃあだって。本命にちょっかい出したら、ナギに殺されちまうじゃない」

どんな理屈だ!?

「けど……どうして、おれの居場所がわかったんだろう」

尾行されてた？　あの日は、草薙の車で近くのコンビニまで送ってもらって、そこから歩いて帰った。あんな目立つやつがつけてきてたら気がつくはずなのに……それに、まるで枉が襲われるのをどこかで見ていたみたいな電話のタイミング。

「衛星カメラ」

高槻は繊細そうな指で、シャープな顎を撫でながら云った。

「どっかの国だか企業だかのスパイ衛星に侵入して、上空からずーっと君の行動を監視してたわけよ。最近の衛星カメラは、地上の新聞の文字まで読めるらしいからねえ。君がどこでナギの車を降りて、どの道を歩きどの建物に入ったか、文字通りぜーんぶお見通しだったわけさ。ナギはあの日、颯の部屋のモニターが君の姿をサーチしているのを見て、問いつめて吐かせたらしいね」

「………」

呆れて言葉も出なかった。なんつー常識外れ。たかが歳のことくらいでそこまでやるか⁉

「颯は、もともとうちの患者でね。こーんな小さな頃から知ってるんだが、その頃からえっらい美貌でねえ。芸能事務所からスカウトが引きも切らなくて、おちおち外来の待合室に待たせておけないほどだった」

高槻は、横を向いてフーッと煙を吐いた。

「ま……でも、美貌もあれくらいのレベルになると、いいことばかりじゃない。物心つく前から、いたずらされたり、何度も誘拐されかかったりで、親がほとんど家の中から出さずに育ててね。先天性の色素欠乏症で、太陽光の下に長時間いられないこともあって、学校にも普通に通えなくてねえ……。友達もいない、両親は仕事が忙しくて構ってくれない。遊び相手といったら、親が勉強のためにと買い与えたパソコンだけ。そのせいか大人びてて、癇《かん》が強くて、しょっちゅうドクターや看護婦を手こずらせてねえ。けどどういうわけか、ナギにだけは妙に懐いて――ナギが忙しくてしばらく会えないと、構ってほしくて、わざと病気になったりしてね。いまでもその手は時々やるけど」

「………」

「ま……大げさな言い回しをするなら、ナギって男は、颯の恋人であり父であり母親であり、全世界、宇宙ってわけさ。狭い世界だが、あの子にとっては大切なテリトリーだ。君はそこに飛び込んできたお邪魔虫。排除しようとするのは、むしろ自然なことかもねえ。やったことは褒められないけど、自分の居場所を必死で守ろうとしてるのを見ると、なんだかいじらしくて、憎めないんだよねえ、ぼく」

柾は深い溜息をついた。……なんか、怒る気も失《う》せた。

あんなことをされたのだ。いじらしいとは思えないけど、まともに怒るだけムダっていう感じだ。草薙に構ってほしくてわざと病気になるって、つまり、子供のまんま成長してないってことじゃないか。

あの電脳ルームに足を踏み入れたとき、なんだか子宮みたいだと思ったけれど。あそこは颯にとって、母親の胎内と同じなのかもしれない。彼を傷つけるものはなく、コンピュータは優しく外敵から守ってくれる。そう考えれば、柾への敵視の意味もわかる。あの温かな世界に入ることを許されているのは草薙だけ。なんの許しも得ず土足で踏み込んだ柾は、だからあれほど敵視されたのだ。

ふと、和実の顔が脳裏をかすめた。ちょっと似てるな、あの二人。和実も母親に構われなくて、おとなしそうに見えて癇癪《かんしゃく》持ちで。他人に自分のコーヒーカップを貸すのも嫌っているのも、子供っぽい独占欲とテリトリー意識の表われの気がする。

颯にとっての草薙がそうであるように、和実にとっては、兄の保が全世界なんだろうか。

中三にもなってあの甘え方は普通じゃない。

「ナギってねえ、よくいや博愛、悪くいや薄情な男でさ」

高槻は生えぎわの乱れを神経質そうに整えつつ、溜息をつく。

「おつき合いは広く浅く……誰に対してもそこそこ優しいから、誤解するやつが多いんだけど、ホントのとこは、本命以外まあ〜っるで目に入ってないんだよねぇ。そこが奴のかわいいトコであり、悪い癖でもあるんだけど。颯も気の毒さ。どんなに慕ったって、ナギの心の中には、でーんと本命が座ってるんだもの。そりゃ拗《す》ねたくもなるってものだよ」

（ナギさんに恋人かあ……）

あのエロ魔人がそこまで入れ込む本命。いったいどんな人なのか……ちょっと想像ができない。それに、草薙より年上ってことは、少なくとも三十は過ぎてるってことで…。

「ふん。三十だろうが四十になろうが、ナギが惚れる男だぜ。美形さ。悔しいことにね」

高槻は面白くなさそうに肩を竦め、

「そのてっぺんに、指しかけのチェスボードがあるだろう」

壁のパイプ棚を顎で指す。埃まみれのチェスボード。

「カレがここに来るたびに、一手ずつ指してる。黒いのがナギ、白いのがカレ。もう十年越しの勝負だ」

「十年越しでまだ決着つかないの？」

「それだけめったに会えないってことさ。ナギ以上に、一所《ひとところ》に落ち着かない人だから」

チェスボードに積もった埃。この一センチの厚みが、二人の会えなかった月日ってわけなのか……。

ガイアを訪ねる車の中で、今年はさみしいイブになりそうだと冗談みたいに漏らしていた草薙。本命作れよと柾が云うと、苦笑して肩を竦めたっけ。

「……そんなにめったに会えなくて、さみしくないのかな」

「まったくねえ。クリスマスにも帰ってこない薄情なオトコのどこがそんなにいいやら、さっぱり謎だね。さっさと別れちまえっての。ここに身を揉む想いで待ってる色男がいるって

のにさ。おかげでこっちは、大学時代から十年越しの片想いだよ」

「……………」

……なんか、ゲッソリしてきた。どいつもこいつもあのエロ魔人のどこがそんなにいいんだ。そっちのほうがさっぱり謎だ。

「おや。いい男と思わない？」

高槻はシャープな眉を軽く跳ね上げた。

「頭は切れる、仕事はできる、精力絶倫……おまけに顔もスタイルもいい。特にヒップラインなんかサイコーじゃない」

外科医は、うっとりと、半分イッちゃってる目で呟いた。

「あのセクシーなお尻に、ぼくのバズーカ一発ぶちこまないことには、死んでも死にきれないよねぇ」

今後なにがあろうとこの医者だけには診てもらうまいと心に決めて、柾は高槻に暇《いとま》を告げた。

棚の上に積まれていたビデオテープは無事に回収できたものの、軍資金のほうは空振《からぶ》り。

こうなったら、手っ取り早く工事現場のバイトでもするしかないか。

それにしても、あの草薙に本命ラブラブの恋人がいたなんて。

しかも、一センチも埃が積もるくらい会えない。四六時中、貴之とべったりで、いやってほど一緒にいる柾には、想像を絶する世界だ。

(さみしくないのかな……)

それに、あんな浮気症、野放しにして不安じゃないんだろうか、相手は？

それだけ信じてるってことなのかな。浮気はしょせん浮気でしかない。一番愛されてるのは自分だと？

(信頼かあ……)

貴之はおれのこと、信じてくれてないんだろうか。だから草薙とのこと、弁解さえさせてくれないんだろうか。バイトのことも門限も、心配だからじゃなく、おれを信じていないだけ……？

「しけた顔して。その様子じゃ、あてが外れたんだろ」

夕暮れの新宿駅東口。広場の手すりに腰かけ、向かいのビルのオーロラビジョンをぼんやり見上げている柾に、時間より十分遅れてやってきた悠一が、からかうように声をかけてきた。両手に高級スーパーの紙袋を提げている。

柾は溜息をついて、ジーンズの尻を払った。

「うん。ナギさん留守だったから、携帯だけ返してきた」

「夕飯、理子が出所祝いにご馳走するからおまえも来いってさ。キムチチゲ」

「わーい。悠一のキムチチゲ大好きだあ」

「草薙さんも呼びたかったのに残念だな。おまえ、今度ちゃんと紹介しろよ。こないだサイン貰《もら》い忘れた」

悠一は草薙慵のファンなのだ。むろん、本人の、ではない。著書の。

「紹介するのはいいけどさ、ギャップに幻滅……あっ！」

柾は叫んで、大画面を指した。文字ニュース。

『午後十二時頃、帝国ホテルで発煙筒を用いた悪質なイタズラ。救急車五台、消防車八台が出動。負傷者はなし』

「やっべー……ニュースになってるよ」

「へー、結構な騒ぎだったんだな。負傷者なくてよかったな」

「おまえ、他人事《ひとごと》かって。な、発煙筒からアシついたりしないよな？」

「おれがそんなドジ踏むかよ。貴之さんにはどうせバレてるだろうけど」

「……貴之の話はいいよ」

怒ったように悠一から荷物をひとつひったくり、人の流れに逆らって改札へ歩き出そうとすると、悠一が、グッと腕を摑んだ。

「おい、あれ……！」

目を見開いてオーロラビジョンを見ている。柾も振り仰ぎ、目を疑った。

『覚醒障害症候群で死亡した都内高校生の自宅から、ビデオ販売の共謀を示唆する証拠品が発見。警察で押収』

二人は顔を見合わせた。

「死亡した高校生……って……」

「まさか……斉藤……？」

嘘だろう……⁉

11

斉藤学の遺品の中から発見されたのは、長田修一名義の預金通帳と、ビデオ購入者の送り先リストが保存されたフロッピーディスクだった。部屋を整理した家族が、他人名義の通帳を不審に思い、警察に届けたのだという。

口座はMr．Dが購入者に指定したものと同一で、振り込まれた約七十万円のビデオの代金は、手つかずのままそっくり残っていた。

斉藤が長田修一の共犯者だった可能性があり、警察で捜査中であることを、各局夕方のニュースで一斉に報道していた。

預金通帳とフロッピーディスク。柾が斉藤の部屋をこっそり捜索した際、そういえば両方とも机の抽斗《ひきだし》に入っていた記憶がある。どちらも特に不審には思わなかった。ただずいぶん無造作に通帳をしまっておくんだな、と思ったくらいで。

「――にしても、もし斉藤が自分で売ってたDビデオで死んだとしたら、こういっちゃ悪いけど、かなり間抜けな話だよな」

理子のマンションの、広いシステムキッチン。エプロンをかけた悠一が、殻つき浅蜊《あさり》をガシャガシャこすり洗いしながら云う。

ガス台では、鍋の鳥がらスープがクツクツいっている。そこに浅蜊と、悠一特製の鶏のつくね、木綿豆腐とモヤシと韮《にら》を入れて少し煮込み、コリアン街で仕入れた少し酸っぱい白菜キムチで味付けして、熱々をハフハフいいながら食べるのだ。食べたあとのスープを卵雑炊にするのも、キムチチゲの楽しみのひとつ。

「けど、まだ共犯って決まったわけじゃないだろ？」

その楽しみのため、一心にもやしのヒゲをむしりつつ、柾は反論した。

「なんにも知らずに手伝わされてただけって可能性もあるし。もしかしたら、通帳とフロッピーは、ただ預かってただけなのかもしれないし……」

「預けた理由は？　フロッピーはともかく、通帳なんか、簡単に人に預けるか？　預かるほうだって、なにか訳ありじゃないかって疑うだろ」

「そーだけど……」

「手を休めない。うまいキムチチゲはモヤシのヒゲ取りから」

「はい」

再びせっせとヒゲをむしる。頭の中は、今夜のキムチチゲと事件のことでいっぱいだ。

利用されていただけにしろ、二人が共犯だったとすると――斉藤は、立花和実の家でパソコン通信上の『D』の広告を見たのではなく、長田から直接ビデオを手に入れたことになる。

でもそれなら、立花家からＭｒ．Ｄに電話をかけたのは、いったい誰だったのか？

Ｍｒ．Ｄに電話をかけると、あらかじめ吹き込まれた応答メッセージが流れていたことは、電話をかけたナスティサービス会員の証言から、すでに明らかになっている。

そのメッセージは、ボイスチェンジャーで処理した金属的な声で、代金の振込口座を指定する。その後切り替わる留守録にビデオの送り先を吹き込み、銀行に入金すると、一週間ほどでビデオが郵送されてくる。

共犯の斉藤が、そんなメッセージをわざわざ人の家から電話をかけて聞く必要はないわけで、そうすると、Ｍｒ．Ｄに電話したのは立花家の人間——保と和実、母親、そして家政婦。この四人の誰か、ということになる。

「立花和実じゃないのか？　ネット掲示板で広告を見て好奇心で電話してみたものの、やっぱり得体の知れないビデオに三千八百円は高い、と思って買うのはやめた」

鍋の灰汁《あく》を取りながら、悠一が推理する。

「それか、兄貴のほうか」

「まさか。立花さんがあの広告見たら、すぐＤだって気がつくよ」

「だから、本当のＤかどうか、確かめようとしてＴＥＬしたんだよ。でもメッセージしか流れなかったんで、気にはなりつつも放っておいた」

「放っとくかな。かえって気になって、買うんじゃない？」

「買ったら本物のDだって気付くだろ」

「あ、そっか……」

そしたら野放しにしとくわけないか。

(つくづく、あの電話だけはわかんないよな)

鍋では豆腐と鶏つくねが、くつくつといい感じになっている。あとは理子が帰ってくるのを待って、野菜を入れて食べるだけだ。

「オカ、コンロ出してくれ。シンクの下に入ってる」

「OK」

柾はいそいそと、カセットコンロをテーブルにセットした。

アールデコのアンティーク家具がさりげなく配された、いかにも女性らしい住まい。リビングとダイニングの大きな窓からは、六本木の夜景と、ライトアップされた東京タワーが望める、絶好のロケーション。ただし、四車線道路を挟んだ向かい側は、バラバラ死体の発見現場だ。

柾は窓に額をつけて、工事現場を見下ろした。

夜になってマスコミも野次馬も引き揚げ、静けさを取り戻しているものの、現場はまだ青いビニールシートに囲われたままで、静けさがかえって不気味な感じだ。

「ただいま、いい匂いね」

理子が、長いウェービーヘアをふわふわ揺らしながら、リビングルームのドアから姿を現わす。

「お帰り。ちょうど鍋の用意できたところだよ」

「お帰りなさい。お邪魔してます」

ぺこっと頭を下げると、いらっしゃい、と理子はにっこり気持ちのいい笑顔を浮かべてくれた。

「手を洗ってくるわ。悠一、ちょっとテレビつけてくれる？　どこかでニュースやってないかしら」

「なにかあったのか？」

理子はちょっと神妙そうな顔つきで、脱いだコートをソファの背に掛けた。

「バラバラ死体の身元がわかったのよ。車の中でずっとラジオ聞いてたんだけど……あれ、例のスリープビデオ作った人だったみたいよ」

「えっ……!?」

悠一が素早く、キッチンカウンターのリモコンでテレビをつける。

『六本木の工事現場で発見されたバラバラ死体は、殺人の容疑で全国に指名手配中の港区の会社員、長田修一容疑者であることがわかりました』

ちょうどＮＨＫで七時のニュースが始まったところだった。画面に、長田の顔写真が出る。

次いで、遺体発見現場——この向かいの建設現場。黒いビニール袋が捨ててあった焼却炉が映った。

『遺体の状態から、殺されたのは十一月の上旬。警察では長田容疑者は殺害された後、自宅の浴室で手足を切断され、近くの工事現場に捨てられたものと見られます。室内に争ったあとはなく、警察では顔見知りによる犯行の可能性もあると見て、捜査を進めています。

また、長田容疑者は、以前勤めていた会社からDと呼ばれるスリープビデオを持ち出したうえ、パソコン通信を使って売りさばき、多数の犠牲者を出した容疑で全国に指名手配されていました。共犯と思われる高校生もすでに死亡しており、これで、事件の当事者二人が死亡したことになります』

「……誰に殺されたんだろうな」

悠一が眉をひそめ、ポツリと呟く。

「いやだわ……。早く犯人が捕まるといいけど……」

「大丈夫だよ」

不安げに外に目をやる理子の肩を、悠一はなだめるように軽く撫でた。

「それよりメシにしよう。腹減っただろ？　ビール、それともワイン？」

理子はフッと溜息をつき、気持ちを切り替えたように明るく頰笑む。

「そうね。考えてもしょうがないか。美味《おい》しい物食べて、酔っ払って気持ちよく寝ちゃいましょう」

「それがいいよ」

『覚醒障害症候群の事件に、新たな展開です』

テレビを消そうとしていた悠一も、ニュースキャスターの次の言葉に、凍りつき、言葉を失った。

『覚醒障害症候群の誘因となるスリープビデオを製作したことで知られる株式会社ガイアの代表取締役社長、立花保さんが、自宅で首を吊って死亡しているのが、今日夕方、発見されました』

カメラが切り替わる。

閑静な住宅街の、赤と白のデコレーションケーキみたいな三階建てが映った。若い男性リポーターが大きな門扉《もんぴ》の前に立っていて、立花邸の広い芝生の庭と水の涸《か》れた噴水が、強い照明に照らされている。各局のリポーターが中継の準備をしている様子で、野次馬もちらほら映っていた。

『こちらは遺体が見付かった立花社長の自宅前です。元ガイア社員の長田修一容疑者殺害の容疑で事情聴取に来た警察官が、日本間の鴨居に首を吊って死んでいるのを発見しました。現場の状況から自殺と見られ、立花社長は、自らが製作したビデオで多数の犠牲者を出したことに責任を感じ、自殺に至った模様です。現場からは以上です』

『立花社長は、家族、会社、覚醒障害の被害者宛ての三通の遺書を残しており、それによりますと、Mr．Dこと長田修一がパソコン通信にスリープビデオソフトの販売広告を出していることを知った立花社長は、十一月中旬ごろ、匿名でビデオソフトを購入。自社で開発したソフトであることを確認したものの、危険性を告発して責任を追及されることを恐れ、あえて黙認していた模様です。株式会社ガイアは、来春に人気ゲームソフトの新作発売を予定していました』

先日の記者会見に臨む、立花保の姿が映る。柾は石像みたいに固まって、画面に食い入った。

知っていた——？　じゃあ、あの通話記録は、保がかけたときのもので——保は、なにもかも知っていたのか？　Mr．Dのことも、長田がビデオを売りさばいていたことも。それで人が大勢死ぬってことも、知ってて黙ってた？

まさか……まさか、あの人が、そんな……！

『また、元社員である長田修一容疑者がスリープビデオの広告を掲載したことが明るみに出て、ガイアとの関係が公になることを恐れた立花社長は、ナスティサービスのホストコンピュータに侵入し、データを破壊するなどの工作をしていたことが警察の捜査で明らかになりました。遺書には、『すべてわたしが独断で行ったことであり、社員には非はない、被害者の皆様に死んでお詫《わ》びします』と書かれており、自らの罪に耐え切れず自殺したものと見られます。警察は、スリープビデオを実際に販売していたのが殺された長田容疑者であったかどうか調べを進めると同時に、立花社長が長田容疑者の殺害に関わっている可能性があるとして、関係者から詳しい事情を聞いています。——次のニュースです。東京上野のアメ横は、年末の買い物客で早朝から大変な賑わいでした。今年の客足は平年並みで——』

アメ横の平和な雑踏が映し出される。悠一が黙ってテレビを消した。

「……いまにして思うと、昨夜レストランで会ったとき、立花さん、かなり思い詰めてるような感じだったんだ」

帰り道。理子のマンション近くのコンビニエンスストア。買い物をする悠一の後ろで、柾は重い溜息をついた。

「斉藤の話しながら、泣きそうになっててさ。全部自分のせいだって……。そんなことないって、弟が庇《かば》ってたけど。……やっぱ、責任感じてたんだろうな」

「そりゃ、あれだけのことして責任感じなかったら人間じゃないだろ。あの人がビデオの正体をさっさと公表してりゃ、被害は半分……もしかしたら、もっと多くの人が助かってたかもしれないんだからな」

買い物カゴにオレンジジュースを入れながら、悠一が厳しく批判する。

立花保のショッキングな告白には、柾も激しい憤りを感じずにはいられなかった。そしてそれ以上に、心の底から戦慄《せんりつ》した。

十一月半ばから、Ｍｒ．Ｄの広告に気づいていた保。しかし彼は、川口《かわぐち》という社員が草薙に情報をリークするまでの約一ヵ月間、平然と日常生活を送っていたのだ。

平然と出社し、柾たちと笑顔で歓談し、サンタクロースの仮装でおどけ、女性たちに囲まれてニコニコ酒を飲んで……そうやって、何食わぬ顔で日常を過ごしていたのだ。一ヵ月間も。大勢の人間がＤの犠牲になっているのを知りながら。

ゾッとする。たとえ自分の手は汚していなくても、保のしたことは、殺人なんじゃないだろうか。Ｄの安全性を固く信じてビデオを売りさばいていた長田のほうが、まだなんとなく理解できる部分がある。会社を守るため、結局は自己保身、ただそれだけのために、百三十人もの人間を見殺しにした保に比べれば。

気さくなニコニコ笑顔の裏側に潜んでいた深い闇。けれど、その一方で、保が心底深い後悔に苛《さいな》まれていたのもきっと真実だろうと思う。Ｄの情報を公にした草薙に感謝している、自分にはその勇気がなかったというのも、本音だったに違いない。斉藤のために浮かべた涙も、偽物だったとは思えない。……思いたく、なかった。

だけど、死ぬのは卑怯だ。本当に責任を取るつもりなら、生きて裁かれるべきだった。そして償うべきだったと思う。死んで償うなんてできるわけない。

彼は逃げたのだ。

「にしたって……おまえは誰が殺したと思う、長田修一」

柾は、ヨーグルトの賞味期限を見ている悠一を見上げた。

「誰って……わかんないよ」

立花保じゃないことを祈ってるけど。

「長田が例の広告を出したのが十月下旬だろ。殺されたのは十一月初め。でも立花さんは十一月中旬にビデオを買ってる。ってことは、やっぱり長田には共犯者がいたってことだよな。死人が発送作業なんかできるわけないんだから」

「うん……だから、斉藤だろ、共犯は。ビデオの中身を知ってたかどうかはわかんないけど」

なにしろ自分もDで死んでるんだから。

「それだけど、ビデオは斉藤の単独犯ってことも考えられなくないか？」

「どういう意味？」

「要するに。最初に長田が、Dがなんのビデオか明かさずに、斉藤にビデオの発送を手伝ってくれるように持ちかける。ところが、二人の間になんらかのトラブルが発生し、斉藤は長田を殺してしまい、その後は斉藤が一人でビデオをさばいていた」

「トラブルって？」

「金銭問題。斉藤がバイト代を請求したのに長田が払わなかった」

「バイト代くらいで殺すかなあ」

「あるいは、社員の誰かと長田に金銭トラブルがあって……」

「なんでぜんぶ金銭なんだよ」

悠一はすましして肩を竦める。

「金はすべての犯罪のはじまりだろ。……でも、手間かけて遺体をバラしたわりには、殺害現場の付近に捨ててるんだよな。おれならもっと見付かりにくい場所まで運ぶのに」

死体を運ぶ、なんて考えただけでもゾッとするけど。

「バラバラ殺人っていうと一見猟奇的だけど、実際には女性が死体の始末に困ってやるケースが多いんだよ。死体って結構重いしかさばるからな。女の力じゃ一人で運べないだろ。だからバラして、山に埋めたり海に捨てたりする」

「よく知ってるな、そんなこと……。悠一、推理小説の読み過ぎじゃねーの？」

「ひょっとしたら犯人は、Dとは全然関係ない痴情のもつれの相手だったりして。……しっかし、参ったな。来月のOB講演会」

レジに並びながら、悠一は渋ったく舌打ちした。

「中止するわけにいかないし、いまから代わり捜すには時間が——」

と、ハタとなにかに気付いたように、柾に向き直る。

「貴之さん、確か東斗のOBだったよな」

「そうだけど……って、まさか」

「頼めないか」

「無理だよ。貴之、そういうの絶対に引き受けないんだ」

それに第一、と柾は唇を尖らせる。

「こんな状態で頼み事なんかできるわけないだろ」

「……ま、そりゃそうか。おれも頼めた義理じゃないしな」

悠一は溜息をついた。

精算を済ませて店を出ると、白いものがちらついていた。入れ違いに店に入っていくカップルが、「初雪だー」とはしゃいでいた。

「じゃあな。おれ、正月はずっとこっちに泊まるから」

「わかった」

「あと、これやるよ」

悠一が投げたのは、カップ麺。緑のたぬき。

「年越し蕎麦《そば》。良いお年を」

「サンキュ。良いお年を。理子さんによろしく」

柾はカップ蕎麦とビデオテープを抱えて地下鉄の階段をかけ下り、入ってきた電車に飛び乗った。

（年越し蕎麦かあ……）

扉の窓に、コツンと額をぶつける。

今年の正月は、大晦日の夜から元日にかけて、貴之と二人きりで過ごした。

紅白が終わるころ、麻布まで年越し蕎麦を食べに行き、除夜の鐘を聞きながら家に帰った。元日は、めったに使わない一階の日本間に掘火燵《ほりごたつ》を作って、家政婦が用意してくれたお節をつついて。貴之は骨董物の火鉢で雑煮の餅を焼いてくれた。ガスの火はつけられないくせに、なぜか火鉢だの暖炉だのに火を起こすのは上手《うま》いのだ。

（楽しかったな……）

去年も、その前の年も、それぞれ楽しい思い出がある。締まり屋の母は正月ごときでは日本に帰ってこないけれど、さみしいと思ったことは、一度もなかった。

正月だけじゃない。貴之と暮らすようになってから、一度だってさみしい思いをしたことはなかった。――貴之が、いつも一緒にいてくれたから。

今年は一人。大晦日も正月も。

さみしくないって云ったら、嘘になる。本当は、一人で悠一のマンションに帰って、暗い部屋に明かりをつけるのだって嫌だ。暗い部屋も、一人きりも、好きじゃない。

だったら自分から折れればよかった？　中川の助言通り、自分を殺して頭を下げれば、きっと貴之の心はほぐれた。わかってる。そんなこと、嫌ってほどわかってるけど。

（――だけど）

だけど、ヤなんだ。それじゃ嫌なんだ。貴之にだけは全部わかってほしいんだ。おれの考え、気持ち、夢…なにもかも認めてほしい。好きな人だから。貴之が、好きだから。

昨夜、別れ際に立花に云ったことは、本当は全部、柾自身のことだった。尊敬する人に認めてもらえる……そういう意味では、斉藤学は本当に幸福だったと思う。家族の理解は得られなかったかもしれないけれど、尊敬するオサダタモツから才能を認められ、ガイアの社員たちにも可愛がられて。

おれは、たった一人の理解さえ得てない。

貴之が柾に期待することは、柾の夢とは、あまりにもかけ離れていて、大抵のとき、それが喧嘩の原因になる。貴之の望みは、柾が四方堂家を継いでグループ総帥の座に就くこと。だけどそれは柾の望むことじゃない。

もっと話し合いをしなきゃいけないのはわかってた。自分のやりたいこと、夢、将来のこと。貴之の望みとはかけ離れているけれど、でも、わかってもらうにはとことん話をするしかないって。

だけど、どこかで逃げていたんだ。多忙な貴之と二人きりでゆっくり過ごせる時間は貴重で、喧嘩で終わらせたくなかった。いつか向き合わなきゃならないことはわかっていたのに、先送りにしてきてしまった。どこかでこうなることはわかっていたのかもしれない。

だけど……あれは喧嘩じゃない。貴之がおれにしたことは。反論も、抵抗も許さない。あれは喧嘩とはいわない。——征服だ。

だから謝らない。どんなにさみしくたって。さみしいほうが、マシだ。

（貴之が悪いんだ。謝るもんか。貴之なんか……嫌いだ）

柾は足早に改札を抜け、肩で風を切って帰路を急いだ。地上はさらに雪が激しくなっていた。今夜は積もるかもしれない。

肩の雪を払いながら、マンションのエレベーターで五階へ。悠一から預かった合鍵をポケットから出そうとして、柾はドキッとして立ち止まった。

部屋の前に、大きな紙袋を抱えた黒いロングコートの男が一人、静かに佇んでいた。

12

安っぽい蛍光灯の下でも、貴之の美貌は際立っていた。

カシミアの黒いロングコートがしっくりと似合う、彫りの深い貴族的な顔立ち……日本人離れしたスタイルの良さ。柾と一緒にエレベーターを降りた若いＯＬは、自分の部屋の鍵を開けるふりをして、しばらくうっとり見つめていたけれど。

（……来やがったな）

柾は男の美貌を睨みつけ、全身警戒心の塊《かたまり》、毛を逆立てたハリネズミみたいに身構えて、ジリジリとドアに近づいていった。剝き出しのカップ麵とビデオテープの盾が、かなりサマにならないが。

「……お帰り」

柔らかなテノールを完全無視。玄関の鍵を、すぐにも鍵穴に差し込めるように、あらかじめ握っておく。

「きっとここだろうと思ったが、部屋にいる様子がないので、少し心配になっていたところだ。……もしかしたら、ホテルの騒動で怪我でもしたのじゃないかと。……安心したよ」

「………」

「……外は雨か？」

髪の水滴を払おうと伸ばしてきた貴之の手を、さっとくぐり抜け、玄関の鍵をガチャガチャと開ける。

「柾」

ノブにかけた手に、貴之の手が重なる。柾は激しくそれを払いのけた。触られたくないとか、そんなんじゃなく、もうほとんど意地で。

頭上で、貴之の深い溜息。そして、

「……柾。これを——」

ドアを開けかけた柾に、コートの懐《ふところ》から差し出したもの——おれの財布と……預金通帳？

（なんで……？）

貴之は、戸惑う柾の手に、その二つと、さらに分厚い封筒を握らせると、まるで利《き》かん気な子供に云い聞かせるみたいにやんわりと云った。

「おまえの財布と通帳だ。こっちは当座の生活費が入っている。佐倉くんのお世話になるなら、迷惑にならないよう、家賃と生活費くらいは入れなさい。たとえ親しい友人同士でも、そういうことはきちんとしておいたほうがいい」

「………」

一瞬、目の前が真っ暗になった。サーッと全身の血が下がって、足の裏から地面に吸い込まれたんじゃないかと思った。

（そう……かよ）

わなわなと手が震える。柾はギリッと唇を嚙んで、貴之の靴先を睨みつけた。

帰ってこなくていいって――つまりそういうことなんだ。

カッとなり、百万は入っているに違いない分厚い封筒を、通路のコンクリに思い切り叩きつけた。貴之の体を扉で押しやり、真っ暗な玄関に滑り込む。

その腕を、貴之がグイと摑んだ。

ひっぱたかれる！　と思った刹那《せつな》、逞しい両腕が、巻き込むように強く、柾の体を抱きすくめていた。狭い玄関に紙袋がドサッと落下する。

「……柾……ッ」

食いしばった歯の間から押し出すような、苦しげなかすれ声。背骨が軋むほどきつく抱きしめる両腕の中、柾は衝撃に頭を撃ち抜かれ、言葉を失う。

初めて聴く――貴之のこんな声。

「柾……柾……ッ」

狂おしく、柾の頰に顔をこすりつけ、貴之は何度も柾の名を呼ぶ。

「頼む……わたしを見てくれ！　頼むから！……どうすればいい。どうすればわたしを見るんだ⁉」

……貴之……？

茫然《ぼうぜん》とした。

どうして…？　貴之が、こんなに取り乱すなんて――

おれがずっと無視してたから？　ずっと口をきかなかったから？　たったそれだけのことで……？

柾にはたったそれだけのことが、貴之には、そんなにダメージだった……？

「自分でもうんざりするくらい、エゴイスティックな男だ……わたしは」

ゆっくりと体が離され、薄暗がりに、柾はようやく男の表情を見る。痛みをこらえるようにひそめた眉……青白い頬に、かすかな自嘲が浮かんでいた。

「どんなにおまえを愛していようと、おまえと自分は別個の人間だということ……おまえを縛りつける資格など誰にもないということを……いつも忘れてしまう。――おまえがわたしから離れたいのなら、……わたしに、止める権利はない。おまえの好きなようにするといい」

……貴之……。

柾は目を見開く。

違う。そんなことを云わせたかったんじゃない。おれが欲しかったのは自由で――貴之と離れることなんて、望んでない。そうじゃないのに！

「貴……」

靴の先に、カサッとなにかが当たる。貴之が取り落とした紙袋。こぼれ出ていた中身を見て、柾は目を丸くした。

「……たこ焼き？」

しかも、パッケージにでかでかと〝心斎橋名物〟の文字。

「食べたいと云っていただろう」

「でもこれ、東京じゃ売ってない……まさか、大阪まで行ってきたの？　たこ焼き買いにわざわざ？……書き置きの〝買い物〟って……これ……？」

他にも入ってる。モスのフィッシュバーガー、マックシェイク、インスタントラーメン、屋台の焼きソバ。

これ、全部貴之が買ってきたのか？　わざわざ大阪まで行ってたこ焼きの長い列に並んで、ファストフードで買い物して……？

「……笑うことはないだろう」

紙袋を抱えてくっくっと肩を震わせる柾に、貴之は苦々しそうに顔を顰める。

「だ……だって。だってさ。貴之がたこ焼き買ってるとこ想像しただけで……」

貴之がたこ焼きだって。たこ焼き。きっとものすごい注目を浴びただろう。たこ焼きみたいな庶民の食べ物、間違ったって口にするように見えない男だ。

極上のシルクのタキシードで、葉巻を燻《くゆ》らせているのがぴったり似合う男——湖畔に建つヨーロッパの古城や、贅を凝らした一流ホテルのVIPルームで、王侯貴族のように大勢のメイドにかしずかれているのが一番しっくりする男が……小銭を持ち歩いたこともなければ、コンビニで買い物したこともない、貴之が。資産何十兆ともいわれる四方堂グループの次期総帥が……おれのためだけに……？

貴之が、柾の頬をそっと撫でた。びっくりするほど冷たい手だった。

ずっとここに立ってた？　雪が降り始める前から？……ううん、と雨が降りだす前からだ。

胸の奥がギュッとなる。

貴之。

「……おれ……貴之の云うこと、全然聞かなくて」

感情がひどく高ぶって、小刻みな笑いは、ゆっくりと、泣き笑いに転じていく。泣き顔を見られたくなくて、柾は紙袋を抱きしめたまま、柔らかなカシミアのコートに、額をこすりつけた。

「貴之のこと、困らせてばっかで。喧嘩ばっかしてるし。バイトも辞める気ないし。……貴之、すぐ怒るし。おれは貴之怒らせてばっかで。だから……だからおれたち、ほんとは一緒にいないほうがいいんじゃないかって……」

「……柾……」

「だけど！　だけどおれ、好きだ。貴之が好き。好きっ——」

好きなんだ……！

濡れた頬を両手で挟み、貴之は柾にくちづけた。冷たい唇の灼熱のキス。柾も、狂おしく貴之の唇を求めた。

全部のわだかまりがキスで消えるわけじゃない。だけど、貴之への気持ちを、こんな狂おしい想いを、打ち消すこともできなくて。

どうして、こんなにもどかしい。気持ちもキスほど伝わればいいのに。貴之に、おれのすべて、キスで伝えられたらいいのに。わかったつもりになってた貴之の本当の心も、ぜんぶ伝わってくれればいいのに。

「帰らない……」

柾はむずかるように、恋人の肩にしがみつく。

「おれ、帰らないよ。貴之と一緒じゃなきゃ、帰らない」

「……一緒に来るのか、わたしと」

切なさを映す瞳《ひとみ》。貴之の深い眼差しに、柾は吸い込まれる自分を感じる。

「またおまえを束縛するかもしれない。……それでもいいのか」

「そしたらおれ、また逃げるよ」

腕の中、柾は微笑み、ゆっくり背伸びして、貴之の耳朶を咬《か》んだ。

「そしたら、貴之、また追いかけてきてくれるだろ？」


車のシートで抱き合うのは、危うく踏み止《とど》まった。それでも、信号で停まるたびにディープキス……信号が変わっても唇を離しがたくて、何度も後続車のクラクションに追い立てられた。

そうして、数時間前に飛び出してきたばかりのホテル――専用エレベーターがあの二十七階に着くのと同時に、二人は衣類も靴も脱ぎ捨てた。

大理石のホールでもどかしく唇を合わせ、互いの体をこすり合わせた。貴之の固い太腿で股間をこすられただけで、柾はあっけなく達してしまった。

「……あの悪戯、おれのせいだって、すぐ気がついた？」

それから、広いベッドでたっぷりと愛しあい……いまは、淡いオレンジ色の照明に包まれた、豪華なバスルーム。

ラベンダーの匂いのする乳白色の湯の中で、恋人の膝にだっこされ、柾は引き締まった裸の胸に、ちいさな頭をもたせかけている。

情事のあとの心地いい倦怠感も、貴之の整った顔をうっとり眺めたり、好きなだけキスしたりするのも久しぶりだ。いくらキスしても飽きない。忘れてた……こんな心地いい時間があるってこと。

「ああ。新幹線の中で、ホテルのセキュリティから電話を受けたとき、すぐにピンときた」

柾のなめらかな肌に、手で湯を掬《すく》ってかけてやりながら、貴之は、届くところすべてにキスをくり返す。うなじや肩口、耳の後ろ……くすぶる快感の火種を掻き回すように。

「あの発煙筒のアイデアは悠一くんだな？」

「え……なんで？」

「おまえなら、本当に火をつける」

からかうように頬をつねる。

「んな過激じゃないよ、おれ」

お返しに、パシャッと顔に湯をかけてやると、貴之は、太腿をゆっくりと撫で回していた手の平を上に滑らせて、胸のちいさな突起をつまみ上げた。膝の上、柾は若鮎のようにぴちっと跳ねる。

「アッ……」

「つけるだろう？　こうしていつも……わたしに」

尻の狭間に埋まったままの貴之が、徐々に硬度を取り戻しつつあった。感じやすい肉壁をじっくりと押し広げられていく、たまらない快感に、柾は背中をくねらせて喘ぐ。

「んっ……また？　もう三回めっ……んんっ」

「おまえが火をつけたんだ。一人前の男なら責任を取るべきだろう？」

「あぁっ」

両手で尻を割り拡げられ、腰をぐりっと押しつけられれば、もう抗議の言葉なんか出せやしない。

ぴったりと、スプーンみたいに重ねた体。揺さぶられ、貴之の鍛えた下腹にこすられて、柾のペニスも急速に硬さを取り戻す。

「う、んっ、きつ、い。ゆっくり……もっと……ア……！」

「きついのは、お互いさま、だ」

眉をひそめ、きつく腰を突き上げる貴之の額も首筋も、玉のごとく汗が噴き出している。柾は首を伸ばして、彼のこめかみの汗を舐《な》め取った。

貴之の眉、貴之の額、貴之の瞼、まつ毛、格好のいい鼻……もちろん唇にも、息つく隙もないほどキスの雨を降らせてやる。

強く唇を重ね、舌を絡め、きつく吸いながら自分の中に誘い込み、甘噛みすると、柾を蹂《じゅう》躙《りん》する彼の容量がグッと増した。

「ア！」

今度は貴之が舌を吸ってくる。呼吸が苦しい。頭がくらくらして、体も頭も貴之でいっぱいになって――

「ああっ……出る。出ちゃう、もうっ」

バスルームに忙《せわ》しい喘ぎ声が響く。乳首にきつく歯を立てられた瞬間、腰をうねらせて、湯の中に精を放った。

快感の余韻に浸りたいのに、貴之はまだ柾の奥でドクドクと息づいていて、強靭《きょうじん》な腰使いで一番深いところをゆっくりと突いてくる。

汗みずく、ものすごく感じ入ってる貴之の顔はたまらない刺激剤で……いったばかりだというのに、また反応してしまいそうだ。

「そんな、いやらしい顔で人を見るものじゃない……」

耳朶の下に、熱いキスの烙印。

「……感じてしまうだろ……」

ゾクンと背筋に震えが走り、途端に股間が呼応した。柾は甘い溜息を漏らして、幾度めとも知れぬ快感の海に溺れていった。

たこ焼きは、備え付けのレンジでチンして、柾の翌日のブランチになった。

「そんなもの、無理して食うことはないのに。胸焼けしても知らんぞ」

コーヒーを飲みながら、貴之は呆れたように見ていたけど。

「なんで？　おいしいよ？」

っていうより、「うれしい」んだ。

だって、貴之がおれのためにわざわざ大阪まで買いに行ってくれた、貴重なたこ焼きだ。冷めてようが固くなってようが、うまいに決まってる。

「パケージアウトのお荷物は、こちらでよろしいでしょうか？」

ポーターが、二人の荷物を台車に載せてくる。滞在一週間、けっこうな量だ。柾の暇潰しのCDや雑誌だけで、段ボール三箱分にもなった。

「ありがとう。表に車を回しておいてくれ」

「かしこまりました」

貴之はポーターに車のキーを渡し、柾がまだたこ焼きを頬ばっているのを見ると、新聞を広げた。一面にでかでかと、立花保と長田の記事。

「先日、レストランでおまえに声をかけてきた人だな。あの時、どこかで見覚えがあるとは思ったんだが……」

まさかニュースの中だったとは思わなかったな……と、保の顔写真を見ながら眉をひそめている。

「弟が東斗の中等部にいるらしいが。バスケ部の後輩なのか？」

「ううん、弟とはべつに関係ないよ。立花さんも東斗のOBで、生徒会が立花さんを来月のOB講演会にセッティングしてたんだ。悠一が打ち合わせに行くとき、一緒に連れてってもらってさ。テンタイ作った人に会ってみたかったから。……あのときはまさか、こんなことになるなんて思ってなかった」

長田修一殺害に関する新聞の記事は、昨夜のニュースとさほど変わらない内容だった。

犯人は長田の部屋で凶行に及び、浴室で切断してから工事現場に捨てたこと。長田はガイアに辞表を出した直後に失踪しており、それが死亡推定時期と重なることから、辞表は犯人の偽装工作で、よって、犯人はガイアに出入りしていた人間に絞られるだろうということ。

特に斉藤は、ガイアでは顔パスで、社内にも住居部分にも自由に出入りできたことなどから、警察は容疑者の一人とみなしていること。

また、長田は自殺した立花保との間に、ビデオの件を巡ってこじれる以前から微妙な軋轢《あつれき》があったことから、関連性を捜査中であること――ただし、容疑者が二人ともすでに故人のため、捜査は難航しそうだということなどを報じていた。

保の自殺も、やはり一面、社会面ともに大きな扱いで、どの記事も彼の行った隠蔽《いんぺい》工作について厳しく非難していた。

「これさ……貴之だったらどうする？　やっぱ、会社のこと考えて隠す？」

「いや」

貴之は、にわかに経営者の顔になって、かぶりを振った。

「その場しのぎは自分の首を絞めるだけだ。利口とはいえないな」

「うん……」

一晩たっても、柾の保に対する気持ちは、まだ複雑なところをさまよっていた。死を悼む気持ちはあるものの、彼の行為はやはり理解できないし、許されないと思う。

ただ、少なくとも保は、柾や悠一に対しては親切で優しい人だった。因果応報だと云い切る心境には、やっぱり、なれない。

（そういえば……弟はどうしてるだろう）

あれだけ仲の良かった兄弟だ。兄の自殺は、ショックなんていう生易《なまやさ》しいものじゃないに違いない。

「あ……そうだ。おれ、この人が映ってるビデオを預かってるんだよ。去年の夏、社員の人たちと別荘に行ったときに録ったんだって」

「それなら、早めにご家族に返して差し上げたほうがいいな。お宅に電話して、これからお見舞いに伺っても不都合はないか、聞いてみなさい」

「いまから？　でも、おれ喪服持ってきてないよ」

「お宅に伺うだけだから、平服で大丈夫だよ。気になるなら制服にしなさい。持ってきていただろう？」

「うん……」

「……ん？……どうした。わたしは受話器じゃないぞ」

背中にぺったりと頬をくっつけてきた柾に、貴之は甘い苦笑を浮かべる。柾は彼の逞しいウエストに両腕を回して、ぎゅっと貴之を抱きしめた。

「……昨日さ。貴之が通帳と財布持ってきてくれたとき……すごいショックだった。もう帰ってくるなって意味かと思って」

「バカなことを——」

「でも怖かったんだ」

柾は迷子の仔猫《こねこ》のように、恋人の広い背中に額をこすりつけた。

貴之の両腕は、時々息ができないほど強く、柾を抱きしめる。苦しくて、もがく。ひっかく。噛みつきもする。だけど——

「おいで」

柾の体を、くるっとフロントへ……逞しい両腕が、羽の毛布でくるみ込むように抱きしめる。

あたたかい。貴之の胸。こんなふうに抱きしめてくれる腕は、ほかにない。温かくて、安らげる場所。ここ以外、戻る場所なんかない。

「すごく、怖かったんだ……」

この腕を、永遠に失ってしまったかと思った——

「……それは、わたしも同じだ」

貴之は両手で柾の頬を挟み、瞼に狂おしいくちづけを降らす。

「時々、おまえを永遠に失ってしまうような不安に駆られることがある……ふっと手を緩めた一瞬に、この腕の中から羽を広げて飛び去ってしまうんじゃないか…と」

(あ……まただ)

ドキン、とした。

切ないような眼差し。いつも不思議に思ってた。貴之はどうして時々、そんな目でおれを見るのか。

不安？　貴之でも不安になることがある？　おれが貴之を不安にさせてる……？

「……時々な。だが、それもまた刺激剤だ。——と、思うことにしている」

貴之は、腰を屈め、柾の首筋に顔を埋《うず》めた。いつにない、子供じみた所作で、頬をすりつける。

「……どんなに不安にさせてもいい。最後には、わたしの腕の中に戻ってきてくれれば、……それでいい」

「貴之……」

なんだか、貴之が小さな子供みたいに思えて、柾はとろけるような愛《いと》しい気持ちで彼の頭を撫でてやった。柔らかい髪。ペンハリゴンズの整髪剤のいい匂い……貴之の匂い。

「行かないよ。どこにも。行くわけないじゃん。バカだな、貴之……」

「……バカ？」

あ、やべ。

「大人に向かってなんだ、その言葉遣いは」

「ほんとにバカだと思ってるわけじゃないってば。愛情表現だよ」

「お仕置きがいるな」

「えーっ？　冗談！　貴之のお仕置きはもうこりごりだって！」

「いいや。お仕置きだ。帰ってから、たっぷりと……な」

「きっ、昨日あんなにやっといて、まだやるのっ？」

「あれは仲直りだ。今夜のは一味違う」

柾の目尻にチュッとキスして、

「さ、電話をしておいで。お見舞いをすませたら、なにか土産を買って帰ろう。三代《みよ》が首を長くして待ってるよ。さっき電話をしたら、おまえに六日遅れのクリスマスケーキと手打ちの年越し蕎麦を食べさせると張り切っていたから、いまごろ家中、粉だらけにしてるぞ」

「うん」

貴之の頰にちゅっとキスを返して、柾はリビングの電話に飛んでいく。

電話には、中年の女性が出た。

『立花でございます』

「もしもし、岡本ですが――」

『恐れ入りますが、ただいま、弔問以外のお電話はご遠慮いただいております』

留守番電話だ。そうか、マスコミ対策。

『通夜は本日六時から当家にて執り行います。葬儀は四日、午前十一時より、××斎場です。ご用件のある方は、発信音のあとにメッセージをお願いします』

「……東斗学園高等部の岡本です。この度は、ご愁傷様でした」

使いなれない言葉に舌を嚙みそうになる。

「和実くんに、借りていたビデオを返したくて、お電話しました。これからお見舞いに行こうと思ったんですけど――」

『もしもし？』

と。突然、声が返ってきた。

『わたし、この家の家政婦ですが、和実さんのお友達ですか？』

「えっ？　えっと、友達っていうか、高等部の……」

びっくりした。居留守だったのか。柾が名乗って説明すると、相手は覚えていてくれたらしい。

『ああ、この間の……。すみませんね、いたずら電話があんまりひどいもんだから、ずっと留守番電話にしてるんですよ』

「いたずら電話？」

『いやがらせですよ。保さんの会社でいろいろとありましたでしょう。火をつけてやるだの、いい気味だの、なんだか物騒で……。いちいち相手しきれないし、だからといって電話線を抜いてしまうわけにいかないですしねえ。まったく、心ない人がいるもんですよ、こっちは喪中だっていうのに』

ストレスが溜《た》まっているのだろう。家政婦は一気にまくし立てる。

『急なことで奥さまもまだ帰国されてないし、わたし一人でてんてこ舞いですよ。やれ取材だ、やれお見舞いだってもう。和実さんも心配ですし』

「あいつ、どうかしたんですか？」

『昨夜から姿が見えないんですよ。ひょっとして早まったことしてやしないかって心配なんですけどね、だからって勝手に捜索願なんか出すわけにいきませんし……』

「早まったことって……」

『仲のいいご兄弟でしたから、まさか後を追ったりしやしないかと……』

サッと首の後ろが強張った。後を、って——

『わたし昨日、お休みをいただいて夜まで留守にしてたんで、後で警察の人から聞いた話なんですけど……刑事さんが保さんの遺体を発見したとき、和実さん、ご遺体の足もとに、ボーッと座り込んでたらしいんですよ。真っ暗な中で、刑事さんたちが来るまで何時間もそうしてたんじゃないかって……』

「あの、あいつ、いついなくなったんですか」

『ええと……昨夜の十二時頃だったかしらねえ、検死から保さんのご遺体が戻られて……そのときお部屋に声をかけたら返事がないんで、ちょっと覗いてみたら姿がなくて、コートとお財布もなくなってたんです。びっくりしてそこらを捜してみたんですけどね、テレビに追いかけ回されちゃってもう、さんざんですよ』

「学校の友達のところとかは？」

『それが、もともとあんまりお友達は多くないようでしたから。お部屋で手帳を見つけたんですけどもね、学校のお友達の名前は一人も書いてないんです。うちに遊びに来たことがあるのも、斉藤さんって高等部の先輩くらいでしたし……でもあの子も確か、亡くなったんでしょう？　例の事件で』

「おれ、探してみます。立花さんの会社のひとに電話して、心当たりがないか聞いてもらえますか？　お願いします」

「なにかあったのか？」

上着を羽織りながらリビングルームに戻ってきた貴之が、怪訝そうに尋ねる。

「立花さんの弟が、昨夜からいないんだって。なにかあったかもしれないって——」

「行ってみよう」

二人は急ぎ、ホテルを後にした。

幸い、東京からもっとも車が減る時期だ。渋滞もない。貴之はめったに出さないスピードで車を飛ばす。

「兄貴のいるところが自分の家だって、云ってたんだ……あいつ」

あの夜——レストランでの最後の晩餐。

「ものすごく仲のいい兄弟だったんだ。親がほとんど家にいなくて、兄貴が親代わりで……あいつきっと、兄貴がいなくなったら、家に居場所がないんだ」

嫌な予感が当たらないでくれ。祈るように、膝の上でぎゅっと両手を組む。貴之が、大丈夫だ、というようにその手に片手を重ねてくれた。柾はそれで、少し落ち着く。

ビデオテープを車のダッシュボードにのせたままだった。

『9X年9月ガイア奥多摩キャンプ』——Dの完成一ヵ月前だ。保と長田が交互にカメラを回し、長田が編集して、社員全員に配ったというビデオ。ここには、保も長田修一も、元気な姿で映っているはずだ。

この時期、すでに社内は保と長田の二派に分かれていたはずだが、皆内心はともかく、表面上は和気藹々《あいあい》だったに違いない。

だが、Dソフトの完成が、すべてのバランスを狂わせた。

D。——百三十人をも深い眠りに引きずり込んだ、眠りの箱。死の眠り。製作した長田は殺され、保は自ら命を絶った。

誰が長田修一を殺したのか。

誰が死体を切断して、工事現場に捨てたのか。誰が辞表を書いて、彼の失踪を工作したのか。

警察が疑っているように、もし保が犯人だったとして、動機はなんだ？　長田がDをネットでさばいていることを保が知ったのは十一月中旬で、長田の死亡推定はその半月前。保はまだ、長田がMr．Dだとは知らなかったはずだ。

（逆ならわかるんだけどな……長田が立花さんを殺した、なら。最終的にDのプロジェクトにストップかけたのは立花さんだし、テンタイのことでも折合いが悪かったみたいだし……）

それじゃやっぱり、犯人は斉藤学なんだろうか。

動機はなんだろう。金と色は犯罪の母、は悠一の台詞《せりふ》。Dは一本三千八百円で、売上げは全部で確か七十万あったはずだ。高校生には大金だけど、斉藤は金に困ってたわけじゃないし、金銭トラブルはなんだか納得できない。ゲームソフトの貸し借りを巡ってカッとなって、っていうなら少しは有り得るかもしれないけど。

でも……尊敬するオサダタモツのためなら、どうだろう。もし長田を始末することが「天使大戦」を守るためだと、斉藤が思い込んでしまったとしたら。

……考えたくない。だけど、有り得なくはない。

長田が危険なソフトを売りさばいていることを知った斉藤が、立花やテンタイを守るために長田を殺す。そして、自分もDビデオで永遠の眠りにつく——

我ながら嫌になる想像に、柾は溜息をついた。

なにげなく、弄《もてあそ》んでいたビデオテープをケースから出そうとした。だが奥のほうになにか粘つくような抵抗があって、なかなか出てこない。

ちょっと力を入れて引いてみる。ペリペリと糊《のり》が剝がれるような感触……見ると、ケースの内側の片面に、同色のビニールテープがべったり貼られていた。その端がめくれて、テープの側面にくっついていたらしい。

なんだろう。ケースの補強？　べつに傷は見当たらないけど。

ケースの中に指を突っ込んで、テープを上からなぞってみた。と、薄っぺらい長方形のなにかがテープの下に貼りつけてある。貼るというより、閉じ込めてある感じだ。

「……なんか、中に貼ってある」

「そんなところに？　まるで所得隠しの手口だな。有価証券でも貼りつけてるんじゃないか？」

普通に『へそくり』って出てこないところが、貴之らしい。

「しかし、ちょっと抜けているな。隠したのを忘れて、うっかり人に貸してしまったか」

「あ、ううん、ほんとの持ち主が貸したんじゃないんだ。貸した人は、こんなの知らなかったと思うよ」

確か、保の留守中に和実が勝手に貸したと云っていた。保はなにを隠していたんだろう。

「柾。よしなさい、人の物を」

おもむろにぺりぺりとテープを剝がしはじめた柾に、貴之が眉をひそめて咎《とが》めたが、構わず剝がした。

テープは、下に貼りつけられていたものごと、簡単に剝がれた。出てきたのは薄っぺらい封筒だった。白い封筒で、表書きはなく、封もされていない。開けてみると、写真が一枚入っていた。

柾は張りさけるほど目を見開いた。

「どうした？　なにか――」

写真を見据えて凍りついた柾の手もとを、運転しながら不審そうにちらっと覗き込んだ貴之が、一瞬、言葉をなくした。顔を顰め、不愉快そうに吐き捨てる。

「元のように貼り直しなさい。どこかで停めて、同じような封筒とテープを買おう」

「………」

「だからよしなさいと云ったんだよ。人の秘密を覗くのは、後味の悪いものだろう？」

「……うん」

柾は自分の軽はずみを恥じ、写真を裏返した。口の中が苦く乾く。

後味が悪いなんてものじゃない。保の隠してたものなら、ひょっとして今回の事件と関係があるかもと思ったのだが、見当違いもいいところだ。見るんじゃなかった。まさかこんなものを彼が隠してたなんて…。

（――ちがう）

ハッと閃《ひらめ》いた。

そうだ。違う。――立花さんじゃない。

その瞬間、頭の中の靄《もや》がさーっと晴れた。高い塔のてっぺんに立ったように、なにもかもすべてが、いっぺんに見通せた。

そうだ……そう考えれば納得がいく。あいつにはすべて揃ってる。揃ってるのはあいつだけなんだ。

あいつだったんだ。なにもかも、あいつが！

興奮のあまり、ひどい動悸がした。柾は写真を鷲摑《わしづか》んだ手で、心臓の上を押さえた。息が苦しい。吐き気がする。

「柾……？　顔が真っ青だぞ」

「……なきゃ……」

「え？」

「貴之、停めて！」

路肩に車が停まるや否や、柾は写真を握り締めて助手席から飛び出した。

「柾!?」

「ごめん！　あとで連絡する！」

地下鉄の階段を駆け下りる。改札横の公衆電話に飛びつき、焦る指でテレカを差し込んだ。

コール音。早く出ろ。出ろ。出ろ！　早く出ろったら！

『草薙です』

「もしもし！　ナギさん!?」

『お電話ありがとうございます。ご用の方はメッセージをお願いします』

……ピーッ。

「肝心なときにいねえのかよ！　バカ！　どあほ！　エロ魔人！　役立たず！」

『……誰が不能だとう？』

寝ぼけ声を受話器が拾う。

『ったく……躾《しつけ》のなってねえボウヤだな。人の家に電話をかけたら、まず自分の名前を……』

「いたんならさっさと出ろ、ボケナス！　立花和実が行方不明なんだ、捜して！　いますぐ！」

『はあ？　誰だそりゃ？』

「立花保の弟っ！　忘年会で会っただろ!?　好みだって云ってたじゃんか！」

『ああ……悪いな。十四歳は守備範囲外……』

「寝ぼけてねーでいますぐ探せよ！　あのハッカーならスパイ衛星で探せるんだろ!?　おれを尾《つ》けたときみたく！」

『おいおい、ムチャ云うな。尾行と捜索じゃわけが違う。行動範囲の特定もなしで一人の人間を日本中から捜し出せってのか？　砂浜に投げた米粒を探せ、って云ってるのと同じだぜ』

煙草に火をつけたらしい、一瞬の空白。

『落ち着いて、順を追って話せ。立花和実がどうした。なぜ捜さなきゃならないんだ？』

「……かも…しれないんだ」

柾は写真を握りしめ、喘ぐように深呼吸をしてから、云った。

「あいつ——長田を殺した犯人かもしれない」

13

草薙が、和実の居場所を突き止めるのに、それから一時間とかからなかった。

天才ハッカーが活躍してくれたわけでも、警察に届けたわけでもない。立花家の最寄り駅の駅員が和実を覚えていたのだ。

「昨夜の十一時頃、長いこと券売機の前でぼんやりしていたんで駅員が声をかけたら、奥多摩へ行くにはどうしたらいいか、聞かれたそうだ。大晦日になろうって真夜中に、中学生が一人で冬の奥多摩なんかになにしに行くのか不思議に思って、覚えてたらしい」

「奥多摩……」

「家政婦に聞いたら、奥多摩湖畔に別荘があるそうだ。ガキの頃から、兄貴としょっちゅう遊びに行ってたらしい。九月の兄貴の会社のキャンプでも使ってる。思い出の場所なんだろう」

「……」

「冬の間は別荘番はいないし、電話もとまってるそうだ。とにかく行ってみるっきゃねえな」

中央高速は粉雪がちらついていた。山のほうはもう積もっているかもしれない。廃車同然のスカイラインはヒーターがろくに効かず、柾は助手席で寒さに震えていた。だけど、この寒気は車のせいだけじゃない。どす黒く渦巻く疑惑が、背筋を寒くしているのだ。

柾はコートのポケットの中で、あの写真を握りしめた。

もしも推理が正しければ――いや、推理なんて云えるほど立派なものじゃない。見通せたと思ったのは、ただの思い込みかもしれない。

だけど、もし柾の想像通りだったとしたら。

保のそばにいつも寄り添っていた、気の弱そうな少年。あいつにそんなことができるとは思いたくない。だけど、するわけがないと言い切れるほど、和実についてなにか知っているわけでもないのだ。

「そろそろ、タネ明かしをしてくれてもいいんじゃないか？」

狭い車内に、草薙が火をつけたキャメルの匂いが満ちる。

「立花和実が長田修一殺しの犯人。――どういう経緯でたどり着いた結論だ？　云い切るからには、まさかそれなりの確証があるんだろうが」

「……云えない」

ぎゅっと唇を結ぶ柾に、草薙は顔を顰める。

「おいおい。そりゃあねえだろ」

寝癖の頭をガリガリ掻きながら、くわあ〜っと呑気《のんき》な大あくび。

「Dの取材も一段落で、久々に愛しのハニーちゃんとゆっくりのんびり過ごす予定だったたっつーのに、やれやれだぜ」

「じゃあ帰れば。一緒に来てくれなんて頼んでないだろ。どうせスクープのことしか頭にねーくせに」

のほほん顔にムッとして、つい言葉が過ぎてしまった。あっ…と思った。大晦日、疲れて寝ていた草薙を奥多摩くんだりまでひっぱり出したのは自分なのに。

「……ごめん。イライラしてた」

「誰だって機嫌の悪いときはあるさ。それに、スクープ狙いってのは、当たらずとも遠からじ、だ」

「………」

「にしても寒ィな。エアコン効く車調達してくりゃよかった」

高速を降り、国道411号線を多摩川沿いに走る。

幾つものトンネルをくぐるうちに、次第に人家はなくなり、どんどん山が深くなっていく。周囲は鬱蒼とした森林に覆われ、東京とは思えないような風景だ。

このあたりには何度か貴之と渓流釣りに来たことがあった。確か鍾乳洞や滝もあって、キャンプやツーリングの人々で賑わっていたが、真冬のいまは閑散として、すれ違う車もほとんどない。

車はやがて、奥多摩湖へ出た。どんよりと垂れこめた空と同じ、灰色の湖面に、雪がひらひら舞い降りてははかなく消えていく。

「あれだ」

湖畔沿いにぽつんぽつんと並ぶ別荘や保養所の一角に、大きな門が見えてきた。庭のブナ林の奥に、尖った赤い屋根。また赤い屋根だ。まるで、ホームドラマの象徴みたいな。

鉄の門扉は、人が一人通れるくらいに開いたままだった。二人は門の前で車を降りた。

二階建ての大きな別荘だ。石造りで、玄関の横にガラス張りのサンテラスがある。

と、突然草薙が走り出した。獲物を追う猟犬のような速さで、まっすぐテラスに突っ込んでいく。柾も後を追った。

「立花っ！」

サンテラスに、黄色いコートの小柄な少年が、ぐったりと横たわっていた。草薙がガラス扉を蹴破り、中に踏み込む。

「おい、しっかりしろ」

「……ん……」

草薙が抱き上げた肩を揺さぶると、和実はピクッと眉をひそめた。うろんげに瞼を開け、抱き上げた草薙と柾を交互に見た。

「……だれ……？　死神……？」

「天使でもないが、死神でもないから安心しろ」

床に、空のウイスキーの瓶が一本転がっていた。寒さに耐えかねて飲んだのだろう。外も中も変わりのない寒さだ。

「さ、帰ろうな。こんなとこにいたら凍死しちまう」

「いや……」

上着を脱いで細い肩をくるもうとする草薙の手を、弱々しく撥ねのける。

「いやだ、ここにいる。あっちに行け。いや……」

「よしよし。いい子だ。——ボウヤ、手ぇ貸してくれ。とりあえず車に運ぼう」

「……」

「……ボウヤ？」

草薙が、突っ立ったままの柾を怪訝に見上げる。

柾はぎこちなくポケットから手を出した。摑んだものを、和実の前にかざす。

和実の丸い目が、みるみる見開かれた。

「おい、そいつは——」

草薙も目を丸くし、絶句する。

それは、ポラロイド写真だった。全裸の和実が、ベッドの上、カメラに向かって大きく両脚を広げて自分を慰めている姿。尻に入っているバイブ、性器や淡い茂みまで、あられもなく写し出されている。

和実は唇まで蒼白《そうはく》になっていた。震える指で、柾から写真を奪う。

「……これ、どこに……？」

「斉藤がおまえに借りたビデオ。封筒に入れて、ケースの内側にビニールテープで貼りつけてあった」

「……ビデオ……？」

一瞬、茫然とした和実の顔に、ゆっくりと笑いが広がった。

「あ…は……あはは…バカみたいだ。なんで気がつかなかったんだろ。あいつの考えそうなことだったのに。あはは、バッカみたい、あはははは」

さざ波のように体を震わせ、やがて腹を抱えて、のたうつように笑い出す和実を、柾は、青ざめて見つめていた。車中、ずっと胸に渦巻いていたどす黒い疑惑は、いまやはっきりとした確信になろうとしていた。

乾いた唇を舐めて、尋ねた。

「その写真を取り返すために、長田を殺したのか？」

哄笑《こうしょう》がピタリと止んだ。どうして？　と尋ねるような視線。

「その写真貼ったの、長田だろ。あのビデオ、長田が編集して社員全員に配った物だって聞いた」

「……」

「おまえが殺したのか？　長田も、斉藤も……Dを盗んだのも、おまえだったのか？」

「うん」

埃だらけの床板に大の字にひっくり返ったまま、和実は、透明に澄み切った眼差しで、柾を撃ち抜いた。

「殺したよ。ぼくが。長田さんも、斉藤先輩も。みんな、……ぼくが殺した」

「写真を撮られたの、今年の春。あいつ、ぼくが進級するたびに、毎年写真を撮ってた。ペットの成長記録だって」

陽《ひ》が落ちて、雪が激しくなっていた。湖からの切れるような風が、壊れた扉からサンルームに吹き込んでくる。

「あいつと初めて会ったのは、お兄ちゃんが大学四年生のときで……ぼくは、小学三年生だった」

和実は、まるでそこに過去が映し出されているかのように、まっすぐに白い天井を見つめていた。

彼に上着を貸した草薙は、風の当たらないサイドボードの横に移動して、煙草をふかしている。柾は、和実の横で突っ立ったまま、動けずにいた。

「夏は毎年、ぼくとお兄ちゃんと二人っきりで、この別荘で過ごすんです。でも、あの年は、あいつも招待した。お兄ちゃんと一緒に会社を作る人だって、紹介された。お兄ちゃんよりゲームが上手で、すごく優しかった。――でも、それは初めだけだった。あいつ、優しいふりしてたんだ。お兄ちゃんの前でだけ」

吐き捨てるような発音。

〝あいつ〞――長田修一。二十七歳、天才ゲームクリエーター。

柾はニュースの顔写真程度でしか、彼を知らない。

「夜中……目を覚ましたら、眠っているぼくの体を、誰かが触ってるんだ。びっくりして大声を上げようとしたぼくの口を、あいつはタオルで塞《ふさ》いだ。騒いだら殺すぞって」

和実は、どんよりと力のない黒目だけを、ゆっくりと柾に向けた。

「……先輩、お尻にペニスを突っ込まれたことありますか？」

とっさに答えられなかった。和実はまた無表情に天井に目をやった。

「ぼくはある。何回も。何十回も。ものすごく痛いんだ。オイルとか使うと少し楽なんだけ

ど、あいつはぼくが痛がるの、喜んでたから。ちっちゃい男の子が嫌がって泣き叫ぶのがたまらないんだってさ。変態サディスト。縛るのも大好きだった。椅子の肘掛けにね、足をのせて縛るんだ。ペニスとお尻を一緒にいじれて都合のいい格好なんだってさ。一日中そのままで、食事もトイレもそのままさせられたことあるよ。恥ずかしがるとあいつを喜ばせるだけだから、なんだって云う通りにしてやるんだ。そうすると、あいつ、もっと泣けって怒って、太腿や乳首を針で刺した。ぜったい殴ったりはしなかった。痣が残ると、お兄ちゃんにバレるからって」

吐き気がする。小学三年。たった九つか八つの子供に……！

「なんでそのこと兄貴に云わなかったんだよ。そうすれば……」

「だって、お兄ちゃん、あいつをものすごく尊敬してたんだもの。天才だって。いろんなところから引き抜きがくる。でもおれとずっと一緒にやってくって云ってくれてるって。信頼しあってるんだって。──だけど、あいつは、毎週ぼくを部屋に呼んでセックスしてた。会社で……お兄ちゃんの仮眠室で縛られて犯されたこともあった。ちょっとでも逆らうと、ガイアを辞めるって脅した。すぐに他のゲーム会社への移籍を仄《ほの》めかした。ぼくはまだ子供だったけど、それがどんなに大変なことか、わかってた。……そのうち、ガイアは大きな会社になって、よけいに云えなくなった。ぼくももう子供じゃなくて──あいつがガイアからいなくなったら、どうなっちゃうか、わかってたから」

社員の川口は、ガイアが社長の保派、長田派に二分されていて、もし長田が独立したらかなりの人数が一緒に会社を出ただろう、と云っていた。そうなれば会社にはかなりの痛手だ。そもそも、長田はテンタイの実質的なプロデューサー。彼を失うことは、ガイアにとって大きな損失だろう。——けど、だからって！

「だからって、おまえが犠牲になることないだろ⁉」

「いいんだ。お兄ちゃんのためなら。ぼくなんかどうなったって」

和実は、けだるそうにゆっくりと瞬きした。

「あいつ……嫌だった。大嫌いだった。殺してやりたいって何度も思った。だけどお兄ちゃんのためだから、いいんです。ぼくは、お兄ちゃんのためならなんでもやるんだ。あんなこと、なんともなかった。……だけど、小坂《こさか》さんが死んだ後、お兄ちゃんから、あいつを辞めさせるって聞いたときは……嬉しかった。これであいつに復讐できる……」

「で——殺っちまったわけか」

草薙が、サイドボードのカップに煙草の灰を落としながら、口を挟む。

「復讐ってのは、やられたことと同じダメージを相手に返さなきゃならない。殺しちまったら復讐にゃならないぜ」

「……」

和実は横たわったまま、ゆっくりと草薙に視線を巡らせた。

「……どっかで会った……？」

「覚えてくれて嬉しいね。ガイアの忘年会で会ったよ。ライターの草薙だ」

「ライター？……ぼくのこと、記事にするの？」

「さあ……どうしようか」

草薙は煙草を吸いながら、濃い眉を上下させた。

「殺人も幼児虐待も専門外なんでね。覚醒障害症候群の件も、知人の医者から頼まれたボランティア活動みたいなもんだしなあ」

「……初めは、殺す予定はなかったんだ」

和実は眠そうにゆっくりと瞬きする。一瓶《ひとびん》空にしたアルコールが眠りを誘発しているようだった。

「あいつが追いつめられるところが見れれば、それでよかったんだ。……どうやって復讐するか、いろいろ考えた。なにがあいつにとって一番ダメージか、って。——それで、Dを利用することを思いついた」

ゆっくりとした口調だが、声はしっかりしていた。アルコールも手伝っているのだろう。胸の裡《うち》をすべて吐き出してしまおうとしているかのように、饒舌《じょうぜつ》になっている。

「あいつは自分を天才だと思ってて、自分のやることに間違いはないって思い込んでた。小坂さんがDで死んだときも、あいつだけは、Dのせいだと思ってなかった。自分の作ったD

が失敗なわけがないって」

　和実は、クスッと唇を歪めた。

「だけどね、あいつも本当は理解《わか》ってたんだ。だって、結局自分はDを観ようとしなかったもの。――だからこそ、復讐にDを使う意味があると思った。Dが殺人ビデオだってこと、皆の前で公表して、あいつのプライド、粉々にしてやろうと思ったんだ」

「それでDを盗んだのか。――Dソフトのことは、兄貴から聞いてたのか？」

「ううん。あいつ」

　和実は唇だけで、ほの薄く笑った。

「バカなんだあいつ。ぼくが犬か猫みたいに、なにを喋っても理解らないと思ってるんだ。だから会社のこと、なんでもぼくに喋る。Dのマスターテープがどこにしまってあるかまでベラベラ喋ったよ」

「……………」

「秋葉原でケータイ買って、あいつの部屋のパソコンから、ナスティサービスにDの広告を載せたんだ。あいつが眠ってる間に通帳捜して、代金の振込先はそこに指定したんだ」

「マスターテープは金庫の中だったろ？　暗証番号がよくわかったな」

「お兄ちゃんが、書類を金庫にしまうの、前に見たことあったから」

「目的は、長田のプライドを粉々にしてやることだったんだろ。なら、ネットでDを捌くだけでよかったはずだ。長田の社会的地位は失墜し、プライドはガタガタになった。なぜそれで満足しなかった。どうして殺しちまったんだ？」

「……あいつ、バラすって」

和実はうつろに天井を見つめて呟く。

「ガイアを辞めたら、ぼくのいやらしい写真をお兄ちゃんに見せるって。だからしょうがなかったんだ。だって、お兄ちゃんがほんとのことを知ったら、怒って長田を殺しちゃうかもしれないでしょう。だからぼくが殺したんだ」

……めちゃくちゃだ……。

柾は唖然として、和実の告白を聞いていた。

「遺体をよそに捨てたのはどうしてだ？」

「写真を見つける時間がほしかったんだ。あいつが急に会社に行かなくなったら、会社の人が心配して部屋に見に来るでしょ。あいつが死んでたら、警察呼ぶでしょ。そしたら、部屋中捜索されて、ぼくの写真、見つけちゃうかもしれないじゃない。だから、よそへ運んだんだ。重いから切ってバラバラにした。……ほんとは山の中に捨てて、野良犬にでも食われちゃえばいい気味だと思ったけど、あんな汚いもの持って電車に乗る気にならなかったから。

……でも」

和実は薄く笑う。

「でも、いくら捜したって見つからないわけだよね。……写真、うちにあったんだもん」

「長田の辞表を工作したのもおまえか」

「あれは、もともとあいつがぼくを脅すために書いてた本物だよ。ぼくはそれをお兄ちゃんの机の上に置いただけ」

「斉藤学は？　彼も共犯か？」

「先輩は──嫌いだ」

和実はギョロッと目を開けた。淡々としていた顔つきが、夜叉《やしゃ》に一変したように見えた。爛々《らんらん》と燃えるような目で天井を見据える。

「大嫌いだ。あんな奴。お兄ちゃんに媚《こび》を売って、いっつもべったりまとわりついて。図々しく家にまで押し掛けてきて、年中入り浸って。あいつ、ぼくの椅子に勝手に座ったりするんだよ。ぼくのコーヒーカップも勝手に使うし、タオルまで！　大嫌い。図々しい。ぼくの家だ、ぼくのなのに！　ぼくの！」

「そんなことで斉藤を殺したのかよ!?」

和実はキッと柾を睨みつけた。

「そんなことじゃないよ！　だってあいつ、ぼくの居場所を取るんだもの！　ぼくのいるところ、ないんだもの！」

「そうか。いるところがなくなっちゃうのは嫌だよな。だから──眠らせたんだな」

草薙が、優しいくらいの声音で訊《き》く。

すると和実は、催眠術にかかったみたいに、また静かに瞼を閉じた。

「うん……。あの日……お兄ちゃん、急に出張することになって……あいつ、またうちに遊びに来てて、お兄ちゃんにテンタイのデモが上がってきたら、サンプルのモニターやらせてって、しつっこく頼んでた。お兄ちゃんが困ってるの、気付かずにさ。図々しいんだ」

「……」

そんなはずはない。和実の視点は、現実から捻《ね》じ曲がってしまっている。保の話には、斉藤から無理強《じ》いされて困っていたようなニュアンスはなかった。忘年会で会った社員たちだって皆、斉藤に好意的だった。

「だから、お兄ちゃんが出張に行った後、ガイアで開発したストレス解消ビデオだっていって、Dを見せてやったんだ。まだサンプルだから誰にも秘密だって云って。感想聞いたら、あいつ、ちょっと効いたみたいだ、だって。バッカだよね。十五時間後なのにさ、ホントの効果が出るのは」

和実はくすくす笑いだした。

ゾッとした。笑ってる。人を殺したのに。長田を殺し、斉藤を殺して——百三十人もの人間を巻き添えにして——なんでこいつ、笑ってるんだ?

「斉藤が入院した後、ビデオを返してもらいにあいつの家に行ったよな。でもあれって、本当はビデオじゃなくて、預金通帳とフロッピーをあいつの部屋に置いてくるのが目的だったんじゃないのか？」

「そうだよ」

「ノートパソコンも？　斉藤、親にゲームやパソコン捨てられたはずなのに、机に置いてあって、変だと思ったんだ」

「あれは、あいつのパソコン。先輩に貸す約束してたことにして置いてきたんだ。通帳とフロッピーだけでもよかったけど、パソコンがあったほうが、あいつが死んだ後もDを売ってたのは先輩だってことにできると思ったから。けど……」

口もとにかすかな笑みを浮かべ、和実はゆっくりと、自分の写真を真ん中から破いた。

「まさかあのビデオのケースに写真があったなんて。あんなに探したのに。あはは、ばかばかしくて笑っちゃう。あのサドのやりそうなことだよね。きっと、兄さんが見つけたら面白いと思ってやったんだよ……あいつ」

細かく引きちぎった写真を、ふわっと天井にまく。紙片がひらひらと、雪のように和実の髪に降った。

「パソコン、フロッピー、通帳……それで斉藤学を、Mr．Dに仕立てようとしたってわけか」

草薙が、煙草の煙を吐きながら云った。

「なかなか頭がいいな。ビデオ販売を長田と斉藤の共犯だったことにすれば、金銭トラブルから殺人に至ったんじゃないかって推理が生まれる。少なくともおまえには疑惑の目は向かない。ついでに凶器も置いてくれれば完璧だったな」

「ナイフは河に捨てちゃった。ああいうのって、見つかると、メーカーとか、買った店とか、調べられるんでしょう？　そこからぼくだってバレるかもしれないし。テレビでそういうの、見たことがある」

「ふん……最近のワイドショーだのニュースだのは、捜査の手口をバラしすぎなんだよ」

ことともなげに云う和実に、草薙は苦々しげにぼやいた。

「……ぼく、知らなかったんだ」

和実は青ざめた瞼で、ゆっくりと瞬きする。

「お兄ちゃんが、あの広告、見てたなんて――Ｍｒ．Ｄに電話かけてたなんて……ぼく、全然知らなかったんだ。留守電には毎日いろんなやつから伝言が入ってて……冷やかしの電話だけで何十ってかかってきて……。……なんで気がつかなかったんだろう。お兄ちゃんの声……ぼくが気がつかないわけないのに」

小動物みたいな丸い目から、透明な涙がぽろっとこぼれた。白い頬を伝っていく。

「ぼくが殺しちゃったんだ……お兄ちゃん、ぼくのせいで死んじゃった。ぼくが殺しちゃったんだ……」

「そんなに自分を虐《いじ》めるな」

　草薙が、慰めるでもなく、うっそりと云う。

「兄貴が死んだのは、兄貴自身の問題だ。たとえ鴨居にロープをかけたのがおまえだろうと、輪っかの中に頭を突っ込んだのは兄貴の意志だ」

「お兄ちゃんは、どうしてぼくをおいてっちゃったのかなあ……」

　草薙の言葉は、和実の耳には届いていないようだった。唄うような声。和実は瞬きもせず白い頬に涙を流し続ける。

「ぼくにはお兄ちゃんだけで、お兄ちゃんにはぼくだけだったんだ。ぼくたち、いつも二人きりだった。これからもずーっと二人でいようねって約束したのにな。お兄ちゃんが約束破ったの、はじめて……」

　ふっ…と、電池が切れたように、和実は目を閉じた。赤みの薄い唇が、すうっ…と深い呼吸をする。

「おいッ」

　草薙が煙草をもぎ捨てて、和実に駆け寄る。頬を叩いても、声をかけても、揺さぶっても、ぴくりともしない。穏やかな寝顔。

「ボウヤ」

　草薙は茫然としている柾に携帯電話を放ると、少年の細い肩を上着でくるんで抱き上げた。

「短縮の5番に電話して、院長代理の高槻って医者を呼び出せ。高速ブッとばして四十分で連れていくから、受入れ用意をしとくように云え」

「え……」

血の気《け》が引いた。眠っているような、穏やかな顔——まさか。

草薙は、ぐったりとした和実を抱いて、ガラス戸を蹴った。苦々しく呟く。

「Dだ」

終章

「あらかじめ断っておくが、九十九パーセント、助かる見込みはないよ。残りの一パーセント、奇跡を祈ることだね」

ICUの廊下、高槻は、白衣のポケットに両手を突っ込んだまま、冷ややかに云い切った。

「神頼みってか。医者のくせに、身も蓋もねえな」

廊下の壁に背中でもたれた草薙が、皮肉っぽい一瞥を医師に投げた。

ガラス窓の向こうには、人工呼吸器をつけ、医療スタッフに囲まれた和実がいる。痛々しい、チューブまみれの細い体。

けれど、寝顔は安らかそうだ。まるで眠っているみたいに。

「覚醒障害症候群は、治療法がないどころか、延命するのが精一杯なんだ。祈るしかないってものだろ。患者には時々奇跡が起きるが、医者は奇跡を起こせないんだよ」

高槻は忌ま忌ましげに吐き捨てる。苛立つと、オネエ言葉が引っ込むようだった。

「あ、高槻院長代理、いま患者さんのお宅に連絡したんですけど……」

若いナースが、サンダルをぱたぱたさせてやってくる。

「すぐ来るんだろうね？」

「それが、外国から帰ったばかりで疲れてるし、今夜はご長男のお通夜だったからこっちには顔は出せないっておっしゃるんですよ。どうしましょう？」

「なんなの、その母親は。自分の息子が危篤だってわかってるのかね。電話繋がってるの？」

「いいえ、切られてしまって」

「なんて親だ……。わかった、もう一度ぼくが掛け合う。ほら、君らもさっさと帰った帰った。身内じゃない人間の夜間面会は、本来お断りなんだから」

高槻はナースを伴って、忙しそうに廊下を去っていく。

「……警察……どうする？」

廊下のベンチにぐったりと腰を下ろした柾は、草薙にポツンと訊いた。草薙はまた煙草をくわえる。

「黙ってるわけにはいかないだろうな。ま、それこそ松が取れてからでいいんじゃないか？この状態で事情聴取もないだろ」

「……禁煙だよ、ここ」

「ああ」

フーッと煙を吐き、ガラス越し、チューブだらけの和実を見やる。眉をひそめているのは煙が目にしみるからか、その他の感情なのか、柾にはわからなかった。ベッドに横たわる和実の姿にも、いまはなんの感情も湧いてこない。怒りさえも。

「疲れてるんだ。帰って貴之にだっこしてもらえ。ついでに姫はじめってのはどうだ？」

いつもの軽口にも応酬する気力はなかった。ひどく頭が重いし、寒気がした。風邪がぶり返しかけているのかもしれない。

「けど、立花の親ってなに考えてんだろう。いくら保さんのお通夜だからって、自分の子供が死にかけてんだぞ。普通はすっとんで来るんじゃないの？　あそこの家ってどっかおかしいよ」

「……取材中にガイアの社員からちらっと小耳に挟んだ話なんだが……立花兄弟、実は血の繋がり、なかったらしいぜ」

「え」

柾はガバッと顔を上げた。

「親の連れ子なんだと。二人とも」

「マジ……!?」

「和実のほうは父親の連れ子だ。再婚したとき、まだ二つ三つだったらしいから、本当の母親の顔は覚えてないだろうな」

草薙は辺りに灰皿がないのに気付き、しかたなく自分の手の平の上に灰を落とした。一応は熱いらしく、ちょっと眉をひそめる。化け物か。

「ところが親父《おやじ》は再婚一年めで事故死。母親は、再婚相手のガキまで愛してたわけじゃないんだろう。和実の世話は家政婦に任せっきり。母親がかなりきつい性格らしくて、その家政婦もなかなか長く居着かない。そんな和実の面倒を見たのが、当時もう中学生だった保だ。自分が和実を育てたようなもんだ、と保はよく周りに話してたらしい」

それは柾も聞いた。レストランでの二人は、仲のいい兄弟というよりは、まるで親子みたいで……血の繋がりがなかったなんて信じられない。

「もし本当の兄弟だったら、和実もあそこまで自己犠牲に徹しなかったろうな。和実にとって、兄貴と血が繋がってないってのは、大きなコンプレックスだったはずだ。血が繋がってりゃどんなロクデナシでも一生家族だが、和実には縋《すが》れる絆《きずな》がなかった。兄貴に気に入られるように振る舞うことが、ガキの頃から身についちまってたはずだ。もし兄貴に嫌われたらどうしよう、もし邪魔者扱いされたらどうしよう……年中そんなことを考えてたんじゃないか。もし兄貴に見放されたら、本当に行き場がなくなっちまう。だから長田に逆らえなかった。その一方で、自分はこれだけ兄貴に尽くしてる、役立ってるって、自己満足な悦びもあったろうが」

「……………」

柾は、立てた膝にぎゅっと片頬を押しつけた。

「……家政婦さんがあいつの手帳見たら、友達の名前、一人も書いてなかったんだって」

電話する友達すらいなかった。いや、きっと、必要なかったんだ。

和実にとって、保は、兄であり、母親であり、父であり友人であり――世界のすべてだった。やさしくて、あたたかくて、決して自分を傷つけない。安らぎをくれる大切な人。大切な場所。

「おそらく和実には、人を殺した罪の意識は微塵《みじん》もなかったろう。自分の居場所を守ろうとしただけなんだ。……結局は、自分でなにもかも、壊しちまったが」

「……バカだ」

ガラスの向こうの安らかな寝顔に、柾は呟いた。

「大バカだよ。死んだって、墓の中に入るだけじゃんか。居場所なんか……どこにもないのに」

「和実だけが招いた悲劇じゃないさ。あの兄弟がお互いに、役割以上の存在を演じていた結果だ。逆の結末だってありえたかもしれないぜ」

草薙は皮肉っぽく口を歪めた。

「本当の安らぎなんて、母親の胎内から出てきた瞬間から、この世のどこにもないんだよ。……だから探すのかもしれないな」

降りしきる雪が、大晦日の夜を白銀に染めようとしていた。

チェーンなしの草薙の車は、雪道には歯が立たず、柾は家のかなり手前で車を降りて、一人ゆっくりと、ゆるい勾配の坂道を歩いた。

積もった雪がすべての音を消してしまい、住み慣れた住宅街は、いつになくひっそりと静まり返っている。——世界にまるで柾一人だけ、息をしているみたいに。

家が近づくにつれ、足は次第に遅くなっていった。

(怒ってるだろうな……貴之)

車から飛び出したっきり、連絡を入れてない。もうあと二分で今年も終わりだ。

どうしよう。今度こそ本当に、取り返しがつかないくらい怒ってたら。今度こそ、もう帰ってくるなって云われるかもしれない。

(そんなこと云わないよな)

でも……。

立花和実の不安が、少しだけ理解る。柾にも、貴之との間に目に見えるはっきりとした絆は、なにもないから。

あるとしたら、それは愛情っていうあやふやなやつで、永遠に摑まえておくことは、きっと誰にもできないものだ。嫌われてしまったらそれで終わり……いまは自分のために空けられた場所だけれど、誰かが座ってしまったら、あぶれてはじき出されてしまうんだ。椅子取りゲームに負けたみたいに。

やがて、門の前で、柾は完全に立ち止まる。やっぱり入りづらい。立派なしめ飾りの横のインターホンに指をかけ、押そうとして……押せずに、指を離して。また指をかけて。

「そんなところで、なにをしてる」

突然。背後から、テノールが柾を撃ち抜いた。

ビクッと振り返ると、降りしきる雪の中、長身の男が傘を差して立っていた。驚きのあまり、とっさに言葉が出ない。

「なにをしてる。早く中に入りなさい」

「あ……あの」

「……貴之……」

「まるで雪だるまだな。そのまま上がったら三代が怒るぞ。大掃除を終えたばかりだからな」

貴之は、ぼんやり突っ立っている柾の頭から雪を払いながら、インターホンを押した。差しかけた傘から、バサバサと雪が滑り落ちる。

「三代、柾が帰ってきた」

『まあ！　お帰りなさいまし』

九日ぶりの三代の声。懐かしさに胸が震える。

『あらまあ、雪だるまみたいですこと！　いますぐタオルをお持ちしますからね』

「それから、なにか温かいものを頼む」

『ええ、ただいま』

「すぐ風呂に入りなさい。風邪がぶり返したらいけない」

セーターの肩にうっすらと雪が積もっている。こんな夜中に、雪まみれでどこへ……？

（……おれを捜しに……？）

柾はなんだかぼんやりとして、貴之の手を見返した。

「……怒ってないの……？」

「見てわからないか。怒ってる」

眦《まなじり》に苦笑を浮かべ、貴之は氷みたいに冷たい指で、柾の頰をぎゅっとつねった。

「このバカ猫め。帰り道を忘れたのかと思ったぞ」

「……っ」

胸が詰まって、柾はたまらずに彼に飛びついた。傘がバサリと雪路に転がる。

「……おかえり」

痛いほど抱きしめられ、肺いっぱいに貴之の匂いを吸い込むと、不安な気持ちもみるみるぺしゃんこに萎《しぼ》んでいく。指先まで、あったかい気持ちにじんわりと満たされていく。

貴之は、大きな手で背中を何度も撫でると、ゆっくりと抱擁を解いた。柾の頭の雪を払い落とし、手を差し伸べる。

「さ……入ろう。このままじゃ二人で雪だるまだ」

温かな微笑み。三代が、大きなタオルを広げて玄関ポーチに出てくるのが見える。リビングから漏れる灯《あか》りが、庭の雪景色を暖かく照らしている。

おれの家――胸が痛くなるほど好きな人たち。大切なおれの家族。

いつまで一緒にいられるかなんて、わからない。血の繋がりもなくて、なんの保証もなくて。

だけど、ここがおれの家だ。おかえり、と迎えてくれる人たちのいる、この家が。ここにいたい。彼らと一緒の風景になりたい。

一緒にいたい人たちの中に、帰る場所はあるんだ。誰にでも。

柾は、今度こそためらわず、恋人の手を強く握り返した。

「ただいま」

雪

昨夕からの雪は、夜明けまで降り続いていたようだ。

十二歳で東京に出てきて以来、こちらで雪の正月を迎えた記憶はない。庭の桜の枝や、庭の庵治石《あじいし》の塀が分厚い綿帽子をすっぽりと被っている姿も、初めて目にする。朝のニュースは交通機関のダイヤの乱れや、積雪による事故、初詣での出足への影響などを大きく取り上げていた。

この積雪では近所の家々も外出は億劫なのだろう。車の音も、めったにない大雪にはしゃぐ子供らの声も聞こえてこない。いつにない、静かな正月になった。

「たかゆきぃー？」

その静寂を破るように、静かな廊下の奥から、自分の名を呼ぶ声がする。冷蔵庫の飲み物をグラスに注いでいた貴之《たかゆき》は、溜息をついてキッチンを出た。

邸内は常時二十五℃に保たれ、真冬でも廊下が冷えるということはない。雪見障子を降ろした窓から雪の庭を眺めつつ、廊下の角を曲がったところで、また「たーかゆきー」という大きな声がした。

日本間の障子戸を開けると、掘り炬燵《ごたつ》に手足を突っ込んだ年下の恋人が、ほんわりと赤くなった顔で貴之を見上げている。

「どーこいってたんだよー。おさけはぁー？」

「……持ってきたよ」

後ろ手に戸を閉めながら、貴之は苦々しく溜息をついた。

「だがそれ以上はやめておきなさい。飲み過ぎだ」

掘り炬燵の天板に頰《ほお》をくっつけたまま、柾《まさき》は、不服そうにむうーと唇を尖《とが》らせた。瞼《まぶた》は半分とろんと閉じかけ、頰も額もほんのりと桜色に染まっている。

「やだー。もっとー」

だだっ子のように杯を差し出す。だめだ、と貴之は整った顔を顰《しか》め、炬燵の向かいに足を入れた。

「もう十分飲んだだろう。いくら正月だからといって羽目を外しすぎだ」

「なんでー？　いーじゃん。だって貴之、今日はぶれーこーだって云ったじゃん。ぶれーこーだから少し飲んでいいよーって」

「少しではないだろう、その量は。もう一升空くぞ」

「いーじゃん。なんだよたかゆきのケチー」

やれやれ、飲ませすぎたな……。

こんな姿を三代《みよ》が見たら、どんなお小言を云われるか。昨夜のうちに帰しておいたのは正解だ。

炬燵の上には、毎年、贔屓《ひいき》の料亭から届けさせるお節料理や、三代が昨日のうちに支度してくれた正月料理などが賑々《にぎにぎ》しく並んでいる。

洋風のメニューが多いのは、煮しめや数の子などの伝統的な正月料理ばかりでは、育ち盛りの腹が満足できまいという気遣いだろう。どれも柾の好物ばかり。いかに三代が柾をかわいがっているかわかろうというものだ。

柾が家出をした晩など、夕食に出てきたのは梅干しとインスタントの茶漬けだけだった。連れ戻しに行こうともしない薄情な男にはそれで十分、ということだろう。だが柾のいない家の中は火が消えたようで、確かに茶漬け一杯で十分だった。

昨夜は九日ぶりに「帰宅」した柾のために三代が腕を奮い、三人で賑やかに夕食を囲んだ。その後、年末恒例の歌合戦を鑑賞する二人につき合って少しテレビを観、雪の中、三代を自宅に送って戻ると、柾はソファで眠ってしまっていた。

ここ数日の疲れが出たのだろう。声をかけても、うーん……と返事はするものの、瞼はくっついたまま。一緒に除夜の鐘を聞く約束をしていたが、起こすに忍びなく、二階のベッドに抱いて運び、年越しのキスもしないままだ。

今朝は今朝で、神棚に榊《さかき》や御神酒《おみき》を供えるなど一家の主としての仕事があり、柾は柾で家政婦の代わりに雑煮の餅を焼いたり、朝食の席に着いてからもあれやこれやと落ち着かず……。

「あー、しまった。醤油忘れた。さっき小皿と一緒に取ってくるんだった」

「いいから少しゆっくりしなさい、正月の朝くらい。ほら、雑煮が冷めるぞ」

「んー……でもいいや、取ってくる。貴之、ついでになにか欲しいものない？　お酒は？」

「……いっそ瓶ごと持ってきておきなさい。醤油も酒も」

元旦からバタバタされては、情緒に欠けるというものだ。今年一年の豊富など語らいつつ、ご馳走に舌鼓を打ち、家族でゆったりと団欒《だんらん》の一時を過ごすのが正しいあり方というものだろう。

いや……それは建前か。ただ柾を手の届くそばに置いて、片時も離したくないだけだ。そうして、自分の半身を引きちぎられたような、体の中心に大きな穴が空いたような、この九日間を埋め合わせたい。ただそれだけのことだ。

「あ、コーラ忘れた」

ようやく腰を落ち着けたと思ったら、またバタバタとキッチンに立とうとする年若い恋人を、「柾」と呼び止めた。

「お屠蘇《とそ》はもういただいたのか？　縁起ものだから、少しだけでも口を付けなさい」

「んー……でもお屠蘇って苦手なんだ。なんか薬臭いし」

「それなら御神酒はどうだ？　これは正確には「お下がり」だが」

御神酒？　と、ちょっと興味を引かれた顔で、上げかけた腰を下ろす。そうだろう。十七歳といえば、コーラより、大人の飲み物に興味津々の年頃だ。

「神棚に一度お供えした酒のことだよ。まあだが、柾には日本酒は少し早いかな」

ビールの泡も苦いというくらいだからな、と少しからかってやると、生来の負けず嫌いがむくむくと湧いてきたらしい。

「飲めるよそれくらい」

「無理せずにコーラを取っておいで」

「無理じゃないって。こないだもビール結構飲めたし、わりと美味しかったよ」

それは初耳だ。いったいいつ、どこでビールを美味しく飲んだんだ？　つい最近まで貴之のビールをちょっと舐《な》めただけで「うえー」と顔を顰めていたものを。勧めたのは悠一《ゆういち》君か、それとも……まあいい、追及は後でゆっくりするとしよう。

「あ……これ、いい香りがする」

ほんとに日本酒？　と、盃に鼻を近づけてくんくん。おそるおそる盃に口を付けた柾の目が、ぱあっと見開かれた。

「……なにこれ。おいしー」

「果物のような香りがするだろう？」

「うん。ふーん、日本酒ってこんな味なんだ」

空になった盃を満たしてやる。柾はそれも、くーっと飲み干した。ふぅー、と息をつく。

「ほう。柾は、案外いける口かもしれないな」

「遺伝かな。母さん、酒強いし。そういえば父さんはどうだったのかな」

「翁《おう》も嗜《たし》まれるから、強かったかもしれないね。だとすると柾は酒豪の血筋か。大トラにならなければいいが」

「トラ？　あ、貴之も。はい」

ご返杯。柾は両手で持った徳利《とっくり》をそーっと傾ける。

そういえば、この子に酌をしてもらうのも初めてのことだ。溢れそうになみなみと注がれた酒を一息にくっと干し、更に返杯する。

「いいのかなぁ……正月からこんなもん飲んじゃって。バチ当たんないかな？」

と口では云いつつも、自分から盃を出してくる柾に、貴之は微笑して徳利を傾けた。

「正月は無礼講だ。少しくらい羽目を外したところで、神様も大目にみてくださるよ」


——確かに、無礼講だと云うには云ったが。

「たかゆきぃ……おねがい、もっと……」

ほとんど底をつきかけた一升瓶。桜色に色っぽく目もとを染め、吐息混じりの声でおねだり。ただし右手で振って催促しているのは、空の徳利だ。

「ねーってば……早くう……」

「まったく……。そんな台詞は、もう少し別のシチュエーションで聞きたいものだな……」

「えー？　なにー？」

やれやれと貴之は溜息をつき、江戸切子の青いグラスを柾の前に置いた。

「わかったよ。もう一杯だけ。だがこれで最後にしなさい、いいね？」

「なにこれ？　さっきのとちがーう」

「冷酒だよ。新潟に翁が贔屓にしている蔵元があってね。そちらで特別に造っている純米吟醸だ」

ふーん、と無色透明なグラスの底を覗き込み、一口。

「……なんか、水みたいな味だね」

「名酒は、水の如く飲めると云うからな」

「ふーん……」

ごくごくと喉を鳴らす。ふはー、と息をついて、

「だめだー……これ、飲み過ぎちゃうよ。冷たいからかなあ。ほんとに水みたいなんだもん」

さもあろう。みたいどころか、冷蔵庫に冷やしてあった「六甲の水」だ。

柾はグラスを飲み干してしまうと、ぺったりと片頬を天板にくっつけた。冷たくて気持ちがいいのだろう。火照った頬が桃のようだ。

「さあ、もうそれくらいにしなさい。約束だよ」

「んー……」

「いい子だ。少し横になりなさい。水を持ってくるから」

夕食は横浜に招かれている。気乗りでない柾を連れて行くのは少し気の毒な気もするが、暮れの挨拶に赴《おもむ》かなかったこともあり、東京にいて年始にも行かないとなるといろいろと障りがある。

特に叔母の菱子《ひしこ》がまたどんな難癖を付けてくるか——できればあの女狐のいるところに柾を連れて行きたくはない。だがグループの大株主であり、いまだ一族で権勢を振るう菱子を無視することはではない。彼女のことは、実兄である四方堂《しほうどう》翁ですら扱いかねているというのが実際のところだ。

……歯痒いことだ。

もし自分が養子ではなく正当な嫡子であったならば、菱子にいまほどの力を付けさせることはなかっただろう。一族のほとんどを貴之の側に付かせることができたはずだ。

この国の政財界には、いまの時代にあってまだ血筋というものを重んじる向きがある。政治家の子弟が親の地盤を継ぐのを見れば一目瞭然だ。四方堂も例外ではない。代替わりをしたとしても、菱子の株は二人の子供が引き継ぐ。いくらか弱まりこそすれ、グループ内で影響力を持ち続けることは間違いなかった。

キッチンに行き、ミネラルウォーターをボトルごと持って戻ると、柾は座布団を枕にして横になっていた。

炬燵が暑いのか、額の生え際に少し汗をかいている。指でそっと拭ってやると、ぼんやりと瞼を開けた。瞳が酔いで潤んでいる。軽く開かれた唇に貴之が指先で優しく触れると、軽く甘噛みしてきた。

「……ずるい。……貴之」

「なにがずるいんだ？　水を持ってきたよ。喉が渇いただろう、少し飲みなさい」

「たかゆきは……おとなでー、ずるい」

どうやら、絡み酒タイプらしい。拗ねた声でそう云うと、仔猫がじゃれるみたいに貴之の膝をガリガリ引っ掻いてくる。

貴之は苦笑して、柾の横に胡座《あぐら》をかく。すると柾は当たり前のように、膝に頭を載せてきた。こんな甘え方をするのも珍しいことだ。

「今年は十八だろう。あと二年もすれば、好きなだけ飲めるようになるよ」

「あと二年もだよ」

柾はちょっと怒ったように首を持ち上げ、またパタリと膝枕に頭を落とした。

拗ねた横顔。大トラというには可愛すぎる。せいぜい山猫といったところか。

「あれもだめー、これもだめーって、あと二年も云われるんだ……サイアク」

「そんなにダメ出しばかりしているかな、わたしは」

「だってさあ、ずるいじゃん貴之は。脚長いし、格好いいし、頭もいいし」

酔っ払いの話には脈絡がない。あちこちにぽんぽん飛ぶ。臆面もない褒め言葉は面映ゆいばかりだが、柾はごくごく真面目らしい。

「なんでも知ってるし、ゲームも強いしさあ、年上だし」

「年が上なのもずるいのか？」

「剣道強いし、ヨットも乗れるし……それに」

「まだあるのか？」

「エッチがうまい」

絶句したが、柾は真顔だ。

「そーだよ。なんでそんなうまいんだよ。ずるい、貴之」

「わたしとしては、うまいかどうかの比較基準が気になるところだがな……上手だとどうしてわかるんだ？」

いったい誰と比較して云っているのか——深い意味はないとわかってはいても、チリチリと胸の奥に火が付きそうになる。

「だって、気持ちいいもん」

「そんなに気持ちいいか？」

「うん……。貴之としてると、とけちゃいそうになるよ。なんでそんなにおれの気持ちいいとことか、してほしいこととか、わかっちゃうのかな……」

いつもなら恥ずかしがって怒り出すか、はぐらかしてしまうような問いにあっさり答えるのも、アルコールの効果だろう。

「お褒めに与《あずか》り、光栄至極だ。年明けから幸先がよさそうだな」

「おれは真面目に云ってるんだってば」

柾は桜色に染まった目もとを険しくした。

「なんで貴之、そんなにエッチがうまいんだよ。ずるい」

「ずるいと云われてもな……たぶん、どうしたら柾が気持ちいいか、どうしたら悦ばせることができるか、いつも考えているからじゃないか？」

「おれだっていつも貴之のこと考えてるけど全然うまくならないよ。フェラしても貴之、なかなかいかないし……おれはあっという間にいかされちゃうのに」

貴之は苦笑した。練れた二十九歳の男と、暴走しがちな十代の性を一緒くたにされても困る。

「それはテクニックではなく、経験値の差だろう」

「経験……」

確かに、柾のテクニックはまだまだ拙《つたな》い。だが熟練の娼婦のような手練手管より、拙くても感じさせようと懸命になっている姿に、男は興奮するものだ。口いっぱいに頬張らせ、苦しげに顔を歪めるのを押さえつけ、更に喉の奥まで突き入れてやりたくなる。男なら誰にでもある、嗜虐的な征服欲。

特に柾は舌や口腔内に性感帯があるらしく、いつも少し舐めさせただけで自分のほうが先に感じてしまい、腰をもじつかせる。そんな自分の体を恥ずかしがりながらも、いじってほしくて、たどたどしく舌を使いながら濡れた瞳で貴之に訴えてくるのなど、たまらなくそそる眺めだ。

「……あのさ。前から思ってたんだけど」

ふと、柾が、口ごもりながら尋ねた。

「もしかしてさ……貴之、昔ナギさんと、つき合ってた？」

「………」

貴之はゆっくりと、目だけで柾を見下ろした。

「……なんだと？」

「だっておかしいじゃん。ナギさん、なにかっていうと貴之の肩持つし、それになんだかんだいって二人ともお互いのことよくわかってるし、それに、貴之がそんなに毛嫌いするのってナギさんだけだろ？　そんなに意識するのって、昔つき合ってたからじゃないの？」

「ばかなことを……やめなさい。考えるだけで寒気がする」

「それにナギさんってすごいテクニシャンだし……二人ともたまたま昔の知り合いで、たまたまエッチがうまいとか、そんな偶然有り得ないじゃん。もしそうなら、おれ、ナギさんに敵《かな》いっこないし。だから」

「待ちなさい。聞き捨てならんな。草薙《くさなぎ》が、なんのテクニシャンだと？」

「でもおれ、別れないから！」

柾はガバッと頭を持ち上げた。そのままの勢いで貴之を畳に押し倒し、のしかかるようにして唇を重ねてくる。したたか背中と頭を打って貴之は顔を顰めたが、いつにない激しさで求めてくる柾のキスに、やがて痛みもとけて消えた。

抱き合い、キスに応えた。何度も畳の上で体を入れ替え、それでもまだ足りないというようにきつく抱きついてくる柾の背中を、貴之は子供をなだめるように優しく叩いた。

なにかあったのかと聞くまでもなく、昨日帰ってきたときの様子で、柾が傷付いていることは一目瞭然だった。

いまにも泣き出しそうな顔をしていた。貴之が差し出した手をぎこちなく握り返した指先が震えていたのは、寒さのせいばかりではなかっただろう。

だが敢えて、無理に聞き出すのはやめた。それよりも、傷付いた気持ちをほぐし、安らぎを与えることのほうが必要だと思った。

仔猫のように胸板に頰をすりつけてくる柾の髪を、優しく搔き上げる。

「正月から縁起の悪い言葉を口にするものじゃない。当たり前だろう、誰が別れるっていうんだ？　うん？」

「……どこにもいかない？　ずっとそばにいてくれる？」

「ああ。……行かないよ。ずっと一緒だ」

「ぜったい？　約束する？」

「ああ」

両手で頤《おとがい》を包む。

「……誓いのキスだ」

やわらかに唇が触れた。くちづけながら、柾が小さく頷いた。


「……ええ。年末の風邪がぶり返したようです。熱がありますので、申し訳ありませんが、今日は大事を取って家で休ませようかと——あの子も、そちらに年始に伺うのを楽しみにしていたようなのですが」

電話口の四方堂翁は、元日から機嫌がよくないようだった。もっとも、養父の機嫌が麗しかったことなど数えるほどしか記憶にない。珍しさでいえば、それこそ正月の都心に雪が積もるほどの確率だ。

目に入れても痛くない孫が風邪で熱を出し、年始に来れそうにないという。ただでさえまっすぐでない機嫌が、さらに斜めに傾くのも無理はないというものだろう。めったに横浜に顔を出さない柾が来るのを楽しみにして、好物を調えさせ、お年玉や贈り物を山のように用意して待ちかねていたことは、貴之も承知の上だった。

「きっと勉強の疲れが出たんでしょう。学期末のテストはずいぶん頑張っていましたから。学校の成績はそちらにお送りしましたが――ええ。さすがは正道《まさみ》さんの息子です。……ありがとうございます。あの子も喜ぶでしょう」

ん……と小さな吐息を漏らして、ベッドの柾が寝返りを打った。

ベッドサイドの照明が、寝顔を淡く照らす。

ぐったりとシーツに投げ出された細い腕。なめらかな背中に、いくつもの情交の痕《あと》。体の汚れは拭き清めてやったものの、毛布の下はまだ裸のままだ。あとでパジャマを着せなければ。酔いが醒めていればシャワーを浴びさせて、なにか飲ませて。日本酒を飲み過ぎた後は、ひどく喉が渇くものだ。

すーすーと寝息が安らかなのを確認して、貴之はふと安堵の笑みを浮かべた。疎かになりがちだった受話器の向こうの声に傾聴する。

「……ええ。もちろんわかっていますが、いまのところ家庭教師の必要は――新しい学期がはじまれば、周囲も本格的に受験態勢に入るはずです。そうなればあの子も刺激されて、自然に自覚も芽生えるでしょう。それまで見守ってやってくださいませんか。……ええ。仰った通りに、例のアルバイトは辞めさせました。もうご心配には及びません」

それから二言三言世間話をして、貴之は静かに受話器を置いた。小さな溜息が漏れた。柾の眠りは深いようだ。髪を撫でても瞼をぴくりともさせない。

五年前、翁が柾を、横浜の本宅ではなくわざわざ東京に貴之と住まわせた最大の理由は、柾の後ろ盾は貴之だと一族に示すことだった。

そうすることで、一族が貴之側と柾側に割れて争うことのないよう、先手を打ったのだ。養子の貴之にはグループの経営を後継させ、四方堂家は柾に継がせる。ゆくゆくは柾を経営にも携わらせたいとも考えている。そのためにも、二人の関係が密であると周囲にアピールしておく必要があった。

更にその目的のためには、柾を懐柔し、四方堂籍に入ることを承知させなければならない。おそらく養父は、その役目も貴之に期待しているはずだ。果たして、こちらに引き取られた頃に比べれば、柾の翁に対する態度はずいぶん軟化してきたといえるだろう。籍に入ることにはまだ抵抗があるようだが、亡くなった父親への憧憬も強い。いずれは時間が解決するだろう。そのときにはすべてを柾に譲り渡し、身を引く心積もりはすでにできている。

一方で、養父の性格はいやというほど知り抜いていた。意に染まぬ者は容赦なく叩き潰す。たとえそれが肉親であろうともだ。

アルバイトのことは、やり過ぎだったことは承知の上だった。柾の強い反撥も覚悟していた。

それでも、あのままアルバイトを続けさせれば、翁の不興を買うのは必至だ。じきに貴之はお目付役の任を解かれ、そうなれば、柾は横浜に引き取られる。そこでは今以上に柾の自由は奪われるだろう。尾羽を切られ、鳥籠に閉じ込められた鳥のように。

――十七年だ。

十二歳で引き取られ、十七年。最年少でグループの中核である四方堂重工の取締役となり、国内外でも一目置かれる存在といわれるまでになった。

それでも尚、養父に背くことはできない――それだけの力は、いまの貴之にはない。「怪物」と呼ばれる男の意のままになることでしか、この安らかな眠りを護る術はない。

(いまはまだ――)

深い寝息を立てる少年の背中には、華奢な肩胛骨がオレンジ色の陰影を作っている。それはまるで二つの翼の痕のようにも見えた。

なめらかな隆起にキスを落として、貴之は寝室の明かりを消した。

月の雫

1

長い、——長い時間が経《た》ったように思われた。

少年は、打ち捨てられた人形のように、冷たい床の上に俯《うつぶ》せに横たえられていた。ほっそりとした白い裸体をかすかにうねらせながら、切れ切れに、か細い呻《うめ》き声を紅《あか》い唇から漏らし続けている。

生まれつき色素の薄い、白く整った美しい顔は、べっとりと脂汗に濡れ、長く苦しみに耐えているために血の気《け》を失って、さらに青白く変わっている。

細い両手首は、頭上で軽く曲げられ、ベルト状の革の拘束具を用いてひとつに括《くく》られ、さらにそれは長い鎖でベッドの脚に繋《つな》がれていた。

すらりとした二本の脚は自由になったが、体内に注入された大量のゼリー状の液体と、栓の代わりに嵌《は》め込まれた太い淫具のために、立ち上がることも、両膝《りょうひざ》を閉じ合わせることもままならない。

その上、それが直腸の蠕動《ぜんどう》作用で抜け落ちてしまわぬよう、貞操帯に似たTバックの革の下着を着けさせられていて、白い果実を思わせる尻の秘裂からは、バイブのモーター音と、それが体内をかき混ぜる、ぬちゃぬちゃという粘着質の音が溢《あふ》れてくる。

下着には肉茎を収めるための細長い袋もついており、細い紐をコルセットのように上までぎっちりと締め上げると、精道が圧迫され、放出を塞《せ》き止めるように工夫されていた。

……苦しい……。

漏らし続ける吐息でカサカサに乾いてひび割れてしまった唇を、破れるほどきつく噛《か》みしめる。

少しでも気を緩めるとゼリーが漏れてしまいそうだ。その身の毛もよだつような羞恥に、必死で肛門を引き締めるのだが、しかしそれは、長時間嬲《なぶ》られ続けて爛《ただ》れたようになった狭い孔《あな》の内襞《うちひだ》を、栓の役割をしている太いバイブでさらにきつく抉《えぐ》り回されることにもなる。

苦しさと、それを上回るおぞましい酩酊感《めいていかん》を生み出し、ともすれば意識が遠のきそうになるのだった。

苦しい。そして、脳が爛れるほどに切ない。こんな状態で感じてしまっている己の浅ましさに、頭がどうにかなってしまいそうだ。

下腹が重苦しい音を立てている。腋《わき》の下や、折り曲げた膝の裏側から、冷たい汗が噴き出し、膚《はだ》を伝い落ちていく。

これは、仕置きだった。

男は、大量のゼリーをガラス器具で注入し、自分のしたことを一番恥ずかしい姿で反省しろと、放置した。男が数日前ここへ連れてきた十七歳の少年を襲わせようとしたことに、腹を立てているのだった。

反省する気持ちなど毛ほどもなかった。未遂に終わってしまったことが口惜しくてならない。屈強な男たちに輪姦させ、国外に売り飛ばして、生きているのが苦痛なほどの屈辱を味わわせ、二度と草薙《くさなぎ》の前に顔を出せないようにしてやるつもりだったのに。

謝罪の気持ちも、咎《とが》められる覚えもない、と思った。悪いのは、彼のほうなのだ。

だがその意地も、わずか二分ももたずに挫《くじ》けかけていた。

生易《なまやさ》しい苦しみではなかった。人間のプライドも尊厳も根こそぎ奪われ、獣に貶《おとし》められるような、責め苦だった。

そして、永遠かと思われるような、長く、苦しい時間が続き――少年は浴室のドアが内側から開くのを目にした。

脂汗にまみれた青白い面《おもて》を、そっと持ち上げて見る。

そこに、すっ裸の男が立っていた。

上背といい、張りのある筋肉で覆われたがっしりと広い肩幅といい、日本人離れした体軀《たいく》の持ち主だ。

やや角張った顎《あご》一面にうっすらと無精髭《ぶしょうひげ》を生やしている。わずかに癖のある堅く黒い髪は濡れていた。浅黒い、太い首から張りのある厚い胸板へと、水滴が伝い落ちていく。

逞しい二の腕、みっしりと締まった胴、女のウエストほどもありそうな太腿《ふともも》……そして、まだ眠っている状態にもかかわらず恐ろしいほどの巨《おお》きさを持つ性器を、タオルで覆うこともせず、少年に見せつけている。

魅入《みい》られたように視線を釘づけにされたまま、少年は、嚙み縛っていた唇を開き、あぁ…と狂おしい吐息を漏らした。

「……し、て……」

うっすらと涙を浮かべ、絶え絶えの、すすり泣くような涙声で、男に訴える。

「許……し、て……ナギさ……ん……苦しい……」

美貌をなまめかしく歪《ゆが》ませ、呼吸もままならずに唇をわななかせる少年の姿を、草薙は、肩にかけたタオルで濡れた髪を拭《ぬぐ》いながら、じっと見下ろした。

雪をも欺く白い膚が、ほんのりと桜色に染まっている。特に胸の突起は充血して、ミニ薔《ば》薇《ら》の蕾《つぼみ》のように紅い。

「まだ十五分だ」

下腹に響くようなバリトンで、無慈悲に宣告する。

「あと五分我慢しろ」

「……や……」

少年は白い頰《ほお》を床に埋《うず》め、もう無理だ、というように顔を振った。

断続的に、うねりのように襲ってくる排泄感が、彼から言葉を奪い取り、怯《おび》え、悶《もだ》えさせる。濡れたようにじっとりと汗ばんだ太腿が、極限を示すようにぶるぶると痙攣していた。

「う……うう……ううう……、お、お願……も、もう……もうだめ、許して……ッ」

苦しげにガクガクと頭を振る。なめらかで平たい下腹が、注入された多量のゼリーのためにわずかに膨らんでいるように見えた。限界を見定めるように、男の眼が細められる。

「ダメだよ、ナギさん。そこで甘やかしちゃお仕置きにならないよ」

「そうそう。あと十分は我慢できるよ」

そのとき、バスルームから男を追って現われた、そっくり同じ顔の二人の少年が、笑いながらバスタオル一枚きりの濡れた膚を、男の大きな体に左右から纏《まと》わりつかせた。

十六になったばかりの双子の兄弟だ。顎の尖《とが》った、生意気で利発そうな顔の造作も、健康的に陽焼けした伸び盛りの四肢の長さ、髪型、声までも二人そっくり同じ。

学校の友人も教師も、実の母親ですら見分けのつかない、鏡に映したような二人を間違えずに見分けられるのは、行きつけのクラブで知り合ったこの男——草薙傭《よう》一人だけで、それゆえに双子はこの男をとても気に入っているのだ。

湯上がりの濡れた手で太い左腕にぶら下がるようにしながら、双子の兄、克己《かつみ》が、悶え苦しむ颯《そう》を冷酷な目つきで見下ろす。

「壊れるまでほっとけばいいんだ。ナギさんがそうやって甘やかすからナメられちゃうんだぜ」

「そうだよ。ナギさんのお気にだからってイイ気になってんだ、こいつ。わからせてやらなきゃ」

右腕にぶら下がりながら追従した弟の正美《まさみ》は、だが草薙に手をほどかれ、不満そうに兄と顔を見合わせた。

草薙は颯の前に片膝をつくと、手を伸ばし、身悶える少年の顎を捕らえてあおのかせた。颯は冷汗にぐっしょりと額を濡らし、必死に解放をねだって紅唇を顫《ふる》わせている。もう、一秒の猶予もならないほど、事態は切迫していた。しかし草薙は、潤んだ蜂蜜色の両眼が、焦点が合わないまでもまだ完全に力を失っていないことを冷静に確認すると、仰向《あおむ》けに転がし、前方を食い絞めている紐に手をかけた。

「ヒ……」

突然に解放を与えられた颯は、鋭く声を飲み、目を瞠《みは》った。美しい脚に力が入って先端までピンと伸びきる。

「いィッ……あああぁッ」

「すっげえ」

「噴水みたい」

甲走った声が長く尾を引く。白い喉《のど》を限界までのけ反らし、ビクンビクンと腰を跳ねさせながら白濁を噴き上げる颯に、双子は肩を寄せあってクスクスと笑い声を立てた。

日ごろ、自分たちを差し置いて当然のように草薙の傍《かたわ》らに寄り添っている颯に対して少なからぬ反感を抱《いだ》いている双子にとって、いつも自分たちを見下している取りすました美貌が、床に這《は》いつくばり、喉を鳴らして許しを乞う無様な姿は、たまらなく愉快なショーだった。

「汚ったねぇ。壁にまで飛んでるよ」

「ねえ、ナギさん、なんか飲んでいい？　喉渇いちゃった」

「あ、おれも」

双子たちは、二匹の蝶々が戯れるようにひらひらと冷蔵庫へ飛んでいく。床板に濡れた裸足《はだし》の跡が点々と残る。

「颯に訊《き》け。ここはあいつの部屋だ」

壁際のベッドに腰かけてキャメルを咥《くわ》えながら草薙が云うと、そっくりな顔を並べて勝手に冷蔵庫を漁《あさ》っていた二人は、キョトンと顔を見合わせ、肩を竦《すく》めた。

「どうして？」

「ヘンなの。ナギさんの恋人のモノは、ナギさんのモノじゃないか」

双子は缶ビールを一本取り出して、交互に口をつけた。じゃれあう二人の嬌声と、颯のくぐもった呻きが、コンクリートの壁に反響していた。

持ち主すら見放した幽霊ビルの地下の、最新コンピュータを詰め込んだ子宮のような電脳ルームと、この居住スペースが、美貌のレイダース、颯の棲処《すみか》だ。

居住スペースといっても、湯水のように金を注《つ》ぎ込んだ電脳ルームに比べ、コンクリ打ち放しの窓のない八帖あまりの空間に、ダブルサイズのベッドと夏場でも出しっぱなしのオイルヒーターがあるきりの、侘《わび》しい住まいだ。

小さなキッチンにはガス台も電子レンジもなく、コーヒーメーカーと緑色の古びた小さな冷蔵庫があるだけ。しかしひどい偏食家で、数十種類のビタミン剤とバランス栄養食品しか口にしない颯には、不自由はない。

冷蔵庫の上にあるコーヒーメーカーは、草薙のために買ったものだ。たとえ自分の食事を忘れても、いつ訪れるかわからない彼のために、好みのコーヒー豆と缶ビール、愛飲の煙草《たばこ》のカートンだけは切らしたことがなかった。

「う……ううう……」

射精は許されたものの、颯の体には、そのせいで逆に苦しみだけが取り残されていた。

苦痛と羞恥に体中を小刻みに震わせながら、ベッドで悠然と煙草を喫《す》っている草薙を見つめる。バイブはまだ彼の内部を残酷に抉り続けていた。それがある一点をぐりぐりとこすり上げると、おぞましくも妖《あや》しい情感が腰から這い上ってきて、悶えさせられるのだ。

放出したばかりの股間がまた兆しかけている。そして、そんなあさましい姿を、情人にだけでなく、大嫌いな双子にまで曝《さら》してしまっているのだ。

だが、男は冷徹な眼で颯を見つめ返すだけで、救いの手を差し伸べようとする気配すらない。颯の心臓を抉り抜くような冷たい眼だった。さらには、その視線すら遮るように、缶ビールを手にした双子がひらひらと男の体に纏わりつくのだ。

「ナギさん、ビール」

正美が、男の背中から甘えかかる。まるで颯に見せつけるかのように。

「飲ませてあげる」

口移しでビールを飲ませた。ごくりと男の喉仏が動く。

濡れた舌を深く差し入れ、長々とキスをしてから、唇が唾液《だえき》の糸を引きながら離れる。すると今度は、克己がビールを口に含んで顔を近寄せた。口腔の液体を上手に男の口に注ぎ込むと、弟よりもさらにたっぷりと時間をかけて、弾力のある舌を味わう。

「ん……、ナギさん……あ——……」

草薙は克己の細腰を抱き寄せ、向かい合う形で膝の上に乗せると、腰のタオルをめくり上げた。陽焼けした膚に、真っ白な水着の跡が鮮やかなコントラストを描く小ぶりな尻を、草薙のごつい手が撫《な》で回すのが、颯の目を焼いた。

狂おしい感情が、胸を焦がした。自分のベッドだった。そして少年を抱いているのは、自分の情人だった。

「あぁ……」

太い指に尻の奥を淫《みだ》らに探られて、克己は甘い溜息《ためいき》を零《こぼ》しながら背中をくねらせている。

背中に抱きついていた正美が、ずるい、と云わんばかりに男の唇に吸いついていく。

草薙は、正美を尻を向けさせて四つん這いにさせると、両手を使って双子を愛撫した。バスルームでも数度愉《たの》しんでいたが、十代の性は際限がない。慣らすまでもなく二つの花蕾はとろんと蕩《とろ》けたようになっていて、ばら色の入口に押し当てるだけで、物欲しそうに草薙の指を吸い上げた。

「あ、あぁ、あん……」

「ん……あ、ナギさん……あぁっ……」

夢中で黒髪を振り乱し、同じ顔、同じ声がサラウンドで喘《あえ》ぐ。感じるポイントまで、この双子は一緒だった。

「あ」

腰をくねらせて同時に燃え上がろうとしていた二人は、突然愛撫を止《や》められて、抗議の声をあげた。

「ナギさん……？」

「やめちゃやだ……」

甘えた声で身をすり寄せてくる二人に、草薙は長くなった煙草の灰を空《あ》き缶《かん》に指で落とし、床の上の颯を眼で指した。

「ビールをご馳走になった礼をしてやれ」

ぎくりと颯は目を見開いた。男の顔を凝視した。

「い……いや、だ……ッ」

だが双子たちは、命令を得た忠実な犬のように、まっすぐ颯に向かってくる。颯は必死で肩をよじった。

「やめ、ろッ……」

クスクス笑いながら、双子の手が内股にかかった。びくびくと痙攣する感触を楽しむかのように撫で回し、力を込めてゆっくりと割り拡げてゆく。

ちょっとでも動いたら漏らしてしまうのではないかと、その恐怖で、体をひねることもできず、颯は大きく目を見開いたまま、両脚を開かされていった。

「赤ちゃんみたいだ」

克己が面白そうに無毛の地帯を覗《のぞ》き込む。

「見ろよ。剃《そ》ったみたいにツルツル」

「フェラんとき口に毛が入らなくていいんじゃない？」

「パイパンていうんだよな、こういうの」

颯は激しい羞恥と屈辱に、全身を真っ赤に染めた。

先天的に体毛が薄く、場所によっては赤ん坊のように無垢《むく》な肉体を、颯は子供の頃からひどく恥じていた。医師と草薙以外に見せたことはない。

それを、笑いながら無理やり拡げさせ、コルセットが取れかけた前方を手に取り、陰嚢までつぶさに観察しようとする。両膝を閉じ合わせようとしても、腰の間に体を入れた双子が片脚ずつを押さえているので、わずかな身じろぎもままならない。

突き刺さる視線の侮辱に、きつく唇を噛み縛って耐えていると、濡れた、熱い二つの舌が、屹立《きつりつ》を露出した珊瑚色《さんごいろ》の先端に向かって、つう…っと舐《な》め上げた。

「いや……ッ」

颯はビクッと海老《えび》反った。ガチャガチャと腕の鎖が鳴る。続けて快感を与えながら、正美が、液体を飲み込み張り詰めた感じの下腹を、戯れにそっと押してみた。

「ウウウッ」

颯が目を剝いて硬直する。そこを、さらに双子の舌と手が責める。陰嚢をリズムミカルに揉《も》みしだき、口に含み、歯を立て、先端に滲《にじ》み出してきた雫《しずく》を、先を争って交互に啜《すす》る。颯はひっきりなしにのけ反りながら、カチカチと歯を嚙み鳴らした。

「ヒ、ヒイッ、いい……ッ」

下着の下に指がもぐり込み、バイブをグリッと捻《ね》じ込む。ビクン、ビクンッ、と美しい脚が別の生き物のように痙攣する。前方から透明な蜜がどろどろと滴《したた》っている。

「うっ！　うぅっ！　うぐっ……」

「苦しいか」

涙でぼやけた視界の中に、薄っすらと無精髭を生やした精悍《せいかん》な男の顔が、映った。

もう、声も出せない。ハァ、ハァ、と口で息をしながら、目の前に片膝をついて覗き込んでいる男に、苦しい……と目で訴える。双子が左右から、激しく上下する胸の突起を、芽をつまみ取るようにねじった。

「いあぁッ」

「出したいか？」

颯はガクガクと崩れるように頷《うなず》いた。締まりを失った唇から唾液がたれ、美しい蜂蜜色の瞳《ひとみ》は光を失って、濁っていた。苦痛と、悦楽、陶酔、羞恥、すべてが限界を超えている。

「正美、風呂場から洗面器を持ってこい」

だが、草薙の下した指示に、颯は青ざめ、目を見開いた。

「い……」

正美が、持ってきた洗面器を尻の下にあてがう。コルセットが外され、下着も取り除かれる。

最後に残ったバイブに手をかけられ、颯は激しくかぶりを振った。

「いやッ、いやだ、それだけはいやだッ、それだけは許してッ」

「出したくないのか？」

「い……ううーッ」

草薙が、バイブをゆっくりと引き出そうとする。ぴったりと吸いついた内壁が、離すまいとするかのように抵抗した。その重い手ごたえに、草薙は口もとを歪めた。

「どうした。出さなくていいのか？　腹ん中パンパンだろう」

「ううぅッ……やめ、やめて、でッ出るッ出ちゃう……うーッ」

半分まで引き抜かれたバイブが、再びねじり入れられる。

出口を見つけて流れ出ようとしていた液体が、重い渦を巻いて逆流してくる感触に、腸壁をこすり上げられる、たまらなく淫靡《いんび》な感覚がまじりあい、脳が蕩けそうになる。プライドも美貌もぐしゃぐしゃに歪めて、颯は泣きわめいた。

「い……や、もういや、出し、て、んうーッ、出して、えッ」

「どっちなんだよ」

「出すなって云ったり、出してって云ったり。我儘《わがまま》なヤツ」

克己と正美の手が、嘲笑《あざわら》いながらばら色の乳首をしつこく弄《いじ》っている。彼らもまた興奮していて、颯の胸の上でくちづけを交わし、互いの性器に触れたりしていた。浮かしぎみにした腰を小刻みに揺らしながら、唾液をたっぷりとまぶした舌を、くちゅ…くちゅ…と音を立てて出し挿《い》れする。それはまるで鏡の前の自慰行為のように見えた。

やがて、キスに惑溺《わくでき》し、とろんととけた顔つきの二人が、胡座《あぐら》をかいた草薙の前に跪《ひざまず》く。

血管の盛り上がった巨大なシャフトが鎌首を擡《もた》げていた。

双子が恭しくそれを手に取り、唇を近づけていくのを、颯は、ぐっしょりと脂汗にまみれ、濁り、蕩けた意識のなかで、見ていた。

いっそ意識を失ってしまえればどんなに楽だろう……。愛《いと》しい男が、自分をこんな姿にしておいて、眼の前で他の少年に奉仕させているのだ。

せつなく、胸が軋《きし》むように痛んだ。涙が溢れてこぼれ落ちたが、しかしそれが肉体の苦痛のためなのか、心の痛みのためなのか、颯にはもう、わからなくなっていた。

二つの唇の奉仕を受け、感じているはずなのに、男の表情にはほとんど変化がない。仕える双子のほうが異様な状況と自分たちの行為に興奮していた。

「ナギさん……ねえ、して……」

「おれも……」

ちゅ…と唾液の糸を引きながら、双子たちがねだった。

「横になれ。克己が下だ」

深みのあるバリトンの命じるまま、ベッドへ移動し、兄を下にして、抱き合うように二つの体を重ねあう。互いの性器をこすり合わせることができ、並べた尻を抉ってもらえるこの体位が、双子は大好きなのだ。

だが草薙は、ぬるぬると先走りを絡ませあっている兄の下肢を胸につくほど持ち上げさせると、硬く締まった尻を割り拡げ、弟のペニスを一気に挿入させてしまった。

「あっ……！」

「ああーっ！」

衝撃に、二人の体がそり返る。

「兄亀の上に弟亀が……だな」

面白がる草薙に背中を押さえつけられて、正美が激しく身をよじる。ギシギシとスプリングが鳴った。

「だ、だめだよッ、抜いてよッ！　ナギさんッ、こんなのッ……」

「あうっ、あ、正美、動かないでッ……」

克己が穿《うが》たれた腰をくねらせる。その振動に、嫌がっていた正美が、気持ちよさそうに眉《まゆ》をひそめた。

「う、んっ……だめ、締まる…ッ」

「あう、ううっ、正美、ァ……ッ」

兄のほうも、たまらなくなったのか、弟の二の腕に爪を立てはじめた。腰が小刻みに前後している。二人が、モラルも、兄弟であることすら忘れ、行為に溺《おぼ》れていくまでに、そう時間はかからなかった。

その異様な光景の横で、すでに幾度もの限界をきたし、ブルブルと顫《ふる》えて横たわっていた颯は、手首の鎖を引っぱられ、吊り上げられるように体を起こされるのを感じ、遠くなりかけてた意識をハッと取り戻した。

体勢を変えたことでゼリーが腸を下がり、かろうじてこらえていた排泄感がまた襲ってくる。ズルッと抜け落ちそうになったバイブを必死で食い締めたが、ゼリーのぬめりのせいで、力を入れるとかえって抜け落ちてしまいそうになる。

「うぅッ……」

唇を噛み縛り、最後の気力を振り絞って堪《こら》える。

その体を、草薙は片手で楽々と持ち上げ、我を忘れてまぐわる双子の上にうつ伏せに重ねた。正美と克己がその重みに、颯はゼリーによる苦しみに、それぞれの呻きがハーモニーを奏でる。だが次の刹那《せつな》、それは悲鳴となってほとばしった。

草薙の手が、高く掲げさせた正美の尻に、颯を挿入させたのだ。

「いッ、いやだッ」

熱く、ねっとりとした肉に絡みつかれる感触に、颯はおぞけ上がった。吐き気がした。無理やり挿入された正美も、シーツをかきむしって泣きわめいている。

「やだよ、抜いてッ、ナギさんひどいよ、こんなヤツのッ！　抜いて……抜いてよおッ」

「うっ、ううっ！　うううっ！」

「ああっ、あっ」

颯の真っ白な尻を、草薙は大きな手の平で包み、ゆっくりと前後に揺らした。その快感に括約筋が締まり、バイブの排出は止まったが、颯がもがくことで正美が苦痛に呻き、その振動は一番下で受け入れている克己にダイレクトに伝わる。あまりの刺激に少年はのけ反って白蜜を迸《ほとばし》らせ、その締めつけに正美が官能の声を上げた。悶える細腰は深々と颯を飲み込んでいる。

「く、う、ううう、いや……だ、いやだ、許してッ、も、もう、もうぅ……ッ」

体が爆《は》ぜてしまいそうだった。颯はわなわなと顫えながら、縛られた両手を胸の下できつく握りしめ、冷静に自分たちを観察している男に、助けてくれ…と掠《かす》れた声で懇願した。長いまつ毛に涙の雫が絡まり、滴る。

その下にいる正美は、前後から受ける刺激に耐え切れなくなったのか、ゆっくりと腰を揺すりはじめていた。突き上げられるたび克己がたまらずに腰をくねらせ、颯もまた正美のきつい収縮に喘ぐ。底なしの、三巴《みつどもえ》の快楽だった。

「だめっ……どうにかなっちゃうっ」

極まりに、正美が頤をのけ反らせ、髪を振りたくった。

「い……いいッ……いいッ」

「正美っ、あぁっ、いや、動いちゃ、あああっ」

「ううっ、くうっ、う……!」

「弾《はじ》けそうだな」

草薙は、颯の開かせた両脚の間に腰を入れると、痛々しいまでに拡げられた可憐な花蕾の周りを、ツーッとなぞった。電流が走ったように全身が波打つ。ひくつく秘裂から半分頭を出した黒いバイブに、腸内で暖まり、とろけきった白いゼリーが、絡まりながらシーツに滴り落ちていく。

草薙は励ますように平手で颯の腰をピシャリと打った。

「しっかり締めてろ。漏らすなよ」

「うううううーッ！」

バイブが腸壁を抉りながら抜き取られる感触に、颯は絞られるような悲痛な声を迸らせた。たっぷりと注入されたまま塞《せ》き止められていた大量のゼリーが、どろどろと流れ出そうとする。その寸前に、灼熱の肉塊が押し当てられ、ゆっくりと腰を貫いた。

草薙に肉襞をこすりあげられた瞬間、颯は欲望に負けて正美の中で極め、正美もまた同時に、兄の中に爆ぜた。

ぐったりと弛緩した体を、怒張に押しあげられた液体が重い濁流となって襲ってくる。もう、耐えられるだけの力は残っていなかった。颯は意識を失い、激しく全身を痙攣させながら、正美の背中の上にくずおれた。

しかし草薙はまだ終わっていなかった。力を失った颯を両手で支え、腰を揺すりあげて最後まで収めきると、ゆっくりと腰を使いはじめた。その刺激に、気を失っていた颯が、ううっ……と呻いた。白い瞼《まぶた》がピクピクと震える。

新たな、地獄のはじまりだった。

2

その学生は、いつも雨の日にやってきた。

ボランティア活動の一環として小児科の子供たちの相手をしにきた、近所の高校生の一人だった。

新入りのミチカやヒロトシは、新しく得た遊び相手に物珍しげに群がったが、古参の颯は、彼らが授業の単位を得るために合計で十八時間だけ、いやいや自分たちの相手をしに来ていることを知っていた。そしてカンナやアキラのような、素直で、比較的症状の軽い子供だけを相手にしたがることも、ちゃんと知っていた。

学生の目的はあくまでも単位を獲得することであって、どんなに懐いたところで、授業を終えてしまえば彼らが二度と顔を見せることはないことも、長年の経験で知っていた。

颯は物心つく前からこの病院にいる。小児科のどの看護婦よりも、ここでのキャリアは長い。

年十数回入退院をくり返し、数十回は救急車で運び込まれる。母親は先月とうとうノイローゼにかかって、同じ病院内の精神科に通院しはじめた。

朝が来るのが怖いと彼女は訴えた。息子が誤って窓に近づきはしないか、うっかり外へ出たりしないか、監視を怠って夫や姑《しゅうとめ》に無能呼ばわりされはしないか、――陽が出ている間、そのことが常に彼女の頭を占め、強迫観念となって、ついには精神をも蝕《むしば》むようになっていたのだった。

先天性色素欠乏症というのが、彼女の息子の病名だった。

異常は生まれて間もなく発見された。医師は両親を呼んで宣告した。

この子は一生、太陽の下を歩くことはできません。この子の皮膚は人間に必要なある色素を作り出すことができず、長く太陽に当たると焼け爛れて赤剝けてしまう。紫外線をカットする窓ガラスでも、太陽がうんと西に傾いてからでなければ近づいてはいけないし、開けたドアから射す光に当たってもいけないのだと云った。おまけに免疫も人より弱く、二歳まで生きられるかどうかわからないと。

だが颯は生きた。優秀な医師たちの尽力と、母親の献身的な介護が彼に命を与えた。だが、いかな優秀なスタッフをもってしても、運命を変えることはできなかった。

うんと小さな頃――まだこの病院の、窓のない小さな病室しか知らなかった頃。

颯は、自分も大人になったら医者や看護婦たちのように自由にこの病室を出入りして、「おそと」に行ったり、絵本に描いてある「おそら」や「たいよう」を見たりできるのだと思っていた。

それが叶《かな》わぬ夢だと知ったのは、七つになる年のことだ。

ぼく小学校へ行くんでしょう？　青いランドセルを買ってね。——無邪気にせがむ息子に、母親は泣き崩れ、父親は真実を告げた。

「おまえは学校へは行けないんだよ。中学校へも、その上も。おまえは太陽の光に当たると病気になってしまうから。学校にお願いしてみたんだが、そういう難しい病気の子供は預かれないと云われてしまったんだ」

諦《あきら》めた。なにもかも。学校も、外へ出ることも、原っぱを裸足で駆け回ることも。颯は誰にも心を開かない、無口な、難しい子供になった。

その男が看護婦に連れられて病室にやってきたとき、颯はじき九つになろうとしていた。

高槻《たかつき》総合病院の小児科には、零歳から十三歳までの子供が入院している。颯と同じ歳の子供は三人いたが、颯はその誰とも口をきかなかった。

検査のないときは、ベッドで本を読むのが颯の習慣だった。そのころ、颯の病室は、地下から紫外線カットガラスを窓に入れた特別個室に移されていた。颯のために、遊戯室の窓も同じガラスに入れ替えられたが、颯は一度もそこへ行ったことはなかった。

遊戯室は嫌いだった。テレビが一台しかなくてゲームはもっと大きな子たちに占領されてしまうし、小さな子はすぐに泣くし、そもそも、遊戯、なんて名前からしてバカにしている。ボランティアが来る日はことさら嫌だった。学生が車椅子を押して庭を散歩している偽善的な様を見ただけで、吐き気さえ催すのだった。

「颯くん、あのね、こちらはボランティアの学生さんなの。遊んでもらってね」

穏やかな春の午下《ひる》がり、若い看護婦の後ろからぬうっと病室のドアをくぐってきた学生に、颯は度肝を抜かれた。

彼は、それまで颯が会ったどの大人よりも背が高かった。埃《ほこり》っぽい、あまり清潔とはいえない学生服の上に据わった陽焼けした顔は、瞼が眠たそうに腫れぼったく、大きな口はムスッと真一文字に結ばれて、ベッドの上の颯を見下ろしている。

それまでに接したボランティアたちは、颯の美貌に出会うと、呆気《あっけ》に取られるか、へつらうような作り笑いを浮かべるかのどちらかが常だった。そして猫撫で声でゲームに誘ったり、好きなタレントやテレビに関する低俗な質問をしてきては、颯にことごとく無視されるのだった。

だがその学生はどちらでもなかった。

あとはお願いしますね、と言い置いて看護婦が立ち去るなり、来客用のソファにゴロンと横になって、鼾《いびき》をかきはじめたのだ。

呆気に取られたのは颯のほうだった。ボランティアどころか、学生は最初から最後まで颯に話しかけもしなかったのだ。

その学生がやってくるのは、決まって雨の日だった。そしていつもソファで眠りこけた。

次の雨の日も、その次の雨の日も。

自分の部屋を仮眠室代わりにされてはじめは腹を立てていた颯も、三ヵ月も続くとそれが当たり前になってしまった。相変わらず、言葉は一言も交わさぬままだったが。

寝顔をよく見てみると、なかなか精悍な顔立ちをしてることに気付いた。まつ毛が長く、鼻梁《びりょう》がスッと高くて、口もとは引き締まっている。鼾をかいたのははじめの日だけで、彼の眠り方は静かだった。一定のリズムでくり返される深い呼吸を聴いていると、いつの間にか颯の瞼もくっついて、一緒にうとうとしてしまうのだった。

あるとき、クーラーで冷えたのだろう、眠っていた彼がくしゃみをした。イヤホンでCDを聴いていた颯は、そっと毛布を掛けてやった。

そのときだった。彼がふっと眼を開き、寝ぼけたようになにか呟《つぶや》いた。誰かと間違えているようだった。

そして、手を伸ばして颯の柔らかい頬にそっと触れると、びっくりするほど甘い、心臓がぎゅっと痛くなるような微笑《ほほえ》みを一瞬だけ浮かべて、再び瞼を閉じたのだ。

来訪がぴたりと止んだのは、その翌週のことだった。

カレンダーを溯《さかのぼ》って何度も数えてみたが、たった八時間にしかならない。風邪でもひいたのだろうと思っていたが、次の雨の日も、その次も、学生は姿を見せなかった。

「え？　ああ、あのお兄ちゃん？」

颯くんがボランティアの人を気にするなんてはじめてね、と目を丸くしながら、あの学生をはじめに病室に連れてきた看護婦は教えてくれた。

「ボランティアっていっても、あのお兄ちゃんのお仕事はお庭の木の手入れをしたり、ベンチにペンキを塗ったりすることなの。雨で外のお仕事ができない日だけ、颯くんのお話し相手になってもらってたのよ」

「……もう来ないの？」

「うん、実習期間が終わっちゃったからね。それにお兄ちゃんたちはこれから大学受験ですごくたいへんな時期だから、なかなか時間が作れないんじゃないかしら……。そうだ、颯くん、お手紙書いてみない？　また会いに来てください、って。ね、そうしようよ」

腰を屈《かが》め、目線を合わせて優しく説く彼女に、颯ははらはらと涙を零しながら首を振った。

どうして涙が出るのかわからなかった。

言葉を交わしたこともないのに、名前も知らない相手なのに、彼がもう来ないことがどうして心を張り裂けそうにさせるのか。まだたった九つの颯に、自分の心を識《し》ることはできないのだった。

……男の、温かい腕の中に抱かれて、颯はぼんやりと夢から醒《さ》めた。

窓のない地下室は昼夜がわからない。ベッドサイドに時計を置いてあったが、少し首を動かしただけで、鉢が割れるかと思うようなひどい頭痛が襲ってきた。

いつの間にか双子の気配は消えている。夜が明ける前に家に帰ったのだろう。海外赴任の父親と、過保護な母親の家庭で育った双子は、深夜家を抜け出して街でどんなに盛り上がっても、母親が目を醒ます前にはきちんとベッドに潜り込むのだ。

私立のいい学校に通っていると聞いている。あの二人のことだ、きっと昨夜《ゆうべ》のことなど払拭《ふっしょく》した、すました顔で、授業を受け、友達と笑いさざめいているのだろう。……幼い頃から学校というものに縁のなかった颯の頭は、十二月末が世間では冬休みであることに、思い至らない。

颯はぼんやりと天井のしみを見上げた。

気を失っている間にシーツは清潔なものと替えられ、体の汚れもきれいに拭き取られていた。腰が、甘く痺《しび》れたように重く、そこから先はとけて崩れてしまったかのように感覚が失われている。

無理に首を持ち上げ、時計が午前四時五十分を指しているのを見たが、もう眠れそうになかった。ひどい頭痛が潮騒《しおさい》のように繰り返し襲ってくる。サイドテーブルの常備薬を取りに行く力もなかった。

偏頭痛はいつものことだ。季節の変わり目や、気圧が低い日は大抵こうだった。今日は雨かもしれない。天気予報は見ない。空も雨もしばらく見ていない。最後に屋外へ出たのはいつだったか。思い出すこともできない……。

この地下室が、颯の世界のすべてだった。外へ出ずとも、この部屋から世界中のすべての事象を見通すことができた。隣家の夕食の中身を知るのも、NASAのホストコンピュータに潜り込むのも、颯にとっては、リモコンでテレビ番組を替えるように造作もないことだ。世界のあらゆる場所に、蜘蛛の糸のように張り巡らされたサイバーネットワークは、自由に外へ出たいという、颯の強い願望の象徴であった。

草薙がゴロリと寝返りを打ち、颯を抱いていた腕が外れる。

心地好《よ》い重みが失われ、肩が急に寒くなった。もう一度体をすり寄せたが、男は気付かずに背を向けたまま気持ちよさそうな寝息を立てている。

自分たちの関係のようだと、颯は思った。

どんなに心を傾けようと、草薙が颯を愛することはない。

彼の心には、もう長いことある男が棲みついていて、それに替われる人間などこの世にいないことを、颯は知っている。

草薙が自分を抱くのは、彼にとって颯の持つネットワークが価値のあるものだからだ。足しげくここを訪れるのも、体を気づかってくれるのも、そのためなのだ。必要な情報を手にするためならゲロを吐きながら女とだって寝る。草薙傭とはそういう男だ。

それでもよかった。どんな形にせよ、草薙が自分を必要としてくれている。代償としてでも抱いてくれる。甘ったれた声で媚《こ》びるしか能のないセックスフレンドたちとは自分は違う。一生この地下室から出ることができなくとも、草薙の目となり、手足となって働くことができるのは、この冠城《かぶらぎ》颯、ただ一人なのだ。颯が二十歳になり、肉体関係が解消されてしまっても、草薙は自分を必要とするだろう。——そう、思っていた。

思っていたのに。

そのことが颯にとってどんなに重要であったか、支えになっていたか、知らないはずはないのに——

シーツに両肘《りょうひじ》をついて、颯は、ゆっくりと上半身を起こした。

力の入らない脚を引きずるようにして起き上がるのは、かなりの労力と時間を要した。

裸の逞しい胴に、そっと跨《また》がる。

男はよく眠っていた。長いまつ毛と、怜悧《れいり》な高い鼻筋は、学生時代と変わらない。

その安らかな寝顔を見下ろしながら、颯は、真っ白な細い両手を男の喉に回し、親指に、じわりと力を込めた。

「……そこじゃない」

不意に、下腹に響くようなバリトンが、はっきりと云った。

ハッとして引っ込めようとした颯の手を、上から押さえつけ、喉仏の真下の窪《くぼ》みへと導く。

「ここだ。親指に全体重をのせて絞めろ。気道が塞《ふさ》がれて三分で窒息する。仮死状態になってもまだ手を緩めるなよ。半分脳がパーになって生き返るのはごめんだからな」

眉筋ひとつ動かさずにそう云い、強張った白い手の上から、グッと力を込めようとする。喋るたび、喉の動きが生々しく手の平に伝わってきた。

「どうした。殺《や》らねえのか」

目が開く。己の青白い、生気のない貌《かお》を映すその眼《め》に、颯は打ちのめされた。冷ややかな眼だった。縁の欠けた花瓶でも眺めるかのような、心のない眼だった。

颯はゆるく頭を振った。蜂蜜色の目に、ゆっくりと涙が盛り上がり、大きな粒となって、草薙の頬の上にポタリと落ちた。

「ひどい…——」

長時間のセックスで、細い喉から発せられた声は、ががらに嗄《か》れていた。

「……おれにひどいことをさせたのは誰だ？」

草薙はにこりともせずに手の平で顔を拭う。

「おれにあんなひどい仕打ちをさせる原因を作ったのは、誰なんだ？」

「……」

颯はまた顔を振った。草薙の上に涙が滴る。そうではなかった。人間としての尊厳を踏み躙《にじ》るごとくに惨《むご》く辱められたことを云ったのではなかった。

「……捨て……ないで……」

信じがたいほど女々しい言葉が自分の唇から出たことに、颯は狼狽《うろた》えたが、とめどなく溢れる涙と同じように、一度零れてしまったものを取り戻すことはできなかった。

男の胸板に縋《すが》りつき、颯は、プライドをかなぐり捨てて、慟哭《どうこく》を放った。

恐ろしかった。

シーツについた両手が、震えて、体を支えていることができない。

この男を失うかもしれない。――それを考えるだけで、生きたまま手足をもがれ、心がバラバラに砕け散ってしまいそうだ。

「捨てないで」

シーツをきつく握りしめ、せぐりあげるように声を絞り出す。

「お願い……、なんでも云うことを聞く、あなたの気に入るようにする、だから……！　だからっ……」

「……おれの気に入るように、か」

男の声がかすかに和らいだ。

「ばか。それ以上どうしようってんだ」

太い腕を持ち上げ、颯の顎を摑《つか》んで顔を上げさせる。

普段は取り済ました人形のように美しい顔が、涙でぐしゃぐしゃになっているのを見ると、口もとに、うっすらと苦笑がのぼった。

顎を支えたほうの親指で、白い頬に伝う涙を拭う。長いまつ毛に涙の粒が絡まっている。

「あのな。あのボウヤは単なる事件の関係者だ。ここへ連れてきたのは情報を捻《ひね》り出すためで、おまえの代わりにはならねえし、そうするつもりもない。……何度云わせりゃ気がすむ？」

拭っても後から後から溢れてくる涙の泉に、あきれたように唇をつけ、吸い取ってやる。

「誰におまえの代わりができるってんだ。ん？　つまらんヤキモチ焼くな、ばか」

「……」

「あん？」

かすかな呟きを聞き逃し、眉を跳ね上げて聞き返す。颯は首を振り、彼の太い親指を白い前歯で噛んだ。痛《いて》ぇよ、と厚い唇が、横にひっぱられるように笑う。

嘘《うそ》つき……――

伝わらなかった言葉を胸の中で呟く。

いつかこの人は自分を捨てる。

確信に近い、予感だった。

いつかこの人は、自分を必要としなくなる日が来る。病室をぷつりと訪れなくなったあの日のように、何日待ってもこの地下室へ下りてこなくなる日が、いつか。

草薙のそばにいることは、その日を待つことでもあるのだ。

颯は、瞼を閉じ、男の手の甲を、濡れた頬に押し当てた。

「……抱いて……」

すぐに、煙草の匂いのする唇が、熱風のように颯を覆いつくした。颯は昏《くら》い目を開いて、草薙を見つめた。

たとえ、そこに別れが待っていても、——心が壊れてしまいそうな恐怖と連れ添わねばならぬとしても、この手を放すことはできない。殺すこともできない。おまえの代わりは誰もいないのだと、そんなまやかしの言葉でさえ心が顫える、喜びで満たされる。

草薙こそ誰も代わりにならない。颯が生きてゆくために、絶対に必要な、唯一無二の男なのだ。

どんなことでもしてみせる。この男を失わぬためなら。悪魔に魂を売ってでも。

ひらかれ、男の熱に蕩かされてゆきながら、颯は、甘い味のする絶望を嚙みしめた。

それは、暗闇にぱっくりと口を開けた深淵に、自らの身を投じた瞬間であった。

あとがき

新装版「ＴＯＫＹＯジャンク」第三巻をお届けいたします。

シリーズ中、一番平和でまったりしていた前巻「誰よりも君を愛す」とは打って変わったシリアスでダークな展開となりました。いかがでしたでしょうか。

本シリーズは、一九九〇年代中頃が舞台になっています。前二作に引き続き、今回もかなり手を入れましたが、時代背景や当時の風俗はあえてそのまま残しています。ですから、あれ？　とちょっと首を傾げることもあるかもしれません。

たとえば、携帯電話の番号「０１０」。カーナビの仕様や「看護婦」「ネット通信」などなど。携帯電話でメールもできなかった時代。インターネットもパソコンも、まだまだ限られた人たちだけのものでした。

現代と比べるとずいぶん不便で、でもそんなに遠い昔ではない東京で起きた事件。そんな雰囲気の一片でも感じて頂ければと思います。

さて、振り返ると、本作はシリーズ中で最も気分が塞ぐ話です。新装版再編の改稿に当って、事件自体は変えないようにしているのですが、さすがに今回は、いっそ全面的に書き換えてしまおうかと手が止まったことも一度や二度ではありませんでした。

こんな時代、できればもっと軽やかで心温まるお話を皆様にお届けしたいのが本当の気持ちです。ですが、TOKYOジャンクシリーズにおいて、本作はどうしても避けることができない作品でもあります。

この後、シリーズはラストに向けて、大きく動いていきます。

本作で起きた事件、感じたことが主人公たちの未来にどう繋がっていくのか、そして、どんな未来が二人を待っているのか。最後まで見守って下さいますと幸いです。

最後になりましたが、今回も大変お世話をかけ、最後まで根気よく面倒を見て下さった編集部F様。制作出版に携わって下さったすべての皆様。美しく華やかなイラストで作品を彩って下さる、敬愛なる如月弘鷹先生。そしていつも応援し、支えて下さる読者の方々に、心から御礼申し上げます。

次巻もお手にとって頂けますように。それではまた。

二〇一一年　夏　ひちわゆか

✦初出　Dの眠り……………ビーボーイノベルズ「Dの眠り」（1997年8月）
※単行本収録にあたり大幅に加筆修正しました。
雪……………………書き下ろし
月の雫………………同人誌収録作品
※単行本収録にあたり大幅に加筆修正しました。

ひちわゆか先生、如月弘鷹先生へのお便り、本作品に関するご意見、ご感想などは
〒151-0051 東京都渋谷区千駄ヶ谷4-9-7
幻冬舎コミックス　ルチル文庫「Dの眠り」係まで。

幻冬舎ルチル文庫

Dの眠り

2011年7月20日　第1刷発行

✦著者　ひちわゆか

✦発行人　伊藤嘉彦

✦発行元　株式会社 幻冬舎コミックス
〒151-0051 東京都渋谷区千駄ヶ谷4-9-7
電話 03(5411)6432[編集]

✦発売元　株式会社 幻冬舎
〒151-0051 東京都渋谷区千駄ヶ谷4-9-7
電話 03(5411)6222[営業]
振替 00120-8-767643

✦印刷・製本所　中央精版印刷株式会社

✦検印廃止

ISBN978-4-344-82282-5　C0193　Printed in Japan

ルチル文庫

イラストレーター募集

ルチル文庫ではイラストレーターを随時募集しています。

◆ルチル文庫の中から好きな作品を選んで、模写ではない
あなたのオリジナルのイラストを描いてご応募ください。

1 表紙用カラーイラスト

2 モノクロイラスト《人物全身、背景の入ったもの》

3 モノクロイラスト《人物アップ》

4 モノクロイラスト《キス・Hシーン》

上記4点のイラストを、下記の応募要項に沿ってお送りください。

応募のきまり

○応募資格
プロ・アマ、性別は問いません。ただし、応募作品は未発表・未投稿のオリジナル作品に限ります。

○原稿のサイズ
A4

○データ原稿について
Photoshop（Ver.5.0以降）形式で保存し、MOまたはCD-Rにてご応募ください。その際は必ず出力見本をつけてください。

○応募上の注意
あなたの氏名・ペンネーム・住所・年齢・学年（職業）・電話番号・投稿暦・受賞暦を記入した紙を添付してください。

○応募方法
応募する封筒の表側には、あてさきのほかに「ルチル文庫　イラストレータ募集」係とはっきり書いてください。また封筒の裏側には、あなたの住所・氏名・年齢を明記してください。応募の受け付けは郵送のみになります。持ち込みはご遠慮ください。

○原稿返却について
作品の返却を希望する方は、応募封筒の表に「返却希望」と朱書きし、あなたの住所・氏名を明記して切手を貼った返信用封筒を同封してください。

○締め切り
特に設けておりません。随時募集しております。

○採用のお知らせ
採用の場合のみ、編集部よりご連絡いたします。選考についての電話でのお問い合わせはご遠慮ください。

あてさき

〒151-0051 東京都渋谷区千駄ヶ谷4-9-7 株式会社 幻冬舎コミックス
「ルチル文庫 イラストレーター募集」係